PRÉLUDE DE CRISTAL

Du même auteur :

Le Passeur de lumière, Denoël, 1993.
Les Sept Couleurs du vent, Denoël, 1995.
Le Puisatier des abîmes, Denoël, 1998.
Aubertin d'Avalon, Lattès, 2002.
Pitié pour le mal, Lattès, 2006.

www.editions-jclattes.fr

Bernard Tirtiaux

PRÉLUDE DE CRISTAL

Roman

JC Lattès

Maquette de couverture : Bleu T
Photo : John Lavery (1856-1941), *Lady Lavery as Kathleen Ní Houlihan*, avec l'aimable autorisation de la Central Bank of Ireland. © National Gallery of Ireland.

ISBN : 978-2-7096-3623-0

Première édition, février 2011.

À Maria Kern,
ce vrai en écriture
plus faux que nature.

« Cette solitude, la nature l'avait consolée comme elle console toutes les solitudes ; la nature vient au secours de tous les abandons ; là où tout manque, elle se redonne tout entière ; elle refleurit et reverdit sur tous les écroulements ; elle a le lierre pour les pierres et l'amour pour les hommes. Générosité profonde de l'ombre. »

Victor Hugo, *L'homme qui rit.*

Avant-propos

Je n'ai pas fermé l'œil de la nuit et je suis même descendue pour me mettre à la harpe. Une lune pleine éclairait abondamment ma salle de musique et les deux vitraux paysagers de Lazare semblaient irréels. La lumière transparaissait si forte, si féerique que je renonçai à allumer les lampes. Bien que j'aie à peine effleuré mon instrument pour ne pas réveiller la maisonnée, ma fille est venue me rejoindre. Elle a déployé mon châle sur mes épaules, m'a embrassée sur le haut de la tête avant d'aller se caler dans le petit fauteuil qu'occupait jadis son père. Là, chevilles croisées, les yeux perdus dans les reflets de la Flushing Bay que domine la cité croissante de New York, elle est restée, immobile, à écouter docilement mes digressions musicales. Ses cheveux blonds étaient resserrés dans une tresse et son profil me renvoyait le visage volontaire de

Lazare, mon bien-aimé, aux prises quarante ans plus tôt avec l'ouvreau incandescent d'un four de verrier. Armé de sa canne de souffleur, il ressemblait à un dieu antique. J'en suis tombée amoureuse tout aussitôt, follement, éperdument, inflexiblement.

— Tu joues pour lui ! me chuchote Marie.

Des larmes nous montent aux yeux et je sens sa gêne d'avoir mis le doigt sur cette corde, ô combien sensible, de mon deuil récent.

Établie avec son mari en Afrique du Sud, Marie n'a pu être informée à temps de la maladie et du décès de son père. Cette nuit, elle a besoin que nous pleurions ensemble, d'être de mon chagrin comme elle est de notre sang et de notre amour.

— Tu as commencé à écrire ? me demande-t-elle.

Le carnet qu'elle m'a offert est dans ma chambre. Je l'ai ouvert sur la première page. Rien de plus.

Je pivote sur mon tabouret et ce n'est plus ma harpe que j'étreins mais la taille de notre enfant.

— Tu sais combien j'y tiens, insiste-t-elle.

Ma tête pose contre son ventre et je m'y enfouirais si c'était possible, non pour disparaître mais pour renaître à cette vie que j'ai tant chérie au côté de Lazare. La lumière des vitraux se projette à nos pieds. Une présence ambre et bleutée. Un signe, peut-être ?

« Monsieur cinq mille teintes », disait à son propos Arthur Nash. Pas un ton, une nuance de verre qu'il ne pouvait recréer.

Soufflant la matière en fusion, ou la cueillant dans des louches à même les creusets torrides dans sa carapace d'amiante, il coulait des feuillages bariolés, des tapis fleuris, des semblants d'étoffes, des flancs rocheux, déclinait les états de l'eau, reproduisait tous les ciels de l'aube au crépuscule dans la verrerie de Corona à l'usage des artistes cartonniers et des artisans vitraillistes qui réalisaient des verrières sous la houlette de Louis Comfort Tiffany.

Sa passion des couleurs translucides eut raison de ses poumons et de son estomac.

— Il y a ceux qui donnent, il y a ceux qui comptent. Ton père n'avait rien d'un calculateur. Il était le feu pur !

À peine ai-je dit cela à Marie que je m'aperçois avoir subtilisé ces mots de la bouche de Wan, son demi-frère, l'enfant des plaines et des mustangs, le descendant de l'Indien. Le matin de l'enterrement, c'est lui qui a pris la parole dans le temple après le pasteur. Il a été le baume de cette journée, le tuteur. Sans lui, sans ma large famille, j'aurais été incapable de traverser ce gué torrentiel.

Tu me manques, Lazare, ce qui m'invite à te débusquer partout où tes mains se sont attardées, dans les fleurs de tes vitraux, dans les échappées de musique où tu as guidé mes doigts, dans le visage de tes enfants, dans la profusion de nos souvenirs. Tu me manques mais cette attente ne tient plus du déchirement que nous avons vécu loin l'un de l'autre dix années durant. Je vis avec toi une attente paisible, un doux échange sur cahier ligné, des confidences quotidiennes livrées à ton adresse aux courants d'air et aux nuages, des sourires à la lumière et aux plantations du jardin qui fleurent les retrouvailles et recèlent pour notre amour un parfum d'éternité.

1

Parmi les dates gravées dans ma vie, le samedi 20 mars 1886 demeure plus incrusté que le jour qui m'a vue naître. En cause, une petite catastrophe qui changea radicalement le cours de mon existence.

Je faisais étape à Bruxelles où le Philharmonique de Berlin, qui m'avait engagée ponctuellement pour remplacer le harpiste attaché à l'orchestre, donnait un concert au départ d'une tournée qui devait passer par Lille et par Paris.

Nous étions la veille de mes vingt-cinq ans mais mon anniversaire avait été fêté avant mon départ pour la Belgique dans ma Prusse natale : une initiative de mon père qui avait le culte des usages et estimait qu'il était de bon ton de célébrer ce cap en famille.

— Cinq lustres, cela mérite une cérémonie ! décréta-t-il.

Y assistèrent mes deux sœurs et leurs maris respectifs ainsi que Sigmund, un Autrichien rigide de quinze ans mon aîné auquel j'étais fiancée par soumission familiale plus que par attirance personnelle, un hobereau sans humour et sans charme dont j'aurais repoussé les avances s'il n'avait été un collaborateur dévoué et un ami très apprécié de mes parents.

En un mot, je ne savais comment me dépêtrer de ce parti en or massif ainsi que de l'aigue-marine sertie de petits brillants que mon prétendant m'avait passée au doigt et qui me démangeait l'annulaire comme un corps étranger. Au fond de moi, je comptais sur cette tournée avec notre orchestre pour trouver une issue honorable à cette impasse sentimentale où ma docilité filiale m'avait acculée. Cet acte de rébellion me vaudrait, pour sûr, les foudres paternelles et m'obligerait à vivre pour un temps au ban de ma famille mais devais-je pour autant renoncer aux vrais élans de mon cœur ?

D'une nature respectueuse, cette perspective de rupture me minait et c'est très mal à l'aise que j'acceptai le matin de mon départ pour Bruxelles l'aide de Sigmund pour acheminer harpe et bagages dans mon compartiment de chemin de fer et que je reçus le bouquet de roses blanches qu'il m'offrit en gage d'amour. Honte sur moi qui agite le poignet par la fenêtre baissée du wagon et lance à mon amoureux des baisers du bout de mon gant de chamois tandis que, poussif et fumant, le train s'éloigne du quai dans un tapage de ferrailles et des soupirs.

Je me rassois peu fière au côté d'Emma dès que mon galant est hors de vue – Emma a été ma professeur de harpe avant de devenir ma meilleure amie, ma confidente et ce, malgré les vingt années qui nous séparent. Elle m'a donné mes premiers cours quand j'étais si petite que mes bras n'atteignaient pas encore les cordes graves de mon instrument. Elle raconte à mon sujet que, dans l'enfance, je chantais plus que je ne parlais et n'avais d'autre idée en tête que de jouer de la musique. Je tenais cette passion de ma mère qui était fine pianiste et me ravissait en interprétant des arias en italien ainsi que des *lieder* de Schubert, Schumann ou Brahms. Originaire de Nancy, maman avait conquis mon père qui l'avait entendue lors d'une soirée de gala alors qu'il voyageait pour ses affaires en France. Il était bel homme et de bonne éducation. Il avait de la fortune. Elle avait cédé à ses avances et accepté de le suivre à Berlin. Elle était devenue mère de trois filles au détriment de la musique et du chant lyrique qui auparavant constituaient le centre de sa vie.

L'histoire de mes parents me ramène à la mienne. À vingt-cinq ans, je suis une brillante harpiste et j'ai le vent en poupe. Contre toute espérance, j'ai même le privilège unique d'être engagée pour ce remplacement au sein de l'orchestre et compte bien profiter de l'aubaine pour imposer mon talent. Seule femme dans cette cohorte de musiciens, j'ai demandé à ce qu'Emma m'accompagne pour répondre aux exigences de mon père pour lequel une fille de bonne famille se doit d'être chaperonnée.

— Tout va s'arranger, Lena ! me rassure ma tendre voisine en me voyant soucieuse.

Il me serait si doux de la croire.

Nous quittons Berlin légèrement enneigé pour présenter un programme autour de Mozart dans cette jeune monarchie que les journaux disent accablée de misère et agitée par des mouvements de revendications ouvrières qui risquent bien d'enflammer le pays dans les jours prochains. Issue d'une famille où les patrons sont d'office des bienfaiteurs, je suis très peu concernée par ces événements et je dois admettre que ma petite vie, concentrée depuis toujours sur la musique, la poésie, la découverte des grands auteurs allemands et français, le raffinement des arts, les beaux objets, les belles tenues, ne m'a pas sensibilisée à ces préoccupations sociales qui agitent la classe laborieuse ici ou ailleurs.

Dans les deux wagons du train à vapeur qui nous mène à Bruxelles, l'ambiance est joviale et taquine. Ma légèreté naturelle reprend le dessus.

Je bouge pour pallier l'inconfort des banquettes de bois, enjambe avec souplesse des instruments, plaisante avec les uns et les autres, me mêle aux conversations. J'y glisse mon grain de sel. Pour certains, je suis peut-être sans gêne, mais pour la majorité, je suis un vent de fraîcheur dans l'institution, une brise de vivacité et d'irrévérence frondeuse qui les amuse. Par mes études, des petits concerts donnés à gauche et à droite, je connais nombre d'entre eux. À l'époque, je ne compte pas les soupirants qui affectionnent ma compagnie. Pas un secret qu'on me recèle, pas une confidence ni une désillusion dont on ne me fasse part. Sans être une beauté au sens classique, j'ai une silhouette qui attire les regards des hommes et je ne m'interdis pas de tirer parti de mes avantages. J'ai pris de ma mère un thé léger pour les yeux, une peau qui aime le soleil, de lourds cheveux bruns. Je n'aurais pu mieux choisir. De mon père, j'ai hérité une bouche un peu large à mon goût qui fait dire à Emma qu'elle donne de l'aisance à mon sourire.

Je reviens vers ma chaperonne dont les pensées se perdent dans le défilé saupoudré des paysages et l'embrasse. Nous sommes à la fois si proches et si différentes l'une de l'autre. Nous attendons chacune le grand amour mais sa timidité est telle qu'elle ne prend jamais les devants quand une occasion se présente. La quarantaine bien sonnée, ma pauvre amie arrive à l'âge où les chances de partager sa vie avec quelqu'un se raréfient. Elle est si bonne pourtant et je ne doute pas un seul instant qu'elle ferait une merveilleuse épouse. En ce qui me concerne, ma dette envers elle est immense. Elle s'est battue pour moi, en veillant à ce que jamais je ne capitule dans ce choix d'enfance qui, à force de travail et de persévérance, est devenu un chemin de vie. Elle m'a soutenue comme personne à l'heure du départ de ma mère. En quelque sorte, elle s'est substituée à elle, m'a aidée à combler le vide de son absence. Elle connaît mes qualités autant que mes travers, ne s'offusque pas de mon besoin irrépressible de plaire et de tenir la dragée haute à mes admirateurs ; un jeu périlleux où j'ai parfois laissé des plumes. Au courant de mes aventures, elle ne m'a jamais reproché d'être charmeuse ou dévergondée ni cataloguée comme exaltée ou libertine – ce que quelques piquets d'église et autres dévots dépités de mon entourage se faisaient un plaisir de colporter. Par contre, elle n'hésite pas à me mettre en garde contre l'orchestre :

— Cette concentration de personnes est un miroir déformant de la vie et des âges de la vie, un microcosme qui pétrit désir, ambition, frustration, séduction et se recharge à la lueur du succès.

Je le prends pour moi qui n'échappe pas à ce panorama du monde musical et couve l'espoir d'être vue, remarquée, adulée par mes pairs comme par le public. Être un centre d'amour, d'attirance, de vénération. Tel est mon but ultime alors !

Comment ne pas sourire en me remémorant ce voyage et surtout ce train que je n'imaginais pas lancé ailleurs que sur les rails que j'avais posés. Que d'animation autour de ma personne ! Sans prendre en compte Sigmund qui souhaitait me passer l'anneau au doigt et la main au corsage, j'étais courtisée par le claveciniste Johannes Stern, le violoncelliste Rudolf Striede, le corniste Franz-Jörg – impossible de revenir sur son nom de famille –, une armoire à glace qui s'institua garde de… corps et porteur de harpe dans le but inavoué de gagner mon cœur. Pauvre Franz-Jörg !

Plus trouble, l'empressement de l'éminent Jürgen Stragounov, notre chef d'orchestre. Ce dandy parfumé à crinière blanche, qui aurait pu être mon père, n'arrêtait pas de me poursuivre de ses assiduités, me couvrait de fleurs, m'assaillait d'invitations en tout genre alors même qu'il venait de se remarier avec une cantatrice napolitaine qui aurait pu être ma sœur.

Dieu, que je suis heureuse d'être sortie de ce tourbillon.

Crissement de freins, panache de fumée, toussotements d'ogre, notre train s'immobilise en gare de Bruxelles sous une pluie gluante qui, au dire des mauvaises langues, colle aux corps des habitants du pisseux royaume de Belgique comme une deuxième peau.

Une fois sur le quai, le gros de l'orchestre – dont nous faisons partie, Emma et moi – est invité à se rendre à l'Hôtel de la Gare tandis que les figures de proue du même orchestre sont conduites en voiture par un comité d'accueil et sous des parapluies à l'Hôtel Métropole où des chambres de grand luxe leur ont été réservées : une discrimination qui ne va pas sans une petite réflexion acide de ma part.

Nous recourons, mon amie et moi, à un bagagiste tandis que, fidèle à sa mission, Franz-Jörg, achemine ma grande harpe jusqu'au dernier étage de l'immeuble où deux mansardes voisines nous ont été dévolues : un véritable chemin de croix pour mon ami corniste qui, au bout de la douzième volée de marches d'un escalier étroit, n'a plus un poil de sec et souffle comme un bison pourchassé par les loups.

En guise de pourboire, un baiser retenu sur son front collant. Pas de quoi alimenter ses fantasmes et les miens.

À moins d'être empêché par ce soulèvement populaire imminent qui fait la une des journaux et dont les observateurs redoutent qu'il mette le pays à feu et à sang, le couple royal est attendu pour le samedi 20 mars dans la rutilante salle de La Monnaie pour ce concert Mozart que nous présentons avec, en première partie, le concerto pour clarinette et orchestre en la majeur et les concertos n° 1 et 4 pour cor et orchestre, successivement en *ré* et en *mi* bémol majeur. Après l'entracte sont prévus l'adagio et rondo pour glass-harmonica et, pour boucler le programme, le concerto en *do* majeur pour flûte et harpe. Je suis donc prévue pour le final après la prestation de Wolfram von Weinhof à l'harmonica de verre dans cette pièce que le grand Mozart imagina pour cet instrument conçu par cet autre génie à qui l'on doit l'invention du paratonnerre : le fameux Benjamin Franklin.

La petite histoire raconte que le sieur Franklin, après un dîner de famille bien arrosé, invita les enfants et les convives présents à sa table à produire un son en frottant les cols de leurs verres à pied avec un doigt mouillé. L'expérience ne s'arrêta pas là ! Un drageoir en cristal de Bohême rejoignit l'attirail ajoutant sa touche grave à cette partition quelque peu cacophonique. Diminuant la masse d'air en remplissant d'eau les contenants, il parvint à obtenir une gamme approximative. Fort de la constatation qu'un volume plus petit générait une note plus haute, il eut l'idée de faire façonner par un souffleur de verre un jeu de coupelles cristallines de tailles décroissantes qui couvraient trois octaves. Mille ruses furent nécessaires à l'artisan pour obtenir la précision de chaque note, le son dépendant de la quantité de matière, de la forme, de l'épaisseur… – la justesse absolue s'obtenant par rodage et polissage de chaque pièce. Le premier instrument imaginé avait l'aspect d'une table encombrée de vaisselle et se révéla rapidement impraticable. Pour gagner de la place, Franklin eut l'idée de partir d'un axe horizontal fixé sur un bâti et y enfila les précieuses coupelles verticalement en partant de la plus grande vers la plus petite. Il veilla à ce qu'elles s'emboîtent les unes dans les autres sans se toucher et qu'elles soient positionnées de manière à ce que l'écart entre les notes corresponde à la largeur d'une touche de piano.

En rotation lente, le glassharmonica libère ses harmoniques sous la pression des doigts humectés de l'instrumentiste. D'une fragilité extrême au transport et à la manipulation, cet objet inestimable lézarde d'angoisse son propriétaire, Wolfram von Weinhof. L'anxiété maladive de mon malheureux collègue contraint tout l'orchestre à fuir sa compagnie. Également détentrice d'une harpe à pédales flambant neuve de marque Erard, je comprends bien ce genre d'inquiétude que je partage avec ce musicien pathétique qui, non content de s'être saigné aux quatre veines pour se payer son instrument, ne trouve plus de repos à chaque déplacement ou déballage de ce joyau unique.

Relevé par la présence du roi Léopold II et de son épouse, la reine Marie-Henriette, notre concert fait salle comble à La Monnaie le samedi 20 mars. Je porte pour ce grand soir une tenue de velours dans les tons bleu nuit qui gaine ma taille et s'épanouit sur un col brodé qui met mon cou en valeur. Ma robe, ample à l'arrière, laisse de l'aisance à mes pieds qui doivent jongler avec les sept pédales de ma harpe. Les manches, rembourrées à hauteur des épaules, étranglent mes poignets pour ne pas accrocher les cordes. Mes cheveux sont ramassés dans un chignon d'où s'écoule un flot de mèches astucieusement torsadées. Autant je suis morte de trac en me préparant pour cette représentation, autant j'éprouve un immense plaisir à me muer en princesse au pays des rois et des reines. Au vu des œillades dont me gratifient les musiciens, je peux sentir que mon charme opère.

Le concert est bien accueilli par le public belge et quand vient la fin du programme avec ce concerto pour flûte et harpe dont je m'acquitte dignement, nous sommes remerciés par des applaudissements nourris. En galant homme, Jürgen Stragounov déserte son pupitre et tend un bras dans ma direction afin que je le rejoigne à l'avant-scène pour une révérence. Dans sa tribune, le roi déploie sa longue carcasse. Sa barbe carrée lui plastronne le torse. Sur son impulsion, le public se lève à son tour, nous ovationne tandis que le rideau monte et descend. Entre deux saluts, un commissionnaire de la cour surgit parmi nous et glisse à l'oreille de Stragounov que Sa Majesté nous attend pour nous féliciter. Je ne m'appartiens plus et je m'esquive de la scène en coup de vent aussitôt le rideau tombé et gagne ma loge afin de vérifier mon maquillage et l'état de ma coiffure. Les issues sont encombrées par les musiciens qui se retirent et je me faufile parmi les chaises vides pour gagner la sortie.

Passant près du glassharmonica de Wolfram, ma robe accroche l'instrument et le déséquilibre. Je suis pétrifiée d'horreur quand j'entends ce bruit de verre brisé derrière moi et que j'aperçois par la même occasion le visage ahuri, désemparé, horrifié de mon infortuné collègue.

— Ce n'est pas croyable, bégaie-t-il tandis qu'on me tire par la manche pour que je fasse honneur à l'invitation du monarque.

Je vois une barbe peignée, de longues mains. J'entends qu'on me parle en allemand. Je perçois des rires et des compliments mais sans que mon attention se détache une seconde du désastre que je viens de provoquer. Je n'ai qu'une hâte alors : retrouver Wolfram, évaluer avec lui l'étendue des dégâts, envisager tout ce qu'il est possible de faire pour remplacer les coupelles endommagées du glassharmonica. Le cas échéant, me mettre en chasse d'un instrument à louer qui permette à notre formation d'assurer sans rien toucher au programme le concert de Lille du vendredi 26 mars.

La reine me parle tandis que j'échafaude mes plans : ma harpe confiée à Franz-Jörg, Emma qui m'accompagne, notre départ de Bruxelles dimanche à l'aube, l'orchestre que nous rejoignons une fois les réparations opérées.

Qui m'aurait dit à cette heure-là que cette mésaventure allait entraîner le chamboulement complet de ma vie ?

2

Wolfram est un nigaud. Après s'être acharné sur ses derniers cheveux devant son glassharmonica sinistré, arrosé son désespoir d'une pleine flasque de whisky, il m'annonce son intention de mourir, se lève et s'enfonce dans la nuit bruxelloise. Affolée, je pars en quête de Franz Jörg pour m'aider à le ramener à l'hôtel et lui faire entendre raison. Nous l'apercevons à l'instant où il franchit le parapet pour sauter dans la Senne et c'est de justesse qu'on l'arrache à son projet macabre. Pour éviter à ce lourdaud d'attenter à ses jours, j'ai l'idée de le soûler. Qu'il pique un somme et me fiche la paix ! Rien n'est moins évident et ma nuit passe à la trappe sur des « Je suis un homme fini ! » et « Personne ne m'aime ! ». Un chemin expiatoire dont je me serais bien passée.

Mon projet de partir le dimanche à la recherche d'un atelier où se travaille le verre est entravé de toute part. Un journal me tombe sous les mains où je peux lire que la situation sociale provoque des troubles sur Liège et qu'un vent de révolte gagne le Pays noir telle une traînée de poudre. Les forces de l'ordre sont sur le qui-vive. Chaque personne que j'interroge lève les bras au ciel quand j'exprime mon intention de me rendre dans une cristallerie pour y réparer l'instrument de Wolfram.

— Vous n'auriez pas pu plus mal choisir votre moment, me répond-on systématiquement.

Et lorsque je demande à mon amie de m'accompagner, celle-ci se rassoit brusquement pour reprendre ses esprits.

— Ma pauvre chérie ! Ce pays est en guerre et je ne suis pas courageuse !

Comme c'est mon anniversaire, Emma a égayé sa chambrette et réuni quelques amis pour partager le gâteau rituel, me remettre un superbe châle dans les tons rouille. J'essaie de paraître joyeuse mais ne parviens pas à oublier mon tracas.

— Tu as fait ce que tu pouvais, me chuchote-t-elle comme si aucun remède ne pouvait pallier ce désastre.

Je suis une obstinée et me refuse à penser que personne à Bruxelles ne puisse me venir en aide.

En soirée, un commis de cuisine me met en contact avec un voiturier originaire de l'intrigant Pays noir. Il a des accointances dans le monde verrier et part pour la banlieue de Charleroi lundi à six heures.

— J'ai deux cousins qui travaillent à Manage, m'explique-t-il d'une voix traînante, et puis ma sœur est porteuse de canons chez Bivort. Elle est de ce monde-là.

Je ne me sens qu'à moitié à l'aise avec ce gros homme dont les yeux globuleux me déshabillent. Si seulement Emma était moins peureuse, moins émotive, nous partirions ensemble. J'envisage un moment d'emmener Wolfram avec moi mais quand j'aperçois ce dernier dans le hall de l'hôtel en état de délabrement total, ma décision est prise. J'irai seule !

Tôt matin, le voiturier m'aide à charger la malle capitonnée qui renferme les restes du glassharmonica. Il fait froid et humide et je me blottis dans une couverture tandis que nous sortons de la ville. Quand le jour se lève, les maisons cèdent la place à de vastes étendues vallonnées où alternent prairies délimitées d'aubépines et terres labourées. Éparses, de grandes fermes carrées cassent la monotonie du paysage. Mon regard s'accroche à tout ce qui est vivant pour lutter contre le sentiment de solitude, d'abandon et d'impuissance qui m'assaille. J'étais plus franche en fin de nuit quand je me suis glissée dans la chambre de Wolfram pour subtiliser son instrument et le traîner par saccades jusqu'au couloir en m'ajustant au tempo de ses ronflements. Je maudis presque mon emportement et serre contre mon ventre ma sacoche qui contient tout ce que je possède d'argent et de valeurs. J'ai une pensée coupable pour la pauvre Emma qui a dû s'apercevoir de ma disparition et doit être en larmes à l'heure qu'il est.

Au bout de trois longues heures de cahots, nous abordons la banlieue de Charleroi avec ses masures serrées, ses cheminées fumantes, ses charpentes de fer, ses crassiers. Le cocher converse avec ses chevaux et je tire un trait sur mes appréhensions de la veille. Nous quittons la chaussée pour emprunter des rues nappées de grandes flaques et d'ornières boueuses. Lorsque la voiture s'immobilise, le voiturier m'aide à descendre. Nous sommes chez sa mère.

Tête blanche sous un fichu à carreaux, bouche au sourire édenté, mêmes yeux proéminents, la vieille dame nous accueille dans la pièce chaude, met une pelletée de charbon dans le fourneau, reprend sa place tandis que mon voiturier appelle sa sœur qui se repose à l'étage. Des bols, du café très sucré coupé de chicorée, chacun s'installe pour entendre ce qui fait l'objet de ma visite. Mon accent intrigue et suscite des questions sur ma provenance. Beaucoup de bienveillance autour de moi, une vraie gentillesse et, surtout, une ferme intention de me venir en aide. On appelle un voisin qui parle d'untel. La pièce se remplit de monde. Je n'entends pas grand-chose à leur patois. Je me détends et souris de voir se profiler une solution à mon problème.

Un homme en casquette demande à jeter un œil sur l'objet sinistré. Il est du métier. La boîte est sortie de la voiture et le malheureux glassharmonica de Wolfram en est extrait avec précaution puis posé à même le sol. Le verrier tire une pipe de sa poche, la plonge dans sa blague à tabac, la bourre sans hâte, l'allume posément avant de s'accroupir devant l'instrument. Rejoint par deux congénères, il prête l'oreille à ce qui est dit autour de lui en tirant de longues bouffées comme s'il avait besoin d'un peu de fumée pour fixer sa pensée. Et c'est là que j'entends parler de Lazare pour la première fois.

— Il est la personne la mieux indiquée pour exécuter ce travail mais je crains qu'il ne puisse dégager du temps… avec ce qui se prépare…, ajoute-t-il d'un ton sibyllin.

L'homme a beau faire état de tous les obstacles qui peuvent entraver mon dessein, me parler de grèves, d'émeutes, d'un bras de fer entre l'Union verrière, un syndicat de la profession dont Lazare est membre actif, et le patronat, je perçois cet inconnu comme un familier. Je suis envahie du sentiment aussi étrange qu'inexplicable que cet homme a été placé sur ma route, qu'il est inscrit dans le tracé de ma vie alors que j'ignore tout à son sujet. J'insiste pour qu'on me conduise à lui. Mais je sens l'embarras du fumeur de pipe qui m'a ouvert cette perspective et semble s'en repentir.

— C'est qu'il travaille en ce moment sur le four à bassin de chez Baudoux.

— N'est-ce pas le meilleur endroit pour le rencontrer ? demandé-je naïvement, en usant de tout mon charme pour le convaincre.

Une demi-heure plus tard, nous sommes en route pour Lodelinsart. Alors que tout se déroule pour le mieux, je n'arrive pas à calmer les battements de mon cœur.

Liévin, c'est ainsi que se prénomme l'homme à la pipe, est tiseur. Il a en charge la fusion du verre et sa fluidité. Je me souviens jusqu'au goût du tabac macéré dans du rhum qu'il fumait. La fumée m'indisposait et je me tenais à distance pour ne pas avoir à la respirer.

À part la présence de quelques soldats en faction, je ne vois rien sur le trajet qui m'indique un soulèvement ouvrier imminent. Bien au contraire, je ressens de la quiétude auprès de ces gens qui vaquent à leurs activités quotidiennes.

Nous traversons ce que Liévin appelle « Le petit Paris ». Je ne sais s'il s'agit d'un sobriquet ou d'une plaisanterie qu'il me fait et je le gratifie d'un sourire. Avec ces grosses bâtisses fumantes, ces châteaux jouxtant des cordelières de petites maisons uniformes, on est loin de la poésie des ponts de Seine et des hôtels de maîtres de la capitale française. Le verrier évoque dans la conversation des entreprises qui portent des noms de chez nous : Schmidt, Hocquemiller et cela me donne l'impression d'être en pays connu. Pourtant, quand je pénètre dans la verrerie Baudoux et que tous les regards se portent sur moi, je me sens mal à l'aise. Sans Liévin, je crois même que je battrais en retraite.

Le tiseur salue quelques-unes de ses connaissances, puis s'attarde un long moment auprès de deux ouvriers en tenue de travail. Mes yeux s'échappent alors vers les rougeoyances des ouvreaux d'un énorme four à l'autre bout du bâtiment.

Dominant un remue-ménage d'hommes, de femmes et d'enfants à leurs besognes, trente souffleurs jonglent avec le feu et de longues formes luisantes. Hallucinée, j'assiste à un étirement de ballons d'argent sur fond de blouses amples, de bras noueux armés de métal noir, de visages en sueur et la musique informe de cet orchestre natif agité de bruits bruts me submerge d'émotions. J'approche cette métamorphose de la matière qui part de l'arrachement, devient combat à distance entre les forces du feu et de l'eau, danse fragile et périlleuse. Liévin hèle

Lazare sur le ponton mais pas un artisan ne se détourne de sa tâche sous peine de voir son effort anéanti. Je me fixe sur un des trente souffleurs. Je sais que c'est lui. De source ancienne, primitive, organique.

Lazare met une dernière main au canon qu'il a façonné. Un coup sec et le manchon de verre se dissocie du métal. Il peut à présent jeter un œil dans notre direction en s'épongeant. Le temps de ranger sa canne aux côtés des sept autres, il désescalade le ponton d'un pas allègre, fait bon accueil à Liévin, me salue d'un mouvement de tête solaire et de la caresse bleue de son regard. Je reste hébétée, muette, et abandonne au tiseur le soin d'expliquer la raison de ma venue et de formuler ma demande.

Lazare nous laisse pour se changer. Je le regarde partir. Sa blouse est trempée et ses épaules musclées saillent par endroits. Ses cheveux blonds lui collent et sa nuque large capte mon attention. Passe entre nous une porteuse de canons au visage hostile. Je me détourne. Suis-je bien à ma place ici ?

Quelques minutes et le souffleur revient dans une veste de velours côtelé, la musette sur l'épaule, en ajustant sa casquette. Il me semble plus grand et porte beau.

— Tu me montres ? demande-t-il à Liévin.

D'un geste courtois, les deux hommes m'invitent à les suivre, traversent le grand hall et gagnent la sortie. En temps normal, j'ouvrirais la marche en sautillant. Ici, je me cale comme une petite paire d'ailes derrière eux, derrière le dos formidablement solide de Lazare.

L'examen de l'instrument brisé a lieu devant l'usine dans un chassé-croisé de gens qui passent et parfois s'arrêtent pour échanger une poignée de main avec mes deux acolytes, dire quelques mots, faire part d'une impression. Un petit homme à moustaches tombantes rappelle une réunion qui se tient le soir même à l'Union verrière.

— Vingt et une heures. On compte sur vous !

Un signe de la tête en guise d'acquiescement et les deux artisans plantent genoux en terre devant l'objet sinistré, évaluent la casse, les chemins à emprunter pour restaurer l'instrument. En premier lieu, ils évoquent quelqu'un qui tourne des moules en bois fruitier. J'imagine qu'on a besoin de ces objets pour mettre en forme les coupelles manquantes. Je les entends ensuite dire grand bien d'une gobeleterie qui travaille avec une pâte de verre très cristalline. Ils préconisent cet endroit pour le soufflage des pièces. D'après ce que je saisis, Lazare a ses entrées partout. Je suis étrangère à ce monde de la technique et pour prendre corps dans le regard fascinant du souffleur, je m'immisce dans la conversation en ma qualité de musicienne pour insister sur l'importance de la justesse de chaque note, un jeu d'essais et d'erreurs qui dépend, selon Wolfram, de l'épaisseur et de la régularité des coupelles. Je comprends au sourire de mon interlocuteur que mon accent le titille ou que je lui plais et j'en perdrais presque le fil de mes idées. Pointant son doigt sur un élément de verre, il me montre des retouches à la meule.

— S'il y a lieu, on fera les corrections au touret, me dit-il.

— Mais j'en ai absolument besoin pour vendredi ! Nous donnons un concert à Lille en soirée.

Il tourne un visage amusé vers Liévin tandis que je pars dans un rire franc, libérateur. Mon naturel reprend le dessus et je suis assez femme pour sentir que j'ai fait mouche sur tous les tableaux y compris la cible de son cœur.

— Revenez jeudi matin ! Nous nous occuperons de l'ajustage et vous pourrez regagner Bruxelles en soirée.

Une fois le lieu de rendez-vous convenu avec le voiturier, je repars soulagée et rêveuse pour la capitale. Mon problème est en de bonnes mains.

De retour à Bruxelles, je retrouve mon adorable chaperonne dans tous ses états. Elle n'a pas quitté sa chambre depuis mon départ et n'a rien avalé de la journée.

— Tu m'as causé une telle frayeur, sanglote-t-elle.

Sincèrement confuse, je mets tout mon entrain à minimiser ma fugue et tâche de la consoler.

Quant à ce foutriquet de Wolfram, il me fait une scène dès qu'il m'aperçoit dans le hall de l'hôtel. De quel droit ai-je embarqué son cher instrument ? Quelle folie m'a prise de le confier à n'importe qui ?

— Est-ce que tu as seulement un papier ? hurle-t-il.

Je n'ai rien. Juste un prénom. Je n'ai même pas une idée du coût de la réparation. Débraillé, puant du bec, bouffi de s'être cuité la veille, il écume, gesticule, se tord les doigts, craque ses articulations, menace de déposer plainte pour vol. Je me confonds en excuses dans l'espoir qu'il revienne à de meilleurs sentiments et cesse de déverser sur moi ce sirop de remontrances qui m'englue. Il y a du peuple autour de nous, des voyageurs, des musiciens de l'orchestre et je préférerais qu'il m'accorde au moins le huis clos.

— Je sais, j'ai entendu, je te demande pardon encore et encore. Tu l'auras jeudi soir ta fichue machine et, si ce n'est pas le cas, je te paierai un glassharmonica tout neuf.

Que puis-je dire de plus ?

Et voilà le balourd qui revient à la charge avec le concert du 26 à Lille et l'impossibilité matérielle de trouver un instrument de remplacement pour la circonstance.

— Arrête, Wolfram ! J'ai voulu bien faire.

Les quelques musiciens qui sont témoins de la scène pourraient calmer le jeu au lieu de rester vautrés dans les fauteuils de la réception en jouissant du spectacle. Un nouvel assaut pousse ma patience à bout. Ma main part et atterrit sur le nez de mon agresseur. Je m'aperçois un peu tard que j'ai cédé à mon impulsivité et m'étonne qu'il saigne. Mon embarras est complet. Dans la minute qui suit, je tamponne de mon mouchoir en dentelles le visage du malheureux éconduit. Trop drôle cette main qui soigne après avoir molesté. Je réprime un hoquettement amusé, je pouffe et puis, tant pis pour les bonnes manières, je ris ouvertement à la barbe de ma victime.

3

Mon amour demeure, Lazare. Il n'a jamais faibli depuis ce jour qui m'a fortuitement conduite dans le bassin de la Sambre avec ses torchères de feu, ses squelettes d'acier noir, ses bâtisses lugubres, ses monticules sinistres recrachés par la terre. Et au beau milieu de ce paysage dantesque, dans la lumière aveuglante et l'odeur sulfureuse du grand four, notre première rencontre. Lazare noué par l'effort et dégoulinant d'une pluie intérieure, Lazare d'eau et de lumière, perlant, buvant, s'aspergeant pour batailler avec les forces du feu. Lazare jonglant avec les quatre éléments si j'ajoute la gravité de la matière et le souffle à ce miracle d'équilibre. Comment m'as-tu perçue ce fameux jour de nos trouvailles, quelle impression t'ai-je faite avec ma tenue coquette, mes cheveux savamment noués, l'éclat printanier de ma jeunesse quand je t'apparus au beau milieu des porteuses de canons à vitre qui déambulaient autour de toi en robe de laine et en sabots, deux énormes cylindres translucides sous les bras ? Je faisais tache dans ton territoire. Pis, tu pouvais m'assimiler à ce noyau abhorré d'impitoyables exploiteurs à qui vous vous opposiez bec et ongles pour réclamer vos droits et obtenir que soit reconnue la valeur de votre travail. Quel effet dérisoire a dû te faire ma petite tragédie musico-burlesque à côté des revendications existentielles des mineurs, des trieuses de gaillettes, des batteurs de fer, des ouvriers du verre en révolte contre le patron Baudoux qui avait introduit dans son usine les premiers fours à bassin et menaçait par cette avancée technique ta corporation. Quel élan d'amour as-tu ressenti pour t'être montré instantanément attentif à mon petit problème, toi qu'on sollicitait de partout ? Tu m'as élue ce jour-là, beau Lazare. De la même façon que j'ai su alors que tu étais l'homme que mon cœur attendait.

Trois nuits et deux jours. C'est le temps que je dois attendre avant de regagner le Pays Noir. Je dors mal et je n'arrive pas à me concentrer sur une quelconque activité la journée. Je repasse en revue sans grande conviction mes interventions harpistiques dans le concerto de Mozart. Je m'évade côté composition mais je bloque sur la deuxième mesure d'une mélodie. Je feuillette mon chansonnier. Je chante depuis toujours, presque journellement, et m'abandonne à l'écriture de petits textes que je mets en musique. Mais pour l'instant ma voix ne sort pas. Rien à faire ! J'irais volontiers flâner dans les parages de l'hôtel mais la perspective de tomber sur Wolfram éteint toute velléité. Emma s'étonne de ma torpeur et me demande si je n'ai pas pris froid. J'invoque le dépaysement ainsi que le mauvais temps pour expliquer mon état, je me garde momentanément d'évoquer ce qui m'est advenu.

— Je vais te chercher une tisane. Cela te fera du bien, propose-t-elle, inquiète.

À Berlin, je suis différente, en effet. Qu'il pleuve, qu'il vente, qu'il fasse chaud ou froid, je ne passe pas un jour sans sortir, sans embarquer une amie à la découverte de quelque chose d'intéressant en matière de concerts ou d'expositions.

Pour être franche, Lazare me trotte dans la tête et j'ai beau me dire que je suis idiote, puérile, immature, je m'abandonne à des rêveries dignes d'une gamine de quinze ans. Ma raison affleure par moments, me rappelant que nous ne sommes pas du même milieu mais le fait est que Lazare me plaît beaucoup. En tout cas davantage que Sigmund et que cette cour de musiciens qui me pourchassent de leurs compliments et de leurs ardeurs. De là à être amoureuse ? Certes Lazare s'est montré prévenant mais ne m'a-t-il pas tourné le dos presque tout le temps pour régler la question de l'harmonica avec Liévin ?

Lui ai-je seulement plu ? Je ne sais plus vraiment. Qu'il ait accepté le délai et se soit gardé de me parler du coût de la réparation est peut-être bon signe. Je n'ai aucune idée du prix qui me sera réclamé. Je n'ai pas pris d'argent liquide en suffisance. Par contre, j'ai emporté dans mon bagage une broche sertie de rubis qui me vient de ma grand-mère paternelle. Demain, sans faute, je profiterai du temps qui m'est donné pour me rendre avec Emma chez un usurier et négocier le bijou. Je soupire. La seconde d'après, je déclare à mon miroir « J'aime Lazare ! » en suivant le mouvement de mes lèvres et en embrassant mon image. Le souffleur de verre me trouble. Son torse sculpté, son regard clair, sa détermination tranquille, ses formidables mains, le déferlement radieux de son sourire…

Il faut que je sorte de mes divagations d'adolescente, que je m'extirpe de l'odeur de vieille literie et d'humidité de ma chambre d'hôtel. Je suis sotte : assez stupide pour me torturer l'esprit, et jalouser soudain ces jeunes délurées qui emportent par deux les manchons de verre à l'étendage et qui rient complaisamment aux boutades grivoises des souffleurs.

Emma s'oppose à la vente de mon pendentif et propose de m'avancer de l'argent.

— On fera les comptes une fois rentrées à Berlin, suggère-t-elle.

Elle me trouve mauvaise mine, s'étonne de mon manque d'appétit et s'inquiète pour ma santé. Je résiste à l'envie de lui confier que j'ai l'amour en tête. J'arrive à obtenir son accord pour une nouvelle escapade en solitaire du côté de Charleroi afin de récupérer l'instrument mais à quel prix !

La nuit de mercredi à jeudi est affreuse. Pas moyen de fermer l'œil ! L'anneau que j'ai aperçu au doigt de Lazare m'obsède. Je pleure de dépit. Je finis par me lever, allume le quinquet et marche vers la glace. Avec mes traits tirés, je suis repoussante, ce qui ajoute à ma tristesse et aggrave mon cas.

Le voiturier passe me prendre alors que je piétine depuis une demi-heure devant le porche de l'hôtel. Je grelotte par moments. Une fois en route, je m'enveloppe d'une couverture militaire. Blottie dans un coin, en boule, je prends la place d'un sac. À côté de moi un couple avec un petit garçon endormi. Des gens simples. Qu'est-ce qui peut amener ces personnes à se rendre dans ce pays sinistre ? En temps normal, je pose spontanément ce genre de questions, car tout m'intéresse. Mais après ma mauvaise nuit, je me contente de grappiller quelques instants de repos entre deux cahotements. Le jour se lève et, avec lui, un soleil timide, suffisant pour chasser mes noirceurs. Une halte, et nous nous dérouillons les jambes tandis que deux hommes d'apparence aisée se joignent à nous et échangent avec le cocher quelques mots sur la situation explosive du pays de Charleroi. Quand nous reprenons la route, j'interpelle les deux voyageurs dans mon meilleur français afin qu'ils m'éclairent sur les événements des derniers jours. Le plus âgé laisse la parole au plus jeune qui se fait un plaisir de m'informer de la situation.

Contrairement à leur apparence, ces messieurs à l'allure bourgeoise sont des défenseurs de la cause ouvrière. Plus, ils sont les fers de lance d'un parti qui défend le monde du travail. Frais émoulu de l'Université libre de Bruxelles avec un diplôme de juriste sous le bras, le militant me dresse un tableau du malaise social qui secoue les régions industrielles de ce pays. Regard fiévreux dans un corps malingre, l'homme est investi de son sujet. J'entends parler de l'exploitation des femmes et des enfants dans le monde houiller qui me stupéfie, des diminutions éhontées frappant les salaires des mineurs. Ma brève rencontre avec Liévin et Lazare me rend tangible le drame des ouvriers du verre que des technologies nouvelles condamnent à court terme et que des dispositions patronales estropient. Riches plus riches et pauvres plus pauvres, voilà ce qui sort de la bouche du jeune tribun et cela me révolte. Momentanément préservée, la profession des souffleurs de verre n'est pas directement touchée par les avancées technologiques. Les patrons verriers en ont besoin pour écumer ces fameux fours à bassin qui arrivent sur le marché et contiennent une centaine de tonnes de matière en fusion là où les creusets du bon vieux temps renfermaient un millier de kilos par unité.

— La mécanisation est en marche et le glas sonne pour nombre de petits métiers qui avaient leur raison d'être par le passé, conclut-il.

Et moi de penser à Liévin qui s'est si aimablement attelé à mon problème d'harmonica en me conduisant jusqu'à Lazare.

Le plus âgé des voyageurs prend le relais pour s'enflammer contre le chef d'entreprise Eugène Baudoux qui, non content de tirer des profits faramineux de la production de son verre, rabote les gains des verriers avec des pénalités à la casse, des entourloupes au mesurage des volumes produits. J'ai de bonnes raisons d'être indignée.

La conversation est interrompue plusieurs fois. La première par l'arrivée à destination du jeune couple et du petit garçon dans un village campagnard plus bas que Waterloo. La suivante par les mises en garde d'un charretier en route vers Bruxelles au départ de Gilly. Sous le coup de l'émotion, il nous annonce en primeur que cent cinquante mineurs du puits Sainte-Henriette à Fleurus se sont mis en grève et marchent vers les centres houillers de Charleroi en saccageant tout sur leur passage.

— Cela ne fait que commencer, lance amèrement le plus vieux des passagers au plus jeune.

Sur le pavé, ça discute ferme. Les deux messieurs sont intransigeants. Ils doivent gagner les locaux de l'Union verrière coûte que coûte alors que le voiturier, alarmé par son condisciple, hésite à poursuivre la route.

Ce petit monde ayant décidé de continuer le trajet, l'on m'invite, par mesure de prudence, à monter dans le chariot que nous avons croisé pour regagner Bruxelles. Rien à faire ! Je me montre inflexible et aucun argument ne m'éloigne du plan que je me suis fixé. C'est de mauvaise grâce que mes compagnons me réintègrent dans l'habitacle. Je m'y tiens coite tandis qu'ils discutent entre eux de la portée des événements. Je n'existe plus pour eux.

Les personnes qui circulent à contresens nous informent de l'évolution de la grève. Le mouvement prend de l'ampleur et des centaines de « gueules noires » rejoignent les cent cinquante mineurs à l'origine du soulèvement. Remontant du fond, tous expriment leur colère en brandissant les poings à la figure des patrons qui menacent de fermer les puits. Ces derniers maintiennent des salaires de misère en arguant que les temps sont durs et que les verreries, avec leurs nouveaux systèmes de cuisson, achètent quatre fois moins de charbon gras : une façon peu élégante de faire porter le chapeau aux verriers.

Nous entrons dans Charleroi en fin de matinée et nous nous rendons au Café central où l'Union verrière a ses quartiers. Trois hommes reçoivent mes compagnons de route parmi lesquels le personnage aux moustaches tombantes qui avait abordé Lazare l'autre jour au sujet d'une réunion. Je suis gratifiée d'un salut courtois et présentée dans la foulée à ses amis, Albert Delwarte et Oscar Falleur qui dirigent l'organisation. D'emblée, j'éprouve un sentiment favorable pour Falleur qui, malgré la tension des événements, reste aimable. C'est à lui que je m'adresse pour retrouver Lazare, le voiturier s'étant éclipsé sans demander son reste. Les yeux gentiment tombants, il me rappelle Bosco, un setter irlandais que possédait mon père. Lymphatique au quotidien, ce chien de chasse pouvait se détendre et attraper un oiseau en plein vol. Il s'avère que Falleur est un proche de Lazare. Ils travaillent au coude à coude dans les rangs des souffleurs de verre. Ils sont, tous deux, membres actifs de l'Union.

— Lazare m'a parlé de votre affaire et m'a montré l'instrument. Il a reproduit les coupelles et, comme il cherchait quelqu'un pour retoucher les pièces, je lui ai conseillé Armand Dejasse, un vieux de la vieille qui a travaillé en cristallerie et a gardé un petit atelier de biseautage chez lui. Vous pouvez vous y rendre à pied. Ce n'est pas loin. Dix minutes tout au plus.

J'aime beaucoup le timbre de voix de Falleur, son éloquence tranquille, le sourire timide qui accompagne ses propos. Je sens clairement que je lui suis sympathique et cela me réconforte. Malgré les soucis qui l'occupent, il me dépêche un habitué de l'établissement pour me mener à bon port. Déjà bien éméché, mon émissaire m'oriente sinueusement sur un chemin qui se révèle être droit et m'abandonne devant la porte d'Armand Dejasse pour aller retrouver sa chère chopine.

Je ne verrai rien de ces déchaînements de mineurs qui, quelques heures plus tôt, m'interdisaient l'accès du bassin de la Sambre. Le choc de ma journée sera de revoir Lazare, assisté du vieux biseauteur, autour de l'harmonica de verre.

— J'ai eu peur, avec les émeutes, que vous ne veniez pas !

Radieuse, je traduis aussitôt par « Je suis fou de joie que vous soyez là ! ».

— Vous ne me connaissez pas encore ! répliqué-je sans réfléchir. Je n'aurais raté ce moment pour rien au monde.

Difficile de mieux se trahir.

Lazare me fixe intensément et j'en éprouve un tel trouble que je me détourne avec une grâce apprêtée pour m'offrir une diversion du côté de la fenêtre à demi opaque de l'atelier. Je regarde le jardinet, la façade arrière de la maison d'Armand, ses briques déchaussées, ses taches d'humidité sous la toiture, son annexe fabriquée au petit bonheur avec des planches de réemploi.

— C'est joli chez vous, dis-je inconsidérément au vieil homme alors que rien ne séduit l'œil dans cette arrière-cour encombrée de misères que cette fin d'hiver tout en flaques, arbrisseaux détrempés, herbes piétinées rend plus cafardeuse encore.

— Un bon mois encore et la nature va mettre un peu de vie dans tout cela, me lance le brave homme pour ne pas me laisser sur ma réflexion complètement stupide.

Je reviens à Lazare et m'émerveille, à bon escient cette fois, sur les coupelles qu'il a soufflées et dont les plus grandes ont déjà été positionnées sur l'axe de l'instrument pour procéder à l'accordage. Il m'explique que, pour les seize coupelles manquantes, il a préparé une cinquantaine de pièces afin d'approcher la note au plus près.

— J'ai piétiné au début car je travaillais trop fin, m'explique-t-il.

— Vous jouez d'un instrument ? demandé-je à mon tour pour lancer la conversation sur mon terrain.

— Un peu de clarinette ! Nous avons une fanfare.

Lazare active le pédalier de l'harmonica, trempe son doigt dans l'eau et le pose sur le rebord d'une coupelle, passe à une autre. Puis il revient à la première. Ses mains sont superbes.

— Ici, nous sommes un peu bas.

J'acquiesce en souriant.

En deux temps trois mouvements, la pièce est détachée et rodée par Armand. Deux opérations consécutives et la note est accordée.

De *fa* en *mi*, de majeure en mineure, les gammes se reconstituent en justesse et en vibration. C'est moi, à présent, qui actionne l'instrument et le fais sonner de mes doigts humectés. Les heures tournent et je rêve que cette harmonisation ne s'arrête pas tant elle semble mettre nos deux cœurs au diapason de nos âmes. Lazare me transporte et je donnerais tout pour qu'il en éprouve autant pour moi. Là où il a du métier, de la force maîtrisée, j'ai de la fluidité, de la grâce. Malgré le froid qui règne dans l'atelier, j'entrouvre un moment le châle que j'ai reçu d'Emma afin qu'il apprécie combien ma poitrine est ronde et ma taille fine.

En début de soirée, Oscar Falleur débarque dans l'atelier d'Armand Dejasse, accompagné de l'homme aux moustaches tombantes.

L'harmonica de verre a été remonté avec ses coupelles flambant neuves et je les accueille plaisamment sur quelques mesures de Jean-Sébastien Bach.

Après cet intermède musical, les deux visiteurs mettent Lazare au fait des dispositions prises par l'Union verrière et l'informe des troubles de la journée.

— Le calme est rétabli mais la troupe ainsi que la garde civile restent sur le qui-vive. Tout rassemblement de plus de cinq personnes est interdit à partir de vingt-deux heures.

Je n'arrive pas à quitter Lazare des yeux. Son autorité naturelle en impose et se perçoit dans le regard de ses interlocuteurs. Il est sans conteste une conscience écoutée et, tout à coup, j'éprouve de la gêne de l'avoir arraché à sa cause pour une banale restauration d'instrument de musique.

Les verriers espèrent tous un retour à la normale car ils privilégient clairement le recours aux voies légales pour codifier les droits des travailleurs et stopper les abus.

Si le glassharmonica est parfaitement rénové sur le plan musical, il manque encore les deux liserés dorés qui soulignent les bords arrondis des deux « do » qui ont été renouvelés.

— J'ai une connaissance qui peut s'en charger. Je lui amène les pièces ce soir encore. Je les remonte demain tôt sur l'instrument et vous pourrez rejoindre vos amis musiciens à Lille. C'est bien demain votre concert ?

J'opine docilement de la tête tandis que mes doigts jouent pour lui.

Lazare pose sa grande main sur la mienne. Les secondes courent et il ne l'ôte pas. Il y a enracinement, ramification de sang, unification des pulsations de nos cœurs. Quand, enfin, il la porte à ses lèvres pour l'embrasser, je ne sens plus mon corps assommé de fatigue et frissonnant de froid. Je bats des ailes bleues.

Adrienne, la femme d'Armand a préparé une soupe riche en fayots, en poireaux et en couenne de lard.

— Vous n'avez rien avalé de la journée ! s'exclame-t-elle.

L'ouvrage nous a fait oublier que nos ventres criaient famine et nous suivons notre hôtesse dans la pièce chaude. Armand sort le pain rond de son essuie, ébauche une vague croix avec son couteau avant d'en couper d'épaisses tranches. La communion est discrète, recueillie, fraternelle. Je regrette que Lazare soit amené à vider son assiette à la hâte, sa journée n'étant pas finie. Je recueille de sa part l'éparpillement d'adieux pressés. Je suis déçue et ne devrais pas. Il s'est montré si large envers moi.

La chambre du fils de la maison a été préparée à mon intention. Je suis attendrie par ces braves gens qui veillent sur moi avec tant de prévenance.

— Les amis de Lazare sont nos amis, déclare Armand tandis qu'Adrienne acquiesce à son propos.

Mes remerciements sont pâles et gauches. Je les voudrais plus naturels. La chaleur sur le froid et la faim me coûte mes dernières forces. Une fois seule, je me mets au lit et m'endors sur-le-champ, avec des rêves de soie.

4

Lorsque Adrienne me réveille, il fait jour. Un voiturier que Lazare m'a dépêché pour m'emmener à Lille est pressé de fuir les lieux.

— Une bande de casseurs est en route vers Gilly, a-t-il annoncé aux époux Dejasse. Ça va chauffer !

L'urgence de mon départ nous contraint, mes hôtes et moi, à écourter le cérémonial des adieux. J'avale d'un trait un bol de café coupé de chicorée, une tranche de pain beurré. Je demande des nouvelles de Lazare tandis que le cocher me rappelle à l'ordre en faisant du tapage. Armand m'entraîne vers la sortie.

— Il est passé ce matin tôt, me dit-il, pour remonter l'harmonica de verre. Nous l'avons remis dans sa boîte. Il vous salue…

Je me sens malmenée et aussi frustrée de m'être abandonnée au sommeil. C'est de ma faute. J'aurais dû être là. Cela m'aurait rendu le cœur plus léger et, en plus, j'aurais pu m'acquitter de ma dette.

— Je n'ai pas payé son travail. Vous a-t-il seulement précisé combien il demandait ?

— Il ne m'a parlé de rien, me répond Armand.

Je suis tellement ennuyée de me retirer ainsi. Je prendrais bien un crayon et un bout de papier pour adresser un petit mot à Lazare mais le cocher est sur les dents et menace de me laisser là. Je me résigne, salue chaleureusement mes hôtes et, une fois assurée que l'instrument est solidement arrimé, je gravis le marchepied et m'installe sur la banquette.

— Prévenez Lazare que je repasserai demain, lancé-je aux époux Dejasse à la seconde où le véhicule s'ébranle.

Les appréhensions du cocher étaient fondées. La ville gronde et des slogans martelés nous arrivent aux oreilles alors que nous rattrapons la chaussée de Mons.

Dès que nous retrouvons la campagne, l'homme calme ses chevaux et je me détends. Je suis satisfaite de la décision que j'ai prise de revenir, heureuse de la tournure des événements et de l'issue providentielle de cette restauration improbable. Je suis moins dans le concert qui doit se donner ce soir que dans l'amour de Lazare. Tous les plans que j'échafaude s'effondrent aussitôt. L'ombre de Sigmund passe et repasse. Ces deux hommes n'ont rien en commun. J'imagine ma vie avec l'un et avec l'autre. Alors que j'étais fermement décidée à rompre avec mon parti autrichien dès mon retour de tournée, j'en suis à épingler ses qualités, ses atouts. Hormis le fait qu'il soit de bonne éducation, sérieux, fortuné, Sigmund est un passionné de musique et plus particulièrement d'opéra. Il a rencontré personnellement Wagner et Puccini. Il arrive qu'il m'écoute des heures derrière la porte alors même que je répète et ne manque aucune de mes prestations. Je repense à nos adieux en gare de Berlin, les roses, mon hypocrisie…

La route pavée est très endommagée par endroits et l'habitacle chaloupe en tous sens. Je redoute un nouveau choc pour l'instrument que l'accident a rendu excessivement fragile à mes yeux. Dieu fasse qu'il arrive à bon port. Un moment, je regarde ma main gauche que Lazare a détachée de sa note pour la porter à ses lèvres et l'embrasser longuement. Ce fut tout mon corps qu'il mit en apesanteur sur ce simple geste. C'était si bon !

Je ris toute seule à ce prodige qu'est le sentiment amoureux. Sigmund lui aussi s'est emparé de ma main pour y déposer un baiser, mais les bras m'en tombaient. Face à cet attrait neuf, inattendu, vertigineux qui me traverse alors, je m'interroge sur les mots aimance et amour, m'attarde sur la nuance qui différencie le travail d'aimer de la grâce d'aimer. Et de me dire que d'aimance, je puis accéder à l'amour tout comme d'une situation éclatante d'amour je puis m'engrisailler dans une relation d'estime, voire de tolérance réciproque. J'entends mon père me mettre en garde contre les miroirs aux alouettes que sont les coups de foudre et la passion.

— L'harmonie entre deux êtres n'est pas un état mais une construction au fil du temps, m'a-t-il répondu le jour où je lui faisais part de la tiédeur de mes sentiments pour Sigmund.

Une réflexion qui en dit long sur la vie affective de mes parents.

En fait, si je regarde en arrière, je me perçois comme issue de deux gris confondus, un gris perle pour ma mère, un gris acier pour mon père. Je les adore, là n'est pas la question, mais le gris chez moi a été fondateur. Papa a repris la direction de l'entreprise familiale qui fournissait casques à pointe et cuirasses à l'armée prussienne, pour la reconvertir avec brio dans l'emboutissage de casseroles, poêlons et autres moules à tartes. Maman s'est occupée de son mari, de ses trois filles, de la maisonnée, du jardin, et trop accessoirement d'elle-même. Pour nous, elle a sacrifié une carrière de chanteuse lyrique, elle est restée sur un rêve ensablé d'exploratrice, ce qui l'a rendue grisonnante avant l'âge et l'a incitée insidieusement à ne pas s'attarder parmi nous.

La pierre où mes parents ont trouvé refuge associe leurs deux gris et quand il pleut, j'y retrouve la perle et l'acier bleuté des cuirasses.

Si ma destinée m'a souvent appelée vers le gris, mon tempérament m'en a toujours éloignée. J'ai un tel besoin pour moi-même d'ocres, de carmins, de fauves, de turquoises, de verts printaniers. Sigmund est du même ton que mon père, la brillance en moins. Lazare est de feu avec ses cannes qui cueillent les orangers, les jaunes incandescents. Nous sommes de feu, lui et moi. Nous répondons du feu et non de la cendre. C'est probablement ce qui appelle aujourd'hui la fusion de nos cœurs.

Les pavés me brusquent et mon dos est douloureux. J'appréhende le moment où, les bras dans le vide, je ferai sonner ma belle harpe dans le Grand Théâtre de Lille. Une torture prévisible ! Rares dans le public sont ceux qui connaissent les maux générés par nos chers instruments. Hormis son poids qui n'est pas loin de ce que je pèse, ma harpe me comble autant qu'elle me moleste. C'est une exquise et impitoyable compagne !

J'arrive à destination trois quarts d'heure avant le concert et, après cette route éprouvante, je me heurte à l'accueil glacial de Jürgen Stragounov, notre chef d'orchestre et à la mine patibulaire de ce rabat-joie de Wolfram. Mis en place sur la scène, l'harmonica de verre est essayé par son détenteur. Personnellement, je le perçois plus brillant, plus sonore que par le passé mais n'ai-je pas de bonnes raisons d'être partie prenante ? De la bouche de Wolfram, pas un mot, pas un merci, pas un soupçon de reconnaissance pour ce haut fait de lutherie improvisée dont je suis l'héroïne.

Emma se jette en larmes dans mes bras et m'embrasse comme si elle ne m'avait plus vue depuis la guerre. Guettant mon retour depuis la veille au soir et ne me voyant pas revenir, elle a souffert mille morts. Isolée dans une petite pièce, ma pauvre professeur révisait en catastrophe la partition du concerto pour harpe en vue de me remplacer le cas échéant.

— J'ai tremblé pour toi ! me murmure-t-elle avec une petite figure.

Et lorsque je lui touche deux mots de mes péripéties, elle s'en accommode. Une autre m'accablerait de reproches.

Fidèle à sa prévenance habituelle, Franz-Jörg apporte mon instrument sur scène tandis que je le suis avec le lutrin. Emma s'occupe de l'accordage. Dans l'urgence de me changer, je passe en coulisse près de la boîte béante qui contenait le glassharmonica. Sur le capitonnage grenat, il y a une enveloppe claire que je ramasse au passage. Le public commence à affluer dans la salle et je ne suis ni habillée, ni coiffée.

Quand la sonnerie retentit, j'introduis la lettre dans ma partition avant de gagner ma place au sein de l'orchestre. Je l'ouvrirai après le concert. Chemin faisant, je maudis notre chef qui exige que tous les musiciens demeurent sur le plateau du début à la fin de la représentation pour ne pas battre la mesure devant des chaises vides, une punition pour quelqu'un comme moi qui n'interviens qu'en fin de programme.

Avant le premier coup de baguette, je sors l'enveloppe et la pose sur le lutrin, face à moi, sur mes feuilles déployées. Il me démange de prendre connaissance de son contenu. Le génie de Mozart aidant, toutes sortes d'images me traversent. Je vibre, je brûle, je rougis à l'incongruité de mes pensées avant de revenir sur terre en me persuadant que cette enveloppe blanche ne renferme rien d'autre qu'un estimatif de la réparation, une vulgaire facture. La curiosité est finalement plus forte. Amenant discrètement le pli de Lazare à moi, je l'ouvre pendant un « fortissimo » derrière le corps de ma harpe sans que personne autour ou dans la salle flaire la manœuvre. Écrits fougueusement, ces quelques mots : *« Même si trois chevaux doivent crever sous moi, je serai ce soir à Lille pour vous entendre. »*

Je tourne presque de l'œil et replie le papier en deux, en quatre, en huit, le glisse subrepticement dans ma manche comme si j'avais été mise au courant de la plus secrète des conspirations contre l'État. Je regarde dans le public où il peut bien être. J'ai chaud tout à coup. Je serais chanteuse qu'il me serait impossible de produire le moindre son. Me ressaisir ! Être à la hauteur ! Lazare est ici et ne voit que moi dans tout le parterre des musiciens. Je peux deviner son sourire à l'idée qu'il éveille mon trouble. Je suis sûre qu'il a percé mes manigances. Un geste de coquetterie m'échappe : une mèche de cheveux à domestiquer. Suis-je belle ? Je me suis préparée si vite, le temps faisant défaut. Je tiens à lui plaire, je veux étinceler pour lui, être à la hauteur de son amour. Mes pupilles scrutent les spectateurs. De nombreuses paires de jumelles masquent des visages. Pas un siège de libre ! Je crains brusquement que Lazare n'ait pas eu la possibilité d'entrer et qu'il ne trépigne derrière la porte.

Me vient soudain l'idée saugrenue que Sigmund est lui aussi dans la salle. Déjà, il y a huit mois, alors que nous jouions à Venise le concerto pour harpe de Boieldieu, il m'a fait ce type de surprise. Quel ne fut pas mon étonnement de le voir apparaître derrière un imposant bouquet de glaïeuls aussitôt le rideau tombé. Je me souviens de l'ambivalence de mes sentiments, un mélange imprécis de contentement et d'agacement. J'ai bien caché mon jeu pour ne pas le vexer ni passer pour une ingrate.

J'ai froid subitement. Dans moins d'une heure, Lazare sera face à moi. C'est un homme qu'on n'arrête pas, un tigre chasseur, un chef de meute. Il m'attire et m'effraie tout autant. Pas question avec lui de minauder ou de se perdre en procrastinations. Je délire et me laisse envahir par une peur imbécile qui n'a pas lieu d'être. Si je ne me calme pas, je serai incapable de jouer ma partie, d'autant que je n'ai plus répété depuis mardi. Une salade de pédales et ma prestation est par terre. J'implore Mozart qu'il accapare mes pensées et anesthésie mes tourments. La musique a ce pouvoir et ce magnifique compositeur est un magicien en ce domaine.

Retour donc aux morceaux présentés, à l'orchestre et à son chef. Ici, j'opterais pour plus de vélocité. Là, je ressens de l'empâtement du côté des altos. Ailleurs encore, je pointe des imprécisions dans les attaques ou des lourdeurs d'interprétation. Que de visages rébarbatifs du côté des musiciens ! À part pour quelques-uns qu'anime encore le feu sacré, les mines sont marquées au fer rougi du sérieux et de la douleur. Curieux, ce cérémonial engoncé où un air alerte est servi en raideur dans des habits de croque-morts. Un orchestre devrait danser, faire des pirouettes, battre la mesure avec les archets, dégager en tout cas autre chose que de l'amidonné, du gominé, du noir souligné de blanc.

Au risque de donner aux spectateurs la désolante impression que je somnole, je clos un moment les paupières pour me fondre au plus près de la musique. Nous en sommes à la pièce qu'écrivit Mozart pour harmonica de verre. Là où j'imaginais avant des paysages enneigés, des ponts de glace enjambant des précipices, des torrents statufiés par le gel, je perçois, ce soir, une nuée de flambeaux balayant le ciel comme des oriflammes, des drapeaux de feux déployés au sommet de hampes raides, un ballet de lenteur translucide reflétant les ors et les trésors des ouvreaux du grand four. Miroirs de ce bassin de lave, je vois les prunelles incandescentes de Lazare… Lazare encore. Il me fixe ! Il se fixe en moi !

C'est pour toi que je joue ce soir, dompteur de dragons ! Je prie pour que mon jeu touche ton cœur tout comme mon cœur fut touché par ton tournoi verrier. Je prie de mes deux mains séparées par un rideau de notes, je prie à notre amour naissant, mains disjointes, avec en phalanges la musique de Mozart. Je me divise gauche et droite, un pôle pour l'assise et le rythme, l'autre pôle pour le déploiement des couleurs, le flux mélodieux et festif de la source. La baguette rigide de Stragounov contraint mon jeu. Elle fait barreaux et cage des soyeuses cordes que mes doigts sollicitent. Elle me bride dans mes jaillissements, elle alourdit les motifs là où Mozart laissait rire sa jeunesse.

Applaudissements enthousiastes, rappels, le public de Lille ne boude pas son plaisir. Tout semble s'être déroulé pour le mieux. Pourtant, Stragounov est visiblement mécontent. Quand le rideau tombe, il me rattrape en coulisses et me lance courroucé :

— Vous n'étiez pas avec nous !

Je le regarde sans trop comprendre ce qui m'arrive tandis qu'il me passe un savon.

— Vous me faites cela encore une fois et je ne ferai plus jamais appel à vous !

Emportée par les événements, j'ai sans doute donné à ma partie un peu trop d'entrain et lui adresse mes plates excuses même s'il me démange de dire à ce balourd qu'il nous a servi du Mozart anémié et poussif.

Une contrariété n'arrivant jamais seule, je ne vois pas Lazare parmi le public qui se retire et en suis à me demander s'il est vraiment venu. Je le cherche dans le hall d'entrée, du côté des salles et même jusque dans la rue. Ma déception tombe sur ma fatigue et je pars m'isoler dans un coin où je peux pleurer sans être vue. Une fois calmée, je regagne ma loge où m'attend mon amie. Sa mine anxieuse m'amène à me vider de tout ce que j'ai sur le cœur. On nous réclame à la réception que la ville de Lille a organisée en notre honneur. J'ai les yeux bouffis et hésite à m'y rendre.

— Ça te changera les idées, insiste Emma.

Alors que je pénètre dans le grand salon, un télégramme de Sigmund m'est remis par Franz-Jörg. Mon prétendant me souhaite un bon concert et me gourmande d'avoir été si avare de nouvelles ces derniers jours. Je fais une boulette de papier des remontrances de ce raseur et l'échange contre une coupe de champagne. Je me laisse resservir deux, trois, quatre, dix fois ? J'écluse jusqu'à l'insouciance. Plus de Stragounov, de Wolfram, de Sigmund et de Lazare dans mon champ de vision. Je bois, je ris outrancièrement. Les Lilloises bien mises suivent avec hauteur mes excentricités mais je m'en contrefiche. Ma cour est autour de moi et s'amuse de mes impertinences. Chacun en prend pour son grade et en redemande.

Et que le diable encorne tous ces empêcheurs de flûter en rond !

5

Le lendemain tôt, je prends le train en gare de Lille pour me rendre à Charleroi. J'ai la nausée et très mal à la tête. Je serais bien mieux dans mon lit. J'ai laissé un mot succinct à Emma où je lui demande de me pardonner cette nouvelle dérobade et lui promets que ce sera la dernière. Par la même occasion je lui confie la garde de ma harpe. Ma pauvre chaperonne a bien du fil à retordre avec mes frasques et je m'en veux d'ajouter à ses tourments. Je reviendrai dimanche soir au plus tard, notre départ pour Paris étant fixé à lundi.

Aujourd'hui, nous sommes samedi. Le compartiment est bondé. En face de moi, une grosse femme avec un panier cage en osier rempli de poulettes. Ce petit monde aviaire caquette et sent la fiente. Mouchoir sur la bouche, je me bats contre une envie de vomir. À chaque arrêt du train, je sors prendre l'air et choisis un endroit ensoleillé où m'asseoir. Le temps est encore frais mais la douceur du printemps est palpable. Je retourne sur ma banquette avec en main un petit bouquet de perce-neige. J'ai besoin de la compagnie des fleurs. Non loin de moi, un homme fume un tabac sucré à grosses bouffées. Je me mets en quête d'une autre place.

Partout, les gens parlent des troubles qui agitent le Pays noir. À ce que j'entends, la journée d'hier fut sanglante et des émeutiers auraient mis le feu à une fabrique de verre à vitres. Je tremble soudain ! Une voix s'élève dans le wagon :

— Les voyageurs à destination de Charleroi sont priés de changer de voiture.

Je prends mon bagage et attends sur le quai qu'arrive ma correspondance. Il y a une gazette abandonnée sur un banc où je peux lire que la journée de vendredi fut fatale pour les verreries du bassin de la Sambre et que cinq mille grévistes en colère s'en sont pris à l'usine et au château du patron-verrier Eugène Baudoux. Ivres de rage, ils ont incendié les bâtiments après avoir tout saccagé. La région où je me rends est maintenant sur le pied de guerre. Sabre au clair, la troupe a chargé les manifestants. On déplore des morts et des blessés.

Je tremble pour Lazare et m'inquiète pour Liévin, pour les Dejasse, pour tous ces braves gens que j'ai récemment croisés et qui se sont montrés si attentionnés. Ce que je lis m'atteint profondément et je ne peux me détacher de cet article qui ne me donne qu'une vision succincte des événements. Je doute que Lazare ait assisté les bras croisés à la destruction de la verrerie Baudoux. Imaginant quelle a pu être sa réaction, je suis prise d'angoisse.

Alors que la prudence pousse les personnes en route pour le Pays noir à rebrousser chemin, je dois à tout prix m'assurer que mes amis sont saufs, épargnés par ce vent de violence.

Dans le train qui nous conduit à Charleroi, le poinçonneur fait salon d'un compartiment à l'autre avec les toutes dernières nouvelles. Il parle d'abord d'un gamin qui a été piétiné et qu'on a relevé plus mort que vif, il raconte ensuite que les cueilleurs et les souffleurs de verre de chez Baudoux ont fait bloc contre les grévistes quand ceux-ci ont jeté les cannes dans le four à bassin. Mon cœur s'emballe. Je ne vois que Lazare pour barrer aux émeutiers l'accès à l'estrade sacrée. J'agrippe l'oiseau de mauvais augure par la manche et l'assaille de mes questions.

— Il y a eu des blessés, dites-moi ?

— Des morts aussi, madame.

— De quel côté ?

— Des deux côtés !

Je voudrais savoir qui, combien… Mais l'homme reste évasif. Je défaille à l'idée qu'il soit arrivé malheur à Lazare.

Après son compte-rendu de l'incendie de la verrerie Baudoux, le poinçonneur relate la mise à sac, en soirée, de la glacerie de Roux. Équipés de falots, les grévistes ont forcé les grilles de l'usine et ont tout cassé. Pas une glace qui n'ait survécu à leur folie destructrice. Non contents de tout saccager, les émeutiers se sont livrés au pillage.

— Ils étaient tellement déchaînés qu'ils n'ont pas vu la troupe les cerner ! raconte l'homme. Ils n'ont pas entendu les sommations.

Des coups de feu ont éclaté fauchant plusieurs manifestants. Cinq d'entre eux ont été tués.

L'employé des chemins de fer quitte notre voiture et mon attention se resserre sur ce petit bouquet de perce-neige que je tiens dans les mains et dont les fleurs s'affaissent tristement. Elles sont à mon image, vidées de leur force. Ce qui aurait été un fait divers, il y a une semaine encore, est devenu par les lois du destin un nœud de ma vie. À l'anxiété qui me tenaille, se mêle un sentiment d'oppression plus large qui touche à ces nouveaux courants où je dérive et dont je ne connais pas la destination. Suis-je prête à tout verser dans cette facétie de mon cœur, à me mettre peut-être en deuil d'un amour dont je n'ai fait qu'effleurer le possible ? Que me réserve cette journée ? Dans une heure voire deux, mes incertitudes seront apaisées. Je dois être patiente et ce n'est pas ma qualité première.

En face de moi, un homme séduisant qui doit avoir mon âge regarde par la fenêtre pour ne pas croiser mon regard. Il m'épie quand mes yeux se fixent ailleurs et cela m'ennuie car je ne suis pas à mon avantage. Soudain, il sort un carnet, de quoi prendre des notes. Je parierais pour un journaliste. Petit à petit, je me rétablis des excès de la veille et reprends pied dans le réel : une chambre d'hôtel à réserver à proximité de la gare où je laisserai mon bagage, une tenue plus neutre à revêtir pour ne pas attirer l'attention.

Mon voisin griffonne maintenant sans relâche. J'observe ses mains soignées où s'agite un petit crayon qui de temps à autre frétille du côté de sa bouche.

La locomotive s'immobilise en campagne pour un plein d'eau et de combustible. Ce voyage n'en finit pas. Je vais et je viens le long de la voie. Je pense à l'orchestre qui repart ce lundi pour Paris où est programmé notre dernier concert et à notre retour à Berlin prévu pour jeudi prochain. Le sifflet nous appelle et je rends mes perce-neige à la nature comme un enfant ouvre ses mains à un oisillon captif. Mon compagnon de voyage m'observe par la vitre du wagon.

Je suis en train de regagner ma place quand le train, en s'ébranlant, me déséquilibre et me verse dans les bras de ce dernier. Passé un moment de confusion, nous échangeons quelques mots et nous nous présentons. Il se nomme Jules Destrée, il est avocat et non journaliste comme je l'avais pensé. Je l'interroge sur ce qui peut bien amener un homme de loi dans cette région troublée. Sourire aux lèvres, il me rend la pareille en me questionnant sur la présence d'une harpiste prussienne au milieu de cette « pétaudière ». Ma réponse est évasive, la sienne directe : il a été convoqué d'urgence par le président de l'Union verrière.

— Les patrons-verriers auront beau jeu d'accuser mes clients d'être les instigateurs de la grève. Ils ne manqueront pas de leur faire endosser la responsabilité des événements.

Je n'arrive pas à croire que des gens puissent se préoccuper de parades juridiques ou esquiver leur culpabilité alors que le sang coule.

Nous arrivons enfin en gare de Charleroi. Le quai où nous débarquons est envahi de troupiers. Assistés par des infirmiers, des soldats qu'on rapatrie. Blessés, civières, béquilles et pansements donnent une idée de la violence des affrontements. Prêt à être chargé dans un wagon de queue, un macabre alignement de cercueils. Je me détourne pour fuir cette vision et pars en chasse d'une chambre pour la nuit. Pris d'assaut par les journalistes, les hôtels du centre affichent complets. Un désistement de dernière minute me vaut l'obtention d'une suite spacieuse au Grand Hôtel. Je me serais contentée de moins.

Lorsque la porte se referme sur moi et que je me retrouve seule, prisonnière de ce pays en proie à la colère, m'apparaît toute l'incongruité de ce troisième voyage que rien de raisonnable ne justifie, et que je ressens soudainement comme une trahison aux êtres qui me sont chers. Qu'est-ce que tu fais dans cette chambre de luxe ? Qu'est-ce qui t'a pris de revenir ? je me demande. Ce mot d'amour écrit à la hâte par Lazare m'a ensorcelée et ce message tout aussi bravache que j'ai adressé à Armand Dejasse a été le déclencheur d'un retour inapproprié. Je sens le sol se dérober sous mes pieds, je m'effondre sur le lit carré et m'aveugle d'un oreiller pour cacher ma désespérance. Point n'était besoin de revenir tout de suite et de m'exposer, au plus vif de mon coup de foudre pour Lazare, au drame que je pressens. En vérité, je suis morte de peur, tétanisée à l'idée de sortir d'ici pour aller au-devant d'une nouvelle que je redoute. Lazare a été tué. Et me voilà qui pleure à nouveau.

Dehors, la cité semble tranquille. Pas une voix qui s'élève, pas un bruit qui puisse s'apparenter à un mouvement de foule. La cloche d'une église toute proche compte les heures : un, deux, trois, quatre, onze… Je dois y aller ! En quelques secondes, je suis debout, je me déshabille, je me change, je me presse. Surtout ne pas me laisser envahir par la panique ! Ne pas penser !

— Il faut que je me rende à l'Union verrière ! Il faut que je sache pour Lazare ! Il faut ! Il faut !

Quelques minutes plus tard, je cours dans la rue et interpelle les gens pour qu'ils m'indiquent le chemin. Je reprends mon souffle avant de passer la porte du Café central. Attablée, une dizaine de personnes en grande discussion. Je reconnais Oscar Falleur et Liévin. J'aperçois de dos Jules Destrée avec lequel j'ai fait le voyage de Mons à Charleroi. Liévin vient à moi et, quand je lui demande où trouver Lazare, me dit à voix basse :

— Nous nous sommes séparés il y a une heure. Il est parti avec son frère rejoindre un groupe de manifestants qui démarre de Jumet pour descendre sur La Bassée à Roux.

Je ne pose pas d'autres questions et quitte aussitôt les locaux de l'Union verrière. Je ne sais pas où sont Jumet, Roux, La Bassée mais je cours comme une folle en demandant mon chemin. Une charrette tirée par deux chevaux de trait passe à proximité avec une douzaine de personnes à son bord et je l'arrête. Des mains se tendent et me hissent au-dessus de la ridelle. Il n'y a pas de temps à perdre.

Je tâche de reprendre mon souffle tandis qu'autour de moi la rage s'exprime par des poings brandis au ciel, des slogans. Une des deux femmes présente sur le plateau est déchaînée. Elle serait en face d'un de ces exploitants du monde ouvrier qu'elle l'étriperait volontiers. Je me sens du côté de ces gens même si leur colère est à mille lieues de ce qu'a été ma vie. La furie braque sur moi ses yeux haineux et je ne peux supporter son regard. Elle me fait peur. Des cris scandés nous parviennent et l'on ne tarde pas à rattraper le sillage gris des émeutiers. Je saute du chariot et me glisse parmi les manifestants. Je me faufile entre eux, les dépasse, cherche de tous côtés Lazare dans ce flot humain, cette foule qui martèle ses revendications. Je monte en première ligne. C'est là qu'il marche. J'en suis sûre. Un drapeau rouge ouvre la manifestation. Le rouge est sa couleur. Il ne peut être loin.

Brusquement, je me réveille. Ma place n'est pas ici. Je le comprends un peu tard. Il ne faut pas qu'il me voie, surtout, qu'il ne sache pas que je suis avec lui. Je me grandissais, je bombais la poitrine afin qu'il me repère et à présent je m'efface, je me noie dans ce fleuve rugissant telle une branche à la dérive.

Le flux s'arrête brusquement. Il y a barrage. Je suis trop petite pour voir ce qui se passe en aval. Des coups de feu éclatent. Des hurlements de panique leur répondent. Je suis bousculée par des manifestants qui se replient en catastrophe.

— Ils ont tiré sans sommation ! crie une gueule noire armée d'une hache.

Dans les rangs des grévistes, un homme en chapeau noir à large bord et en redingote s'est retranché derrière une maçonnerie. Armé d'un revolver, il fait feu sur les soldats. Me croyant innocemment hors de portée des fusils, je me tiens debout à supplier Lazare de se mettre à l'abri tandis que le drapeau tombe et que des hommes et des femmes sont fauchés par les balles. J'entends clairement un ordre donné en anglais par le tireur embusqué à des acolytes.

— *Let's go !* dit-il.

Je le prends pour moi et recule avec eux.

Quelques pas et je m'arrête. Je ne peux pas partir. Les armes se sont tues et je me mêle à une vingtaine de personnes qui reviennent sur les militaires, en direction des victimes. Les cris de protestation ont fait place aux gémissements et aux pleurs. Des injures adressées aux forces de l'ordre qui emmènent morts et blessés des deux camps fusent. Côté troupe, les pertes sont sévères. Le gros de la foule s'est éparpillé. J'apprendrai plus tard qu'elle passera sa colère en s'attaquant aux châteaux, aux couvents, à tous les symboles de l'oppression et du profit. J'erre parmi les cadavres et les mourants. Je suis ivre. Je tombe sur un corps inerte au visage fracassé. J'ai du sang sur ma robe et mes cheveux sont défaits. Lazare, sauve-moi !

Je rentre dans la mer jusqu'aux hanches, jusqu'aux épaules, jusqu'au front. Je me noie. Toutes ces vies emportées dans cette révolte légitime, ce naufrage de naufragés me broient le cœur. Rude ami que j'attendis hier en vain et que je redoute aujourd'hui de reconnaître sur ce champ de bataille, ne te montre pas. De grâce ! Je te veux vivant.

Une femme qui m'a aperçue chez Baudoux me prend sous sa protection. Elle m'interroge avec son amie sur l'endroit où je souhaite être ramenée. Je parle d'abord du Café central et de l'Union verrière mais une fois à proximité, je leur exprime mon souhait de rentrer au Grand Hôtel. Je ne veux pas que les amis de Lazare me voient dans cet état. Le réceptionniste nous accueille avec une grimace et ne me concède la clé de ma chambre qu'une fois assuré que je ne suis pas blessée.

J'ai vécu beaucoup de violences dans ma vie mais, parmi les événements qui m'ont le plus marquée, il y a ce moment où je suis à genoux à laver ma robe du sang de ce jeune soldat qu'un émeutier a tué sous le coup de la colère. Je m'acharne en vain pour que cette tache s'efface et ni mon ardeur ni mes sanglots ne parviennent à bannir de ma tête cette vision d'horreur. Devant l'impossibilité d'éliminer cette souillure, je fais une boule du vêtement pour m'en débarrasser. Je sors et marche vers la rivière où je jette ma robe. Je la vois alors se déployer, flotter entre deux eaux puis disparaître. Enfin quitte de cette peau morte, je rentre dans ma chambre d'hôtel totalement épuisée. Je m'effondre tout habillée sur mon lit et m'endors au bout de quelques secondes.

Quelle heure peut-il être ? Je ne sais. Quelqu'un frappe à ma porte à petits coups feutrés et insistants. Probablement un message de la réception. À moins que… Lazare ? J'allume un quinquet, interroge la glace, l'état de mon visage. Mes cheveux pendent. Je les ramasse derrière ma nuque, cherche en vain un ruban tandis que mon visiteur me presse de lui ouvrir.

— Je suis à toi, dis-je silencieusement.

Ce tutoiement qui m'échappe me rend confuse. Je tremble quand je libère la chaîne et que je tourne la clé. Lazare entre et referme sans bruit la porte à double tour. Tant son visage que ses vêtements sont maculés de poussière. Il me fait face. Ses bras m'enserrent, ses mains puissantes rabattent ma tête sur sa poitrine. J'ai l'oreille contre son cœur que j'entends cogner. Je l'étreins à mon tour.

— Tu ne peux pas imaginer, bredouille-t-il, un sanglot dans la voix.

Lazare n'en dit pas plus. Il en est incapable. Trop de peur, de douleur, de coups assenés et reçus. Trop de sang. Le besoin vital de renaître d'une caresse, d'entrer en consolation dans ma chaleur aimante. Je touche son dos et le désir me gagne, m'amène sur ses épaules, ses cheveux drus tandis que je pleure en sourdine les victimes de Roux, la douceur ouatée de Berlin, mon prétendant et ses bouquets de fleurs blanches.

Nos mains s'emballent. Les siennes poignent, pétrissent, s'insinuent. Sa bouche me happe, la mienne s'offre et, avec elle, mon cœur et mon corps. Besoin de se répandre, de se désentraver, d'être de l'étoffe originelle de nos deux peaux, nous recouvrir, nous confondre. Lazare me déshabille et je l'aide à se défaire de ses vêtements. Il me voit nue, se fige sur un moment d'émerveillement avant de me verser sur le lit. Je suis telle une goélette fouettée par les vents, prairie d'herbes hautes et de fleurs sauvages décoiffée par la brise, je suis verre soufflé en balancement dans les airs sur des gestes qui dansent.

J'accepte que les portes de mon ventre te soient ouvertes, Lazare, et pourtant une pluie grise se met à tomber, et avec elle la souillure et la honte.

J'ai dix-huit ans. Nous passons en famille des vacances à Marseille. Je ne connais de l'amour et des hommes que les romans à l'eau de rose de mon adolescence et je découvre la Méditerranée avec des garçons cuivrés qui me font de l'œil, me complimentent en paradant. La vie s'éclaire au bout d'un tunnel de douze ans peuplé pour l'essentiel de nonnettes et de consœurs en jupes bleues et en bas blancs. La bride a été trop courte et j'engrange secrètement du sourire, de tendres bourrades, du petit baiser.

Une nuit, à l'insu de mes parents et de mes sœurs, je quitte ma chambre retrouver des amis.

Un traquenard m'attend. Les visages ont changé, se sont durcis. Plus une once de douceur, plus de mots gentils. Les portes se ferment. Je veux partir, j'implore, je pleure. Rien qui les apitoie. Je me débats quand ils me détroussent, je frappe jusqu'à temps qu'ils m'immobilisent, je concède, j'arrive à fuir sur un moment d'inattention mais dans quel état...

Lazare entre en moi et dans ma pauvre tête quelqu'un me viole. Je le fixe pour m'assurer que c'est bien lui, pour le reconnaître, l'accepter. L'eau turquoise de mon amour est captive d'un barrage, statufiée d'un hiver vieux de sept ans.

— Pardon, Lazare, de ne pouvoir m'élever avec toi. Il y a eu saccage mais cela n'enlève rien au fait que je t'aime et te reçois pleinement.

Lazare se répand dans un râle étouffé, des soubresauts. Je suis riche d'un lac intérieur et je lui rends grâce tandis qu'il se morfond de m'avoir prise à la sauvage pour s'échapper quelques courts instants du puits sans fond où ces deux derniers jours l'ont plongé.

— J'ai tué, me déclare-t-il d'une voix blanche.

Je l'adoube de mes bras. Qu'il fasse son nid de mes branchages et un duvet hospitalier de mon amour.

6

Emma va en être malade mais la tournée partira pour Paris sans moi. Telle est la décision que j'arrête le dimanche 28 mars au moment de reprendre le train pour Lille. Mon amie est parfaitement capable de jouer ma partie et Stragounov n'aura même pas à remanier le programme. Je ne veux pas imaginer dans quel état de désespérance elle se trouve à l'heure qu'il est. De mon côté, je suis loin d'être brillante ! Accoutumée à ne pas faillir à mes devoirs, j'ai bien conscience de saborder ma carrière en agissant de la sorte mais ne puis me résoudre à quitter Lazare après ce drame épouvantable dont mes oreilles bourdonnent encore.

Épuisé, mon amour s'est enfin endormi après m'avoir ouvert à son secret, ses appréhensions face à l'avenir, sa tristesse devant les débris de ce qui constituait sa vie. Ce qui s'est passé est horrible ! Je pleure sur lui, sur nous. On n'est pas trop de deux pour porter le joug que les événements des derniers jours lui ont fait endosser.

Le cauchemar commence jeudi dans l'après-midi quand une bande de grévistes armée de gourdins, de barres de fer et de hachettes déboule dans les locaux d'Eugène Baudoux et vandalise l'usine. Les émeutiers n'en sont pas à leurs premiers méfaits. Ils ont brisé la production et les outils d'une demi-douzaine de verreries avant de débarquer là-bas. Ils ne se contrôlent plus. Parmi eux des mineurs, des hiercheurs, des ouvriers du métal et du verre, des jeunes et de nombreuses femmes. Les conditions de vie de ces pauvres gens justifient dix fois, cent fois qu'ils fassent entendre leurs voix et réclament leurs droits. Moins acceptable, la présence d'une poignée d'agitateurs commandés à distance par deux messieurs au chapeau noir qui enflamment le conflit. Ce sont eux qui ont ouvert le champ au saccage complet des entreprises visitées depuis le matin. Si Lazare et ses compagnons se rallient pleinement au bien-fondé de ce mouvement de révolte, ils désapprouvent cette escalade de la violence qui pénalise à leurs yeux l'action qui est menée.

Alors que la masse des grévistes détruisent inconsidérément le matériel et la forêt irréelle de canons translucides – véritables miracles d'équilibre, de virtuosité et de fragilité –, les souffleurs de chez Baudoux se rassemblent comme un seul homme sur le ponton, en haut de l'estrade où se travaille la belle pâte incandescente et fluide que contient le nouveau four à bassin du patron-verrier. Ils font obstacle à cet acte de profanation et enjoignent les émeutiers d'arrêter là le carnage. Point n'est besoin de casser l'outil ou de faire payer aux bons ouvriers les exactions des exploiteurs. Les manifestants ne l'entendent pas de cette façon. Ils débordent par la gauche et par la droite les verriers qui font barrage en utilisant leur canne comme repoussoir pour les tenir à distance. Sans discernement, ils jettent dans le four tout ce qui leur tombe sous la main. Le ton monte et des coups s'échangent. Rudoyé, un des agitateurs sort un couteau de sa poche et frappe mortellement au foie Pierre Monsœur, le petit Pierrot comme on l'appelle à l'usine. Sur le ponton, c'est la consternation ! Pour Lazare, ce meurtre appelle la vengeance. Il quitte le promontoire à la poursuite du tueur, perd sa trace dans la cohue, passe au crible chaque partie de l'usine, le retrouve en compagnie des deux chapeaux noirs qui débouchent de la salle aux archives d'où sort une épaisse fumée. La panique succède à la rage populaire quand une explosion et le feu embrasent l'usine comme torche. La foule reflue, couvrant le repli des fauteurs de troubles.

Tournant le dos à l'incendie, Lazare revient chez lui à la hâte. Il sort un revolver d'une armoire, introduit six balles dans le barillet au moment où son frère Théo le rejoint. Lui aussi est armé ! Ensemble, ils écument les parages, interrogent les uns et les autres pour situer l'endroit où les agitateurs ont leur quartier. La manifestation se délite et tourne au pillage. Un deuxième panache s'ajoute au premier. Les grévistes ont incendié le château d'Eugène Baudoux.

À la nuit tombée, une poignée de verriers rencontre les responsables du Syndicat. L'heure est à l'indignation pour les uns et au découragement pour les autres. Oscar Falleur et Xavier Schmidt s'échinent à calmer les esprits.

— N'aggravons pas notre situation ! recommandent-ils.

De son côté, Lazare ne desserre pas les dents de la soirée. Il n'a qu'une idée en tête : faire payer leur crime aux assassins de Pierrot Monsœur.

Ce n'est que le lendemain dans l'après-midi, peu après l'affreuse fusillade de Roux, que Lazare reconnaît l'homme au couteau et un compère fuyant le massacre derrière un des meneurs en chapeau et en redingote noire. Avec Théo, il suit les tueurs jusqu'à un bâtiment en construction qui se révèle être un de leurs points de chute. Les deux frères interceptent le trio alors qu'ils vident les lieux avec leurs bagages. Les armes parlent.

Frappé en pleine poitrine, le chef de la bande s'effondre, mortellement atteint. La mort attend aussi l'un de ses sbires. Blessé à la cuisse, le troisième larron réussit à s'échapper en claudiquant.

Soucieux de maquiller leur méfait, les deux verriers tirent les corps à proximité d'un bac de chaux vive. Ils fouillent à la hâte les cadavres avant de les immerger. Ce rituel macabre se déroule dans le plus coupable des silences. Même chose pour cet examen rapide des effets personnels des agitateurs qui révèle trois passages pour les Amériques, une rosette de métal où l'on peut lire « Pinkerton Agency », et, surtout, une liasse de feuilles volantes noircies de formules destinées à la fabrication de verres colorés et opalescents, une mine d'or subtilisée dans le coffre-fort de la verrerie des Hamendes et dont, je l'apprendrai plus tard, le chimiste Augustin Froissart avait été le rédacteur. La soif de vengeance se mue en consternation et la menace d'être confondus pousse les deux frères à confier les bagages à la voracité des cuves à l'exception, bien sûr, des secrets volés. Désertant les lieux, les justiciers, en proie au remords, mesurent avec terreur la portée de leurs actes.

Lazare dort à côté de moi et son beau visage respire la sérénité. Des rais de lumière s'infiltrent entre les tentures et donnent vie à la chambre à chaque apparition du soleil. Je crains autant que j'attends cet instant où il se réveillera. Si seulement j'avais le pouvoir d'alléger son fardeau. J'éprouve un véritable chagrin de le savoir prisonnier de la peine, rattrapé par le gris, lui qui, quelques jours plus tôt, brillait de tous les feux de la vie. Il me faut attendre la fin de l'après-midi pour que Lazare resurgisse. Son réveil est fébrile, dérouté.

— Il faut que je discute avec Falleur, m'annonce-t-il.

J'aurais voulu qu'il vienne à moi, me réclame, m'embrasse, qu'il reste dans la connivence, la fusion des cœurs mais il donne priorité à l'Union verrière et à ses amis.

— C'est un coup monté. Ils nous tiennent.

Quand je l'interroge sur ce « ils », Lazare me répond évasivement. Je sens que ces affirmations masquent son inquiétude d'homme traqué face aux représailles auxquelles lui et ses proches sont exposés. Gênée d'être nue, je passe ma robe de nuit.

— Tu as peur ? je lui demande.

Il hésite à me répondre et je souffre d'être mise au ban de ses sentiments.

— Je ne voudrais pas que les autres paient pour ce que j'ai fait.

— Tu veux dire : ta famille ?

Il acquiesce, hésite puis me parle de sa mère dont la santé ne vaut pas tripette, de ses deux oncles, de Théo qui est marié et dont le fils va sur ses six ans, en arrive à ses deux garçons qui ont cinq et deux ans, à elle… Je suis glacée et je tremble. Je n'appartiens à rien de tout cela. Je me sens poussée en bas des marches, tout en bas. Je lutte pour ne pas éclater en sanglots. Je le voulais à moi et je souhaite à présent qu'il parte, qu'il se retire pour me laisser seule avec ce sentiment de vide mais il juge prudent de s'éclipser à la nuit tombée pour ne pas être vu.

— Je sais que je te fais du mal, s'excuse-t-il en écartant mes cheveux pour caresser ma joue.

Sa remarque libère les grandes eaux. C'est plus fort que moi. Lazare me prend dans ses bras, il est gauche, embarrassé. Tout ce qu'il peut dire sur « elle » ne fait qu'agrandir la béance, accentuer ma désillusion. Tout est repris d'une main qui m'avait été donné de l'autre.

Dans mon désarroi, je laisse échapper un « Pourquoi ne m'avoir rien dit ? » alors que son alliance n'a jamais quitté son annulaire et que je connaissais depuis le début cette pierre d'achoppement.

— Parce que je t'aime, Lena !

Pour calmer ma désespérance, repousser les assauts de jalousie qui me harcèlent, je me colle à lui, capture ses mains pour les amener sur ma poitrine, attise son désir qu'il me choisisse à cet instant, qu'il me préfère à la légitime, toute seconde que je sois.

Loin de moi l'intention de me morfondre. Une fois Lazare parti rejoindre ses amis Falleur et Schmidt, je déserte ma chambre d'hôtel pour changer d'air. J'ai besoin de bouger, de voir autre chose que du papier peint ligné, des motifs qui se répètent. J'emprunte le chemin de halage et le remonte à contre-courant. Est-ce mon destin de contrarier les flux naturels de la vie, de m'inscrire en faux par rapport à ce qui est établi et bienséant. Il fait sombre et froid où je pose les pieds. Mes bottines sont inadaptées à la marche et me font mal. Personne sur le chemin de halage. Tout à l'heure, le hall de l'hôtel était en effervescence avec l'affluence des journalistes sur les lieux du drame et je me suis enfuie comme une coupable. Est-ce être complice d'un meurtre que d'aimer un meurtrier ? Je chasse cette idée imbécile de ma tête. Lazare n'est pas un assassin ! Certes, il aura à rendre compte devant la justice des hommes, si plainte est déposée contre lui et qu'il est arrêté. Il risque de payer très cher son écart mais il bénéficie pour moi de l'impunité des héros antiques pour son courage et sa juste révolte. Je sais ! Je suis partiale et, comme disait ma mère, je donnerais à toutes et tous le Bon Dieu sans confession.

Je quitte les bords de la Sambre et je m'égare volontairement dans un enchevêtrement de ruelles et de sentes comme on s'aventure dans une forêt inconnue un soir sans lune. Je n'aborde personne pour demander mon chemin. Je suis perdue par ma faute mais n'ai-je jamais rien fait d'autre que de me perdre ?

En bas d'un muret, en boule, un gamin d'une dizaine d'années secoué par des spasmes. Je ne me demande pas si les violences des derniers jours l'ont frappé de plein fouet et je souffre avec lui. Je me sens tout à coup déplacée avec ma peine d'amour, ma jalousie. Quelqu'un appelle et l'enfant part voûté vers une maison ouvrière, porte grande ouverte sur une pièce basse éclairée de chandelles et peuplée d'ombres immobiles.

Il est passé minuit quand je rentre à l'hôtel. En dehors du veilleur de nuit, deux noctambules discutent discrètement dans le hall désert. Je m'apprête à réclamer ma clé quand une voix m'interpelle :

— Quelqu'un veut vous rencontrer, mademoiselle. Est-ce que vous pouvez nous accompagner ?

L'heure est tardive et le mystère qui entoure cette sollicitation n'est pas pour me rassurer. Pour ne pas éveiller de soupçon, j'emboîte le pas des deux hommes sans savoir où ils me mènent.

Une grille que l'on pousse, un sentier encaillouté, quelques marches et je suis introduite dans un bureau. Oscar Falleur vient m'y rejoindre, un verre à la main. Il est soucieux et je devine à ses traits tirés qu'il n'a pas ou peu fermé l'œil depuis ce dernier mercredi où nous nous sommes vus chez Dejasse autour de l'harmonica de verre.

Je suis invitée à m'asseoir tandis qu'il s'affale dans un fauteuil aux accoudoirs élimés. Ne sachant pas très bien s'il se parle à lui-même ou s'il m'adresse la parole, je cherche dans son discours la raison de ma présence dans sa maison.

— La sagesse populaire affirme qu'un malheur n'arrive jamais seul et les événements que nous traversons me font souscrire à cet adage. Je vis, nous vivons avec l'Union verrière la plus cuisante faillite de notre histoire, avec ces émeutes qui tournent au massacre et hypothèquent ce combat social et institutionnel que nous menons depuis de longues années. Plus grave, les voix des industriels s'élèvent pour nous faire endosser la responsabilité des événements. En qualité de représentants du monde verrier, Xavier Schmidt et moi-même risquons la prison mais nous ne sommes plus les seuls depuis que Lazare et Théo ont envoyé dans l'autre monde un agent de la sécurité de l'État.

Ce n'est pas ce que j'en sais et je réagis vivement :

— C'est faux ! Ces hommes venaient de l'étranger et ne se trouvaient là que pour mettre le feu aux poudres. J'ai vu de mes propres yeux l'un d'eux tirer sur les soldats lors de la fusillade de Roux. J'ai même entendu parler anglais.

— Nous savons tout cela, répond Falleur, désabusé, mais vous apprendrez en vieillissant que toute vérité n'est pas bonne à dire et qu'il y a des intouchables dans ce pays.

Je coupe court à ce discours louvoyant qui ne fait qu'accentuer ma lassitude et étrangler mon cœur. Je secoue mon interlocuteur avec des questions directes :

— Pourquoi m'avoir conviée, où est Lazare, qu'attend-on de moi ?

Falleur se lève pour me proposer à boire et remplir son verre au passage. Ses yeux tombants retrouvent de l'éclat. Je suis enfin en face d'un autre homme, incisif et concret.

— Nous avons tout mis en œuvre pour que Lazare et Théo partent d'ici. Je ne vous en dirai pas plus ! Vous avez été vue avec lui et il est prudent que vous quittiez les lieux sans attendre. J'ai pris sur moi de faire vider votre chambre et d'embarquer vos bagages. Un fiacre vous attend et vous emmènera à Aix-la-Chapelle cette nuit même. Je vous demande de ne pas prendre le train pour Berlin avant vendredi matin ! insiste-t-il.

Falleur vide son verre d'un trait et se rend à son bureau, ouvre un tiroir d'où il sort une boîte ouvragée en bois clair munie d'un fermoir doré.

— Avant d'oublier, j'ai un petit cadeau à vous remettre de la part de Lazare.

Je saisis l'objet des deux mains comme un fruit rare. Moi qui n'ai pas ma pareille pour résister à toutes formes de commandements, je me montre en cet instant docile et prends la main que me tend mon hôte pour signifier la fin de la rencontre. La voiture est là devant la grille et Falleur, en galant homme, m'accompagne et m'aide à monter. Il me souhaite bonne chance avant de me déclarer solennellement :

— Lazare est plus qu'un ami pour moi. C'est un frère !

J'entends crisser le sable dans sa voix.

Il est deux heures du matin. Ce départ impromptu est une punition. La nuit est lugubre, la couverture élimée qui m'enveloppe laisse passer le froid, les cahots qui me secouent m'empêchent de dormir. Je suis comme une épave à la merci des courants. Je me couche en chien de fusil sur la banquette en me calant dans un coin de la voiture. J'ai du mal à trouver une position supportable. Quand, au lever du jour, mon cocher s'autorise une halte, je suis cassée de partout. Je n'ose imaginer ma mine.

— Nous avons passé la frontière, déclare-t-il radieux, et sans pépin !

Ce qui est prouesse pour lui est perdition pour moi. Je le regarde de dos qui se soulage voluptueusement. Je m'éloigne de mon côté dans un bosquet pour en faire de même, avec bien plus d'embarras. Pauvres de nous, qui sommes incapables de combattre cette injuste et irréversible disparité. À mon retour, il sort du pain et de quoi nous rassasier. Son regard embrasse le paysage tandis qu'il mange gloutonnement. Je sens qu'il éprouve de la joie dans ce qu'il fait et ça m'interpelle. Je n'ai plus goût à rien et je resterais bien là comme un petit tas de feuilles à attendre que le vent me disperse.

Quand nous repartons, je me sens mieux. Je n'avais rien avalé de toute la journée d'hier. Un coup d'œil sur mon visage, un peu d'ordre dans mes cheveux et je renais. « Tu es d'humeur changeante », me disait ma mère alors qu'elle-même ne cessait de passer par des hauts et des bas. À présent, voilà que je trône au mitan de la banquette et que je surprends mes mains coiffant mon ventre comme pour dire qu'elles font corps avec lui quoi qu'il arrive. Elles le rassurent de leur onction, font l'impasse sur toute idée inculquée de faute ou de remords. Je souris à l'idée que je suis féconde, reviens à mes partages avec Lazare, me plais à rêver que cet exil providentiel sonne peut-être les cloches de possibles retrouvailles. Forte de cet espoir, j'attends d'être à Aix-la-Chapelle pour soulever le couvercle de la boîte en bois blond que Falleur m'a remise. Le ciel se dégage. Il fait bleu et ensoleillé. J'entends siffler le cocher et je lui réponds comme merlette à son merle. Le trot cadencé des chevaux est supplanté par l'éclat désordonné de nos rires.

Plus fort que moi, je jette un œil sur le présent de Lazare.

7

Je quitte Aix-la-Chapelle pour Berlin vendredi matin, après quatre jours et quatre nuits où j'ai vécu au ralenti, exactement comme me l'a demandé Falleur. Pour payer mon hôtel et le billet de retour, je n'eus d'autre choix que de négocier la broche sertie de rubis que je tenais de ma grand-mère avec un joaillier de la place pour en obtenir le meilleur profit. Cette opération m'a rendue morose, l'argent ne remplaçant pas la charge sentimentale du souvenir.

Cadeau inestimable à mes yeux, à mes mains et à mon cœur, cette jolie boîte blonde offerte par Lazare. Son contenu : une merveille de galet de cristal enfermant deux torsades entremêlées, l'une d'un bleu profond et l'autre turquoise. Indépendantes l'une de l'autre, elles se rejoignent en fin de course. Je m'attribue la spirale turquoise.

Dans la pension de famille où j'ai résidé et qui n'avait rien de comparable avec la suite occupée au Grand Hôtel, j'ai disposé quinquets et chandelles autour de cet objet si lourd de sens : que la lumière ne le quittât pas. Cette retraite obligée m'a donné l'occasion de me reposer et de regagner mes forces. Je n'en pouvais plus. Pour tromper l'attente, je me suis perdue dans de longues promenades rêveuses et angoissées, interrogeant ces nouveaux chemins qui m'appellent irrésistiblement ailleurs, telle une flûte d'enchanteur. Je suis heureuse par instants mais le bonheur est-il autre chose que de petites éclaircies dans le ciel moutonneux de la vie ?

De voyager en train me tranquillise et de ne pas avoir à me soucier de ma harpe ajoute à mon confort. Il est des harpistes qui se déplacent avec leur instrument comme des accompagnateurs de personnes handicapées avec cette différence que nous ne pouvons espérer aucune aide de nos demoiselles et, sans une bonne âme pour nous prêter main-forte, nous n'avons d'autre alternative que de nous muer en sentinelle. Autre gageure ! L'hypersensibilité au chaud et au froid. Un rien fausse ces souffreteuses. Une chance qu'elles ne mangent pas et qu'elles n'émettent de sons que lorsqu'on les sollicite, ce serait le bouquet.

Le train pénètre bosquets et champs, change de timbre quand il enjambe un cours d'eau ou une route sur un pont de fer. Il fait soleil et la fumée de la locomotive jette ses ombres mouvantes sur les abords de la voie. Mes pensées sont tout aussi vagabondes. Je m'imagine quitter Berlin, alors que je retourne au pays, partir avec Lazare, alors que je rentre au bercail retrouver un père qui me chérit et un soupirant qui se languit de moi. Que serai-je en mesure de leur dire ? Ai-je assez de détermination pour imposer mes choix ? En temps ordinaire, un tel voyage m'exaspérerait avec ses arrêts permanents, ses ralentissements, ses longues plages d'immobilisation. Ici, je me laisse porter, je rêvasse et j'observe la vie autour de moi. Le chef de train m'amuse. À chaque arrêt, il confronte l'heure de la grande pendule à celle de l'oignon qu'il sort de son gilet avant de donner le coup de sifflet du départ. Deux précautions valent mieux qu'une.

Un moment, je sors mon talisman de cristal de sa boîte pour y noyer mon regard. Je le porte à mes lèvres, en caresse ma joue, mon front. Je m'en savonnerais s'il n'y avait tout ce monde autour de moi.

Je me suis évadée avec *Anna Karénine* de Tolstoï sur le sommier grinçant et défoncé de cette modeste chambre d'hôtel où je suis descendue à Aix-la-Chapelle. À présent, je me plonge dans *Un mâle* de Camille Lemonnier tandis que le train se traîne vers Berlin. J'ai récupéré ce roman au Grand Hôtel, un oubli ou un abandon de clients qui ont disposé de la suite avant ma venue. Le livre raconte la passion aveugle d'une jeune villageoise pour un braconnier hâbleur, recherché par les gendarmes. Je suis fantasque et je me mets dans la peau de Germaine tout comme je glisse Lazare dans la casaque de Cachaprès, l'insolent hors-la-loi qui déjoue tous les pièges imaginés pour le placer sous les verrous.

À vingt-cinq ans, les histoires d'amour sont mes sujets de prédilection et je sors mes mouchoirs quand elles finissent mal. Prise par le récit, je ne prête pas attention à un voyageur qui s'installe en face de moi. Ce n'est que sur un brusque ralentissement du convoi que je lève les yeux sur son visage. Le braconnier Cachaprès se tient devant moi tout sourires. Je me ravise. Il ne s'agit pas de Cachaprès mais de Lazare, mon Lazare, qu'un coup de baguette magique a amené ici, dans mon compartiment. Je ne peux réprimer un cri d'émoi ni refréner l'élan qui me jette dans ses bras. Lazare me serre contre lui et m'embrasse fiévreusement sans prendre en compte les voyageurs qui occupent le wagon et lancent pour certains des regards offusqués dans notre direction.

— Tu m'as manqué, me dit-il, tandis que nous nous asseyons côte à côte sans que nos mains se désentravent. Je savoure ce tendre enlacement.

— J'ai tant rêvé ce moment. J'en étais sûre !

Son bras passe au-dessus de mon épaule et m'enveloppe. J'ai ma place sous son aile et ma tête a son nid contre sa poitrine. Nous nous taisons. J'entends battre son cœur, lentement, puissamment et thésaurise chaque seconde qu'il martèle. Ma vie pourrait s'arrêter sur cet instant de plénitude. Lazare me chuchote que je suis son amour, je lui réponds qu'il est de toute évidence l'homme que ma prière attendait, mon compagnon sur cette terre, le versant révélé de mon âme. Je remercie le ciel.

Plus tard, il exprime son souhait de se replier à Berlin « le temps que les choses se tassent ! » Je ne veux pas entendre cette restriction ni rien imaginer qui aille dans le sens d'une possible séparation.

Je n'ai rien perdu de ce moment, Lazare. Tu as senti affleurer ma douleur et, aussitôt, tu m'as rassurée longuement sur la place que j'avais prise dans ton existence. Tu m'as confié alors que tu n'avais qu'une hâte, aplanir les difficultés et ouvrir l'espace d'une nouvelle vie que nous construirions ensemble. Rien, ni dans ton regard, ni dans ton propos, ne me faisait douter de ta sincérité. Je t'ai affirmé ma confiance, forte d'une intuition plus lointaine que moi-même, que nous étions doubles indissociables, les deux faces d'une même médaille, âmes sœurs. Hors de toute cérémonie, dans ce train emballé dans les campagnes de Saxe, nous avons conclu un pacte de vent entre nous et nos anges. Contrairement aux contrats de papier, tu sais mieux que personne, en ta qualité de souffleur de verre, que les forces du vent ne se déchirent pas.

Je suis avec Lazare et sa présence me ressource. Pas un temps mort, pas une halte dans le voyage qui ne soient mis à profit pour nous rapprocher, échanger des marques d'affection, des baisers. Je savoure ces retrouvailles, lui offre ma compassion quand les ombres des derniers jours altèrent son regard. Son départ forcé du bassin de la Sambre n'est pas sans lui broyer le cœur et le bain de sang qui a endeuillé son pays le poursuit. Il revient sur les morts de Roux qui ont été enterrés à la sauvette lundi et dont la moitié, soit une dizaine de ces malheureux, n'a pas été identifiée ni réclamée par les familles par crainte de représailles. En ce qui me concerne, mes blessures sont moins profondes et je force la note de la légèreté pour voir s'épanouir son visage, même fugacement.

À l'opposé de Lazare qui se livre peu, je parle, je raconte, je croque des saynètes de la vie et y glisse ma pointe de drôlerie. J'ai un talent confirmé pour cet exercice et une propension à faire rire. Un moment, je lui donne un aperçu de mon univers berlinois qui l'amuse. Je lui brosse un portrait pittoresque de mon père. Je m'échine à rendre mes deux sœurs sympathiques à ses yeux.

Bourgeoises établies et fières de l'être, leur monde est aux antipodes du sien. Je dresse un tableau haut en couleurs de notre orchestre qui s'est mutiné contre son ancien chef Benjamin Bilse. Je me plais à insinuer que tel ou tel musicien en pince pour moi. Il m'écoute en se gardant de m'interrompre, se donne le temps d'accoster sur mes rivages.

Dans ma franchise, je lui parle de Sigmund, de ses desseins, de son assiduité. Je suis à découvert et soudainement inquiète que tous ces gens évoqués l'invitent davantage à fuir qu'à se rapprocher de moi.

— Je t'aime, se contente-t-il de dire pour ramener notre amour en son centre et apaiser mes craintes.

Ce retour dans ce qui était mon cadre de vie m'angoisse et, là où Lazare s'exile d'un pays auquel il était dévoué, je m'interroge sur le sens de ce voyage qui me ramène à Berlin. Je redoute un inévitable affrontement avec mon père quand je lui ferai part de ma décision de rompre mes fiançailles. C'est un homme de principes et je suis sûre qu'il prendra fait et cause pour son ami Sigmund et m'accablera de tous les maux. Je m'attends aussi à un blâme et à un interrogatoire en bonne forme sur les raisons qui m'ont poussée à abandonner l'orchestre après le concert de Lille. La perspective de rudoyer mon cher papa, de détruire comme château de cartes les desseins familiaux et les attentes de Sigmund me mine. Histoire de ne pas ajouter au problème ma liaison avec Lazare, j'aurai besoin d'Emma une fois de plus. Dans mon entourage, je ne vois qu'elle pour nous accueillir en toute discrétion, nous aider en ces temps difficiles.

Je regarde Lazare qui s'est endormi en face de moi. La tête en feu, je suis à penser que je ne vieillirai pas à Berlin et que je suivrai mon amour où qu'il aille quitte à payer le prix fort ! Nous entrons dans un tunnel et il se réveille en sursaut. Je l'informe de mon plan et il s'approche de moi pour m'embrasser dans le cou en guise d'assentiment et de gratitude.

Le jour tombe quand nous arrivons en gare de Berlin. Sur la Alexanderplatz, pas facile de passer inaperçue avec Lazare et son bagage d'outils d'où dépassent pas moins de huit cannes de verriers. Une pluie serrée nous accueille sur des quais vides. J'ai très peu de chance de rencontrer une figure connue mais ne peux m'empêcher de regarder de tous côtés pour m'assurer que personne parmi mes connaissances n'est présente pour colporter la nouvelle de mon retour. Un voiturier détrempé nous offre ses services. Une demi-heure plus tard, nous arrivons Fasanenstrasse devant la porte d'Emma et je souris à Lazare de voir transparaître derrière les rideaux tirés les halos estompés de quinquets et de chandelles.

Malgré tout ce que je lui ai fait endurer, Emma ne me gourmande pas. Elle a tant de bonté.

— Tout cela est de ma faute, dit-elle avant de fondre en sanglots. J'ai manqué de courage.

C'est le monde à l'envers et je dois rire.

Lazare est accueilli comme un ami de toujours. J'expose la situation à Emma et elle m'écoute avec bienveillance, me dispense de tout jugement. Elle tend vers moi une oreille de mère et je ne la remercierai jamais assez pour son ouverture de cœur. Elle me donne un compte rendu de la fin de la tournée qui se solda par la suppression pure et simple du concerto pour harpe et flûte de Mozart par le dictatorial Stragounov. Une mesure discriminatoire qui en dit long sur le mépris des femmes et des musiciennes de talent arbitrairement exclues du bataillon mâle des grands orchestres. Je suis navrée pour elle qui a fait les frais de cette humiliation pour des raisons que je subodore honteusement esthétiques. Je devine aussi qu'elle a essuyé des reproches de m'avoir perdue en chemin et la prie de me pardonner.

Rentrée incognito à Berlin, je ne suis nullement pressée de refaire surface et me dédie à notre amour jusque plus soif. Cette lune de miel est rattrapée par mes scrupules et m'amène après quelques jours à délaisser Lazare pour me pointer à la Hagenstrasse où j'ai grandi et affronter la colère prévisible de mon père. La porte de notre belle demeure s'ouvre et une avalanche de questions déferle sur moi :

— Où étais-tu ? Pourquoi n'es-tu pas revenue avec l'orchestre ? Qu'est-ce qui t'a pris d'abandonner Emma ? Pourquoi n'avoir donné aucun signe de vie ni à Sigmund, ni à moi ? Ton fiancé se fait un sang d'encre.

J'ai bien préparé mon affaire et commence par lui raconter l'épisode malencontreux du glassharmonica, sa restauration alors qu'éclataient des grèves sanglantes en pays de Charleroi. J'invente qu'il m'a fallu revendre la broche de sa mère pour payer la réparation et assortis mon récit de quelques mensonges nécessaires qui me font honte mais pour lesquels il y a prescription à l'heure où j'écris.

— Tu t'es bien débrouillée ! me dit mon père avec une moue approbatrice. Je te reconnais bien là !

Je n'en reviens pas qu'il m'entende et souligne ma combativité « qui est une qualité familiale dont je suis la digne héritière ». Il me fait promettre, si ce n'est fait, de rassurer Sigmund au plus vite et clôt l'entretien avec un soupir d'ennui. Puis il se laisse embrasser. Je voudrais croire qu'il s'est assoupli mais dois me résoudre à penser que la vie lui pèse depuis la mort de maman et qu'elle ne représente plus qu'une suite morne de petits rituels établis où les projets et les complications de l'existence sont surnuméraires. Je me dis qu'il me plairait de le voir sortir, ne fût-ce qu'une fois, de ses ornières, le découvrir un beau matin pimploché, rasé de près, pour honorer une rencontre galante. Soixante-six ans, ce n'est pas si vieux ! On pourrait décider de partir ensemble loin de Berlin ! Une petite escapade père et fille ! Je déraille ! Rien de tout cela n'est imaginable et l'ajout de Lazare au tableau achèverait mon pauvre papa.

Seule dans ma chambre le soir, le sommeil me faisant défaut, je me relève pour écrire à Sigmund, lui signifier le déclin de mon sentiment à son égard, mon souhait d'être dégagée de toute forme d'engagement avec lui et mon vœu que soit préservée la qualité de notre relation. Je me libère de cette missive le lendemain avant de rejoindre mon amour et mon amie, le cœur allégé.

Lazare m'attend. Avant mon arrivée, il a parlé avec Emma de son métier de verrier, et il lui a demandé un atlas de géographie.

— Je compte me rendre en Suède dans les jours qui viennent pour rejoindre Théo, m'annonce-t-il quand nous sommes seuls. La verrerie de Glava offre un bon salaire à des souffleurs de canons expérimentés pour lancer une production de vitres de grandes tailles. L'information est arrivée sur le bureau de Falleur une semaine avant la grève et n'a pas été divulguée en raison des émeutes. Aucune chance qu'on nous inquiète là-bas.

Mes yeux s'embuent.

— Je veux être près de toi !

Lazare m'accueille dans ses bras et m'explique posément la manière dont il envisage le futur. D'abord, aller sur place pour juger ce qu'il retourne de cette proposition ; au bout d'un mois, voire deux, envisager notre établissement à proximité de l'entreprise ou chercher ailleurs si ce poste ne convient pas.

— Dès que je vois clair, je te vole à Berlin ! me promet-il.

Je m'apaise en songeant que, sans ses fours, ses creusets de matières en fusion, ses huit cannes de souffleurs pour jongler, mon amour ne tarderait pas à se sentir désœuvré, et qu'il en serait de même pour moi si on me privait de ma harpe ou de mon piano. J'entrevois d'autres écueils qui sont en rapport avec sa vie passée, sa femme, ses enfants restés à Jumet. Je crains aussi pour mes prétentions de harpiste que ce pays perdu n'assouvira sans doute pas. Tout est incertain autour de nous et de notre vœu d'être ensemble, l'un à l'autre.

Lazare me remet ce jour-là une douzaine de feuilles griffonnées.

— Ce sont les recettes de fabrication des couleurs de la verrerie des Hamendes, me souffle-t-il. Un des hommes que j'ai abattu les avait subtilisées et je les ai reprises. Garde précieusement ce trésor. Il est inestimable. Il sera plus en sécurité avec toi qu'avec moi !

J'opine mécaniquement de la tête comme une petite fille rappelée à ses devoirs. Je suis trop pleine du départ imminent de Lazare pour apprécier à sa juste valeur la portée de son geste. Ses mains me happent et m'attirent à lui. Il est doux d'être prise et de me fondre en cet homme qui a éveillé mon amour. Je m'emplis de ce bonheur que je voudrais éternel.

Inévitable, le moment redouté des adieux se profile. Nous sommes à table avec Emma. Elle a préparé une petite fête pour tenter de calmer les élancements de nos cœurs. La bonne humeur et la désinvolture sont de la partie. Mon amie se surpasse pour l'occasion et j'essaie de ne pas être en reste. Après dîner, on se succède à la harpe. Puis, vient la mauvaise idée : jouer devant mon amour un morceau que j'ai écrit pour lui. Je tiens bon jusqu'au deuxième couplet puis mes yeux s'opacifient, ma voix se voile, s'effiloche, agonise. Au sortir de ce flou, le regard brillant de Lazare réfléchit mon trouble. Il est ému.

8

Murdoch ! Un nom qu'on n'oublie pas ! Je peux dire précisément le jour où il sonne la première fois à mes oreilles : le 8 mai 1886, date également inoubliable où Lazare me revient de Suède après un mois de séparation qui m'a paru des siècles. Les conditions de travail dans la verrerie de Glava sont dures et ses traits trahissent une grande fatigue. Nous nous retrouvons avec le même bonheur mais je suis assez fine pour sentir que le sourire de Lazare n'est pas à la hauteur de la note, qu'il demeure en deçà de l'accord.

— Qu'est-ce qui te rend soucieux ? lui dis-je.

Au lieu de me répondre, Lazare me tend une longue lettre d'Oscar Falleur :

Ami très cher,

Tu me vois heureux d'apprendre que vous êtes arrivés à pied d'œuvre, Théo et toi, sans être inquiétés et que vous avez replongé vos cannes dans les fours dans un climat de paix et une saine atmosphère de travail. C'est peu dire que je vous envie. Ici, on dégrise. L'heure est à la répression. Le tribunal correctionnel de Charleroi condamne à tour de bras. Les Chalon, Cassart, Brogniez, Hanotiaux, les frères Clément et j'en passe ont écopé de mois de prison et d'amendes salées. La région est en état de siège. Outre le hérissement de baïonnettes qui cerne le palais de justice, les autorités ont établi une caserne de cavalerie et son régiment en pleine ville, constitué une garde civile à Gilly. Main dans la main, le dirigeant et le bourgeois reprennent le dessus et nous font porter le chapeau. Il y a encore nombre de houilleurs qui continuent la lutte et refusent de reprendre le travail mais la cause est perdue, désespérée pour moi. Partout, le moral est au plus bas. Les usines pansent leurs plaies. Les arrestations pleuvent, les chômeurs sont légion, la misère générale. Personnellement, j'attends juillet avec appréhension. Trois procès d'assises s'ouvrent à Mons, dont le nôtre. En effet, l'Union verrière est accusée d'être l'instigatrice de l'incendie chez Baudoux. Rien moins que cela ! Connaissant nos accusateurs et la composition des jurys, je ne présage rien de bon. Tu compren-

dras sans mal que, dans ce contexte, je vous déconseille formellement de revenir au pays. Tu dois convaincre ton frère, qui est une tête de bois, de reporter au printemps prochain son projet de vider sa maison de Jumet pour embarquer avec sa femme et son fils pour Pittsburgh en Pennsylvanie. Vous avez la Pinkerton à vos guêtres. Il s'agit d'une milice privée américaine qui est à la solde des gros patrons. Ces gens n'ont pas digéré que vous ayez réglé leur compte à deux de leurs agents. Ils ont chargé un détective de chez eux, un certain Percy Murdoch, de vous mettre le grappin dessus, voire de vous faire la peau. De grâce, Lazare, ne prends pas à la légère ce que je t'écris. Ce Murdoch est dangereux, redoutable et mange à tous les râteliers. Il est protégé en hauts lieux et, si j'en crois Albert Delwarte, il bénéficierait même des faveurs du roi pour s'être acquitté d'une mission délicate au Congo. Ta famille est surveillée en permanence et, si je me réfère aux moyens qu'il met en œuvre pour vous retrouver, une forte prime doit assortir les termes de son contrat. Y a-t-il autre chose que j'ignore et qui justifie un tel déploiement ? Je n'en serais pas étonné. Quoi qu'il en soit, je t'informe dès que j'obtiens d'autres informations.

Soyez assurés, ton frère et toi que nous veillons sur vos foyers respectifs, qu'ils ne manquent de rien. Je te serre contre mon cœur, Lazare, qui demeure parmi mes compagnons mon plus proche ami et prie le ciel qu'il nous vienne en aide à tous pour sortir de ces abîmes où la vie nous a injustement précipités.

Que Dieu vous garde.

Oscar

— Il ne sait pas pour les formules ? demandé-je.

— Seul Théo est au courant.

— Peut-être qu'en les restituant…

Sa réponse se fait tranchante :

— Je n'ai pas le droit ! Ça nous appartient ! Je n'ai pas le droit… pour Augustin Froissart, pour les verriers qui ont donné vie à ces verres de couleurs. Pour mon pays.

— La musique est à tout le monde. Pourquoi pas la couleur ?

Lazare esquive ma question :

— Tu crois aux signes, Lena ?

— Si je n'y croyais pas, je ne serais pas avec toi ! dis-je tout sourires.

— Augustin Froissart était mon grand-père du côté maternel.

Je revois la broche sertie de rubis que je négocie pour un ticket de train, une chambre d'hôtel, cette part de mémoire qui s'étiole. J'imagine mon galet d'amour qu'un de mes petits-enfants céderait bien longtemps après moi à un brocanteur. Nos forces ne dépassent-elles pas nos vies et les morts ne défendent-ils pas leur héritage, ce qu'il nous ont laissé de leur âme ? Je ressens étrangement ce prodige qui ramène entre les mains de Lazare la seule chose que l'incendie de chez Baudoux a épargnée. À savoir la somme de combinaisons astucieuses et de compositions subtiles de couleurs translucides qui est l'œuvre de la vie du chimiste Froissart. Comme mon amour, j'ai du mal à croire au hasard de cette passation et je lui signifie que je serai bonne gardienne de ces feuillets qui lui reviennent non de droit mais de sang. Ensemble, nous avisons une cachette pour ces documents dans le corps même de ma harpe. C'est dans la colonne, autour de la tringlerie des pédales, qu'ils sont dissimulés.

Lazare repart le 12 mai pour la Suède. Il a beau me promettre qu'il reviendra fin juin, je m'effondre de tristesse dans les bras d'Emma après son départ. Notre partage fut bridé, retenu, engrisaillé par ces nouvelles alarmantes provenant du Pays noir. Elles se doublent d'un sentiment de frustration des deux frères sur les termes de leur engagement à la verrerie de Glava. Les logements mis à disposition des souffleurs sont des baraquements exigus et surpeuplés. Quant au prix concédé au canon, il est bien en deçà de la somme avancée dans l'offre d'embauche. À prendre ou à laisser ! N'étant pas en position de force, les fugitifs n'ont d'autre issue que de faire le gros dos et d'aligner les heures.

« Nous soufflons cent canons par jour pour dire de gagner quelque chose. Nous ne moisirons pas ici », m'écrit-il fin mai.

À la mi-juin, une lettre de Lazare m'informe que son frère veut rentrer au pays malgré les mises en garde de Falleur et émigrer avec sa famille aux États-Unis d'Amérique. *« Je connais Théo. Je ne l'empêcherai pas de suivre son plan. J'hésite à l'accompagner pour lui venir en aide en cas de problème. »*

Je sens Lazare désemparé et il n'est pas le seul. Je traverse, pour ma part, une période extrêmement difficile et, sans la présence d'Emma ni les petits concerts que je donne à gauche, à droite, à l'occasion de soirées de gala et de festivités avec un trio de musiciennes, je ne tiendrais pas le coup. Ma rupture avec Sigmund et ma liaison éventée avec cet inconnu de passage ont fait de moi une âme perdue. Pour corser le tout, mes règles tardent à venir et j'ai bien peur d'être enceinte.

Depuis mon retour à Berlin, je n'ai pas réintégré la maison familiale et vis chez mon amie pour éviter les reproches en attendant que mon père revienne à de meilleurs sentiments. Je ne suis pas sans imaginer ce que mes sœurs disent de moi : que je suis frivole, mécréante, écervelée et que, passé cette foucade amoureuse, je reviendrai repentante au bercail.

Alors qu'il avait promis de me rejoindre à Berlin au début de l'été, Lazare ne vient pas. Plus douloureux, il me laisse sans nouvelles cinq longues semaines. Je suis de plus en plus inquiète. Un courrier que j'envoie fin juin pour lui annoncer que j'attends un enfant de lui me revient de Glava un mois plus tard avec mention « n'habite plus à l'adresse indiquée ».

Le 7 août, je reçois un télégramme sans signature ! Quatre mots qui me pétrifient. *« Il a tué Théo. »*

Aussitôt, je boucle mon bagage mais, cette fois, sans l'approbation d'Emma.

— Ne fais pas cela, Lena. Il t'aime. Il reviendra. Si ça se trouve, il est en route pour Berlin en ce moment ! Je t'en supplie !

J'entends la voix de Lazare qui m'appelle au loin et c'est elle que j'écoute. Mes préparatifs me contraignent à passer par la Hagenstrasse où j'ai ma réserve de cordes pour ma harpe. L'accueil de mon père est féroce : « Tu n'en as jamais fait qu'à ta tête. Ne compte pas sur moi pour te tirer d'affaire. Tu mériterais que je te déshérite. »

Le soir même, je quitte Berlin par le train de nuit ; ou plutôt je le fuis. Depuis la mort de ma mère je n'ai pas connu pareil anéantissement. Je pleure à m'en déchirer les paupières. Je me sens effroyablement seule.

Une fois passé ce moment de désespoir, toute l'aberration de mon entreprise me saute aux yeux. Impossible de débarquer à Charleroi avec une harpe de concert sans attirer l'attention. Et, en admettant que mes démarches me mènent jusqu'à Lazare, elles risquent de le mettre en danger si Murdoch me prend en filature. Je peux imaginer sans mal qu'il a déjà fait le lien entre nous et je redoute soudain qu'un de ses hommes de main ne soit dissimulé parmi les voyageurs.

Je décide donc de descendre à Bruxelles. Quelques passagers isolés sont montés dans le wagon à Cologne et à Liège ainsi qu'un trio de missionnaires en partance pour un pays à évangéliser. C'est à ces derniers que j'ai recours pour acheminer ma harpe vers l'hôtel le plus proche – une sordide bâtisse qui pourrait tout aussi bien être une maison de passe si ce n'est son enseigne. La charité chrétienne s'arrêtera net devant le seuil de ce lieu de perdition pour être relayée par l'assistance spontanée d'une petite femme rousse et ronde à l'énergie expéditive et au verbe pétaradant. L'expédition part de la rue pour aboutir à la chambre en transitant par un comptoir où un réceptionniste somnolent n'a d'autre choix que de dépendre une clé du tableau et de laisser passer cette tornade prénommée Maggy. L'ascension d'un escalier aussi raide qu'étroit me vaut quelques frayeurs et je suis soulagée de nous retrouver indemnes, mon instrument et moi, au troisième étage de l'immeuble. Pointant timidement sa tête derrière sa mère, une gamine d'une huitaine d'années apparaît.

— Elle, c'est Lucette ! clame Maggy d'un ton à faire rentrer sous terre la pauvre enfant.

Du même roux abondant pour la toison, du même bleu pervenche pour les yeux, la petite est frêle et timorée.

Un donné pour un rendu, Maggy m'annonce qu'elle partagerait bien ma « piaule » avec Lucette pour éviter les violences d'un compagnon alcoolique. La requête a le mérite d'être franche et je perçois cette femme comme sans malice et dotée d'un grand cœur. Nous cohabitons une première nuit dans cette chambre d'hôtel.

Le lendemain tôt, je laisse ma harpe et mon bagage à la garde de mes hôtesses imposées et prends le premier train pour Charleroi. Il fait chaud. J'ai choisi une tenue discrète dans les tons sépia, je porte un chapeau à voilette pour passer inaperçue. Je suis terrorisée et lutte en vain contre le tremblement de mes mains, l'emballement de mon cœur. J'essaie de me convaincre que c'est le vœu de Lazare que je sois là aujourd'hui, qu'il attend ma venue, que son cri de douleur était un appel à l'aide, qu'il veut partir avec moi.

Tu comptes plus que moi-même, Lazare. Ensemble, on peut échapper à ce Murdoch qui te menace comme la faux de la mort. Je suis lionne à ton côté, prête à tout pour te défendre. Ne m'écarte pas ! Que je sois avec toi dans cette bataille.

Le café qui abrite l'Union verrière est fermé et je me rends aussitôt chez les Dejasse. Je suis reçue par Adrienne. Une sciatique empêche la pauvre femme de se mouvoir.

— Ils sont tous à l'église, me dit-elle. On enterre Théo. Ils l'ont torturé, ils l'ont tué… C'est affreux !

— Lazare ?

— On n'a pas pu exposer le mort, poursuit-elle. Il était méconnaissable !

— Et Lazare. Vous avez des nouvelles ?

Elle n'entend rien de ce que je lui demande.

— C'est une semaine noire, continue-t-elle. Est-ce que vous savez qu'Oscar Falleur et Xavier Schmidt ont été condamnés à vingt ans de prison ? Vous vous rendez compte ? On leur a tout mis sur le dos : l'arrêt du travail, les émeutes, le pillage, l'incendie chez Baudoux. C'est un coup monté, mademoiselle Lena ! En plus que les jurés étaient tous choisis du côté des patrons. C'est pas misère, tout cela ?

Je suis consternée par ce que je viens d'apprendre mais j'insiste néanmoins :

— Vous n'avez rien entendu à propos de Lazare ?

— S'il est revenu, il doit être à la messe d'enterrement à l'heure qu'il est !

— Où ?
— À Lodelinsart ! L'église du centre.

J'embrasse Adrienne. Je m'échappe. J'ai froid, j'ai chaud, je cours. Une calèche passe près de moi, une portière s'entrouvre, une voix me parvient :

— Vous allez où, mademoiselle ? Montez !

Un couple âgé m'accueille avec un même air réjoui. Cet instant de gentillesse dans cette tourmente est comme une respiration.

Je fausse compagnie à ces braves gens pour me jeter dans le porche bondé de l'église. La cérémonie touche à sa fin et je me déplace latéralement à la recherche d'une tête connue. Je veux aussi m'assurer que Lazare n'est pas là. Ce serait son arrêt de mort. Où qu'il se cache, je devine sa peine et la partage. Au moment de la communion, j'aperçois Liévin, l'homme aux moustaches tombantes. Je reconnais aussi la porteuse de canon hostile du premier jour. De voir des mouchoirs, des yeux rougis, d'entendre des hoquets de chagrin m'amène à pleurer ce Théo que je n'ai jamais croisé, comme s'il était de ma famille.

Bientôt, le cercueil de sapin clair est libéré de ses fleurs et acheminé à hauteur d'épaule vers le portail. Suivent deux femmes en larmes avec de petits enfants perdus, la vieille maman entre ses frères, la vieille maman qui se sentirait mieux au bras robuste de son autre fils, son Lazare.

Je sors à mon tour, je ne suis plus pressée et me laisse dépasser. Je marche vers une petite femme au visage doux à qui chacun dispense à son tour un mot de consolation. Un petit garçon s'agrippe à un pan de sa robe, craignant qu'elle ne parte, elle aussi. Je vois Lazare enfant dans ce visage et cela me bouleverse. J'embrasse la veuve de Théo que je ne connais pas. Je croise un second regard, des yeux de haine. Je bredouille un mot de condoléances qui se heurte au giclement acide de deux phrases assassines :

— Vous n'avez rien à faire ici ! Partez !

L'intervention feutrée de la vieille maman vient éteindre ce brûlot :

— Ce n'est pas l'endroit, Gabrielle !

J'hésite à battre en retraite et puis, tant pis, je m'approche de la mère de Lazare, prends ses mains et les embrasse. Je sens que nos cœurs se rejoignent. D'emblée j'aime cette dame que les épreuves n'ont pas dépourvue de la beauté digne des gens façonnés par le courage. Je la serrerais bien dans mes bras.

Je m'inscris dans le cortège et marche derrière le corbillard jusqu'au cimetière. Je suis un peu échaudée et me tiens en retrait. Apercevant Liévin, je me rapproche de lui tandis qu'il s'éloigne. Peut-être y a-t-il danger à être vus ensemble ? Je regarde alentour. Deux hommes qui semblent étrangers au cérémonial m'observent. J'ai compris. Vers qui aller sans inquiéter personne ? Un moment de cohue à l'entrée du cimetière et un morceau de papier épais est glissé dans ma main sans que je puisse mettre un visage sur le commissionnaire. Tout aussi subrepticement, je dissimule le billet dans mon chemisier.

Dernier moment de recueillement autour de la fosse. Le prêtre marmonne sa prière et bénit le cercueil et l'assemblée. Gabrielle serre ses deux fils contre elle. Les enfants de Lazare. Une autre douleur se superpose à la première. Je me détourne sur un signe de croix et repars en direction de la gare.

Le temps est chaud et sec, et le soleil m'oblige à cligner les yeux. Je gagne Charleroi à pied. La tristesse m'accable et marcher me fait du bien. Plus loin dans la rue, un homme de grande taille habillé de noir descend d'un fiacre, il est coiffé d'un haut-de-forme, ce qui le rend plus imposant encore. Il attend que je sois à sa hauteur pour m'apostropher. Je change de côté et il marche à ma rencontre à longues enjambées. Je me retourne et reconnais derrière moi les deux individus qui m'observaient sur le chemin du cimetière. Au fur et à mesure que l'homme progresse, le visage se dessine, son regard transparaît. Je suis glacée.

— Mon nom est Percy Murdoch ! J'ai quelques questions à vous poser, mademoiselle ! dit-il en même temps qu'il se découvre.

Avec sa mâchoire carrée, ses joues creuses, ses traits burinés, ses yeux inquisiteurs noyés dans leurs orbites, ses cheveux courts d'un blond passé, Murdoch pourrait sortir d'un bagne ou être de retour d'une quelconque guerre coloniale.

— Montons dans ma voiture, nous serons plus à l'aise pour parler.

D'un geste, il m'invite à le précéder. Une seule de ses mains suffirait à m'étrangler. Je suis perdue !

9

Je sors chancelante de ce qui fut l'une des grandes frayeurs de ma vie. Le fiacre m'a ramenée à proximité de la gare et poursuit son chemin avec Murdoch à son bord. J'ai été docile, incroyablement docile. Pas un mot de haine ou de révolte à l'adresse de ce monstre, pas un coup de griffe, ni d'estocade.

Cet homme m'a questionnée, Lazare, et je n'ai rien pu nier de ce qu'il a avancé sur notre relation, notre manège. Sa reconstitution des faits était si précise, si pertinente que je me suis laissée accroire qu'il lisait la vérité sur mon front. J'ai juste joué l'étonnée quand il m'a parlé des formules et j'ai vu à son sourire qu'il n'était pas dupe. Quand je lui ai juré mes grands dieux que je ne savais pas où tu te cachais, il m'a répondu par une moue qui en disait long sur son sentiment. De lui, je n'ai rien appris, hormis sa détermination.

— Je le suivrai jusqu'en enfer, même si je dois traverser les océans, m'a-t-il lancé pour que je te répète ses propos.

Il a dit cela sans ciller, avec la froideur d'un couperet. Rien dans son expression qui n'ait trahi l'agacement ou la contrariété : une momie.

J'erre dans la gare et me sais épiée. J'aperçois mes poursuivants. Ils sont de l'autre côté de la voie. Est-ce l'entrevue avec Murdoch qui stimule ma combativité et me pousse à l'audace, est-ce la force de Lazare qui jaillit à travers moi mais je risque le tout pour le tout pour être quitte de mes anges gardiens. Voyant d'un côté un train de marchandises qui entre en gare et un couple de gendarmes qui discutent, je hurle en pointant mon doigt dans la direction des indicateurs.

— Aux voleurs ! Ce sont eux ! Je les reconnais.

Les forces de l'ordre traversent aussitôt les rails et interpellent les deux hommes de Murdoch. Le convoi passe lentement entre eux et moi, et j'en profite pour sauter sur le marchepied d'un wagon et agripper une poignée de fer des deux mains. Sortie de l'aire des voyageurs, la locomotive accélère la cadence. Le vent me soûle. La fumée par moments me fouette. J'évite de regarder la voie ferrée défiler sous mes pieds. Quand ce cheval emballé ralentit, je n'ose pas sauter. Chaque ville dépassée augmente mes chances de voir mes poursuivants perdre ma trace.

Un troupeau de bovidés fait soudain obstruction ; le train freine et s'arrête en sifflant à tue-tête. Je descends et me tapis. Il n'y a personne dans les parages quand il repart. Je ris de nervosité d'avoir semé les hommes de Murdoch. Lazare serait fier de moi. Sans attendre, je me mets en quête du billet qu'une main inconnue m'a remis au cimetière et que j'ai dissimulé à la hâte dans mon chemisier. Il s'agit d'une image pieuse sortie d'un missel, un saint Antoine plié en huit et détrempé de sueur au dos duquel quelques mots ont été griffonnés. Écrit à la mine de plomb, le message est partiellement illisible. J'enrage. Je le déploie et le dispose au soleil, qu'il sèche. Trois mots en majuscules sont bien lisibles : RED STAR LINE. Ailleurs subsiste un « e » suivi d'un « a ». Tout n'est pas perdu.

Pour regagner Bruxelles et ma harpe, je suis d'une extrême prudence et privilégie les chemins détournés au trajet direct. Il est vingt-deux heures quand Maggy m'ouvre la porte de notre chambre d'hôtel. J'ai cassé le talon de ma bottine et mes pieds sont en compote. Ma compagne de fortune m'accueille avec le même entrain gouailleur que la veille, la même générosité opulente. Elle est aux petits soins pour moi et veille à ce que je me restaure. Je suis servie abondamment en

« tu » et en « toi » par ce cœur familier qui, pour une oreille indiscrète collée à la porte de la chambre, passerait pour ma sœur. Épuisée par les péripéties de la journée, je ne tarde pas à me coucher.

En pleine nuit, la porte est prise d'assaut, rudoyée. Je me réveille d'un bond.

— Ce sont eux, je m'écrie. Ils m'ont retrouvée !

Je m'imagine enlevée, martyrisée, égorgée par les sbires de Murdoch quand un ivrogne furieux brise la serrure et jaillit dans la pièce en titubant. Des injures et des coups pleuvent sur Maggy qui riposte des poings et des pieds. J'entre dans la tourmente, saisis le pot de chambre que je casse sur la tête du poivrot. Sonné, il est repoussé jusqu'au palier et précipité par nos quatre mains en bas de l'escalier. Il refait bien une seconde tentative mais nos cris et l'intervention musclée du veilleur de nuit l'expédient dans la rue. Nous sortons Lucette du coin d'ombre où elle s'est réfugiée. La petite, tout en pleurs et tremblante, se réfugie dans nos bras. Nous la remettons au lit et la veillons jusqu'à ce qu'elle se rendorme.

Je passe le restant de la nuit assise sur le sommier à consoler Maggy et à écouter ses misères. Elle veut partir d'ici, fuir les brutalités de son milieu. Avec ses économies, elle a presque assez d'argent pour gagner l'Amérique avec sa fille.

Elle me prendrait volontiers avec elle car elle n'a pas d'autre amie à condition toutefois que je veuille bien du projet et de sa compagnie. Une fois là-bas, on s'aiderait mutuellement à reconstruire nos vies. Je retrouverais mon amour et elle ferait le bonheur d'un bon mari et de Lucette...

— Par la Red Star Line, tu peux être à Montréal en cinq semaines.

Je sursaute. C'est la deuxième fois en quelques heures que revient ce nom, à croire que les anges de Lazare s'associent à ceux de Maggy afin de mieux me dicter les voies à emprunter pour que nos chemins se croisent à nouveau. J'embrasse ma bonne compagne et m'exclame :

— Je marche ! On sera toutes les trois du prochain embarquement !

Les rêves où nous nous envolons après avoir exprimé notre joie sont portés par les vents du large et peuplés du rire insouciant des oiseaux de mer.

Nous décidons de prendre une chambre à Anvers dans l'attente du grand départ. Rien qui nous presse, nous oppresse. Maggy et moi nous entendons à merveille. Avec Lucette, nous partageons notre temps entre jeux et occupations ménagères. Nous entreprenons de petits travaux de couture. Ma nouvelle amie est experte en la matière. Pour le cas où il arriverait malheur à ma harpe et, par voie de conséquence, au fameux document dont j'ai la garde, je prends l'initiative de découdre une large ceinture appartenant à ma plantureuse compagne pour y introduire, en lieu et place du rembourrage, une bande de parchemin où j'ai recopié avec le plus grand soin à l'encre de Chine les douze pages de formules d'Augustin Froissart. Une fastidieuse mesure de prudence.

Je profite de cette pause pour assister Lucette dans ses premiers pas vers l'écriture et la lecture. Parfois, des promenades nous mènent toutes les trois vers les quais d'embarquement où les dockers, qui ont les femmes en ligne de mire et une houssine noueuse à la place du cerveau, nous poursuivent de leurs propositions graveleuses. Si j'ai hérité d'un bon sens de la repartie, Maggy n'a pas sa pareille pour rabattre le caquet de ces fiers-à-bras. Native des Marolles, elle a été formée à bonne école. Enceinte aujourd'hui comme moi, elle parle de faire sauter l'enfant sitôt débarquée de l'autre côté de l'océan. Étant pour ma part d'obédience protestante, sa décision remue des eaux glauques mais je ne laisse rien paraître et me garde bien de moraliser sur ce choix qui ne me regarde pas.

Le 28 août, nous gravissons séparément les passerelles du paquebot de la Red Star Line. Pour ne pas être reconnue par d'hypothétiques indicateurs de Murdoch, je porte une tenue de veuve avec mantille. Maggy et Lucette montent après moi avec la harpe. À moins d'avoir pris quarante livres en deux semaines et de porter une perruque rousse, la confusion est impossible.

Le transatlantique en impose par sa taille et la masse noire et blanche de ses cheminées. Aux voyageurs de première et deuxième classe, il offre de luxueux lieux de vie et des cabines confortables mais pour les sans-le-sou dont nous sommes, il met à disposition pour un prix modique un entrepont exempt de mobilier situé juste au-dessus des moteurs. Nous prenons place avec nos bagages et mon instrument sur une surface de quatre mètres carrés pour les cinq semaines que doit durer le voyage. Alentour, des centaines de rêves de tout poil – désirs de reconstruction, besoins de fuir, espoirs de meilleure fortune ou d'enrichissement –, mais rien qui nous alarme. Personne qui s'intéresse à nous ! Notre voisin le plus proche est un colosse moustachu au geste ouaté et à la douceur de nuage, en partance avec sa fillette. Du même âge que Lucette, la petite se prénomme Jeanne. Elle est brune comme moi avec des yeux très foncés. Vive, loquace et curieuse de tout, elle ressemble à un essaim tournoyant autour de son grand ours de père dont le regard terrifiant cache le meilleur cœur qui soit.

L'homme s'appelle Omer. Forain de métier, il a présenté longtemps sur les foires et les marchés de Belgique un numéro d'équilibriste où il portait son frère à bout de bras. Omer garde pour lui les raisons qui l'amènent à s'ouvrir sur d'autres horizons mais je subodore un malheur ou une désillusion sentimentale.

Jeanne nous montre avec fierté un dépliant attestant des prouesses de son père. Moustache en crosses d'évêque, maillot en léopard, il ne manque au bateleur que le rugissement pour être reçu dans la jungle des fauves.

Nous levons l'ancre dans l'après-midi et, avec la mise à plein régime des machines, commence l'épreuve. Sans prendre en compte que nous sommes en surnombre et ne disposons même pas d'un siège pour nous asseoir, nous devons nous adapter au vacarme des moteurs, à l'entrechoquement des amarres. Mais cette nuisance n'est pas la pire. La crasse et la puanteur règnent en maître dans cet entrepont de dernière classe. Pas une marche qui ne soit glissante, pas un coin de sol qui ne soit poisseux ou huileux. Servie dans de gros bidons aux frais de la compagnie, la nourriture est abjecte. Quant aux commodités…

Est-ce l'humeur enjouée de Maggy, la complicité rieuse des fillettes, la prévenance tranquille d'Omer mais la traversée, si dure fût-elle, ne réussit pas à ternir ma vision de ce voyage que je choisis de passer auprès de mon amie et de Lucette alors que j'aurais très bien pu m'offrir le luxe d'une cabine en seconde classe. De même, durant cette période, je n'éprouverai pas le moindre regret d'avoir tourné le dos au confort et au raffinement du beau monde berlinois pour m'encanailler avec des âmes aussi simples que vraies. Ces cinq semaines de promiscuité dans l'entrepont m'ouvriront les yeux sur tout ce que l'humain peut générer d'admirable mais aussi de sordide, de veule, de violent. J'ai vécu des moments de solidarité d'une telle intensité que j'en ai oublié les griefs que j'ai pu avoir contre des passagers égoïstes et grognons.

A posteriori, je dois admettre que j'ai pris des risques inconsidérés en voyageant dans ces conditions extrêmes où de nombreux cas de typhus ont eu raison d'émigrants. Je fus moi-même au plus mal après une semaine de traversée. D'atroces douleurs au ventre. Maggy diagnostiqua tout de suite une fausse couche. J'étais effondrée, désemparée de perdre ce seul fil tangible qui me reliait à Lazare. Même dans des conditions si précaires, j'aurais tant souhaité avoir cet enfant. Qu'il m'accompagne dans l'attente de mon amour. Je l'aurais aimé, je me serais battu pour lui, j'en aurais fait quelqu'un de bien. Avec ou sans Lazare.

Je fus admise à l'infirmerie et le service médical du navire me libéra de ce que je croyais être un embryon et qui était en réalité un tératome – à savoir une sorte de tumeur au départ de cellules constituées d'os, de cheveux, de dents et de cartilages. J'aurais préféré que le médecin de bord se passe d'étaler ce cas clinique monstrueux devant ses assistantes et donc devant moi. Cette indélicatesse lacéra mon cœur qui ne pouvait concevoir que notre amour à mes yeux si pur et si sincère avait pu générer pareille horreur. Même si je fus bien soignée, je regagnai abattue notre aire de voyage.

L'amitié ambiante qui m'entoura à mon retour m'aida à surmonter rapidement ma peine. C'est bien sûr à Maggy, à Omer, et aux filles que je pense en écrivant ces lignes mais mes complicités ne s'arrêtaient pas là. Elles se ramifiaient aux quatre coins de l'entrepont avec des ouvriers, agriculteurs, artisans ou vagabonds, qui me faisaient de l'œil et avec lesquels je riais, des matrones à tu et à toi, des enfants qui, du jour où je sortis ma harpe de sa boîte pour pousser la chansonnette avec eux, s'attachèrent définitivement à moi.

La musique m'amena à découvrir parmi la masse des émigrants de dernière classe une population éclatée d'instrumentistes parmi lesquels un flûtiste, un violoneux mandoliniste, un « cordéoneux » et, même, un ténor napolitain à la voix si puissante qu'il couvrait le bruit des machines, ce qui n'était pas le cas de ma harpe et encore moins de mon chant lequel, dans le tumulte, ne portait pas au-delà de trois mètres.

N'ayant pas grand-chose à faire de nos journées, nous en venons après trois interminables semaines de voyage à nous retrouver entre musiciens et à mêler nos répertoires, en laissant une large place à l'improvisation. Contre toute attente, la diversité de tous ces talents en présence nous achemine vers un semblant de spectacle comportant une série de moments saugrenus, dévergondés, iconoclastes, d'une drôlerie totale tant sur le plan des paroles que du style. De quoi rendre ma grande harpe rouge de confusion et nos grands compositeurs verts de honte ! N'empêche ! Des enfants aux vieillards encaqués dans l'entrepont, des marins aux commis de cabine, tout le monde trouve son plaisir et redemande de cette inqualifiable combinaison musicale. À ce cabaret bon enfant s'ajoute de temps à autre un numéro d'équilibre mis au point par Omer et sa fille Jeanne. D'une souplesse peu commune, la petite se révèle être une acrobate de charme, une princesse des cabrioles et des postures improbables comme par exemple ce poirier qu'elle effectue au départ des épaules de son père et qui se fige sur une main au sommet du crâne hérissé de ce dernier. Notre Lucette n'est pas peu fière de son amie et, autant Maggy que moi-même, bénissons Jeanne de son influence salutaire sur notre petite dont le regard connaît des éclaircies là où se terraient l'obscur et l'effroi.

L'accostage à Montréal du paquebot de la Red Star Line est un soulagement pour tous. L'arrêt des moteurs un apaisement inespéré.

Nous débarquons et, pour fêter notre arrivée au Nouveau Monde, sortons nos instruments sur le quai pour une ultime et brève représentation de notre ensemble hétéroclite. Nos rêves sont épars. Floriand, le flûtiste, et Rodolphe, qui joue violon et mandoline, aspirent à faire carrière au sein d'un orchestre philharmonique. Roger, l'accordéoniste, s'apprête à sillonner le continent au petit bonheur et à vivre de la manche. Amadeo, quant à lui, espère, bien sûr, entonner ses grands airs sur les planches des plus prestigieux opéras d'Amérique. Pour parler de moi, je suis juste soulagée de retrouver la terre ferme, de quitter le chahut, la rouille, le cambouis, la puanteur du bateau, de respirer dans l'immense face au Saint-Laurent, sentir le vent, le soleil sur mon visage, entendre avec surprise que les oiseaux chantent encore.

Je partage l'émotion générale qui s'exprime en bas des passerelles. Beaucoup pleurent de fatigue autant que de joie dans les bras des uns et des autres. Sac sur l'épaule, certains s'enfoncent hâtivement dans cette ville inconnue à la recherche d'un abri pour la nuit tandis que d'autres déambulent, hagards d'avoir perdu quelque chose ou quelqu'un. Omer et Jeanne nous font également leurs adieux au grand dam de Lucette.

Puis, quand le jour tombe et que la fraîcheur nous saisit, notre insouciance fait place à l'urgence. Les démarches de Maggy nous assurent un gîte en soirée. Son esprit d'entreprise conduira notre petite équipe de musiciens à rejouer ensemble deux jours plus tard sur l'estrade d'une taverne tenue par un Irlandais aussi roux qu'elle.

Chère Maggy, si différente et cependant si proche. Qu'avions-nous en commun si ce n'est l'âge, une volonté féroce de ne pas nous laisser marcher sur les pieds et un talent inné de rebondir sur du rire quoi qu'il arrive ? Jamais on ne nous aurait prises pour des sœurs et pourtant tout nous reliait comme si nos cœurs étaient interchangeables ou qu'ils battaient à l'unisson. Son verbe vert, ses manières peu policées, son rire dérangeant, ses postures de poissonnière, son ignorance totale des choses de l'esprit ne m'ont jamais fait honte. De même, ses taquineries sur mes travers de petite bourgeoise, ma coquetterie exacerbée, ma peur panique des araignées et des petits rongeurs, ma propension à faire état de mes petits maux au quotidien ne m'ont jamais donné envie de la remettre à sa place. À son contact j'ai appris à me moquer de ce que j'étais. Grâce à elle aussi, j'ai découvert que l'on avait des bras pour étreindre, des mains pour toucher et caresser, une bouche pour embrasser et qu'on disait davantage par ce mode que par un discours, aussi brillant fût-il. Toujours à me dorloter, Maggy m'a aidée à sortir du carcan de mon univers familial où nos corps se tenaient à distance l'un de l'autre, comme de belles tenues sur des mannequins d'osier dans des vitrines de couture. Grâce à Maggy, j'ai compris combien lointaine avait été ma mère, avec ses baisers donnés du bout de ses lèvres peintes, ses marques d'affection gantées comme si elle devait expier l'infamie de m'avoir portée dans la voluptueuse tiédeur de son ventre et d'y avoir ressenti une plénitude coupable.

Ah ! Si je pouvais revenir en arrière, serrer contre moi, donner ma chaleur par tous les pores de ma peau à cette exquise et pudique maman si tôt évanouie. Un instant la réveiller pour une caresse, une embrassée, qu'elle se rendorme dans ma tendresse charnelle comme je fus dans la sienne quand je m'abritais douillettement en elle.

Ce que ma mère n'a pas reçu de moi, je l'ai donné à Maggy quand la vie s'est retournée contre elle. Car mon amie quitta ce monde deux mois après notre arrivée en terre de rédemption, sur une sombre histoire de tricoteuses, un avortement mal pratiqué qui dégénéra en douleurs abdominales insupportables. Je payai très cher l'intervention d'un chirurgien qui retira un morceau de fœtus en décomposition de son ventre et lutta en vain contre un foyer d'infection catastrophique qui s'en était pris à la matrice.

Maggy est morte dans mes bras quand les arbres étaient pourpres, ors et feux comme sa splendide chevelure. Elle fut plus légère que moi dans ce moment de déchirement.

— Tu seras meilleure mère pour Lucette, me dit-elle.

J'opinai de la tête misérablement tandis que mes mains enveloppaient les siennes et que mes paupières en faisaient autant avec mes yeux pour retenir mes larmes. J'ai souhaité de toutes mes forces être à la hauteur de sa requête et prié son ange de s'allier au mien pour cette tâche.

Repliée sur sa détresse, Lucette en pleurs nous regardait avec effroi.

10

Tu es l'enfant que je n'ai pas eu, Lucette. Et si tu n'es pas mon sang, tu es ma sève, ma fleuritude. Tu seras la pupille de Lazare comme tu devins ma fille à la demande de ta regrettée maman. Nous nous aimerons au-delà des divergences, des exacerbations, des écueils de vie et Maggy renaîtra en toi dans sa chaleur, sa tendresse, sa pugnacité, sa gouaille, son aplomb tapageur comme elle s'est infiltrée en moi pour que je te sois familière, reconnaissable.

Dans l'immédiat, je n'ai pas d'autre choix que de m'établir à Montréal, en attendant un signe émanant de Lazare. Aussi, décidé-je de conserver les deux petites pièces que nous avions prises en location Maggy et moi à proximité du port. Ce temps transitoire est bénéfique à Lucette à laquelle je me consacre. Il est cousu d'attente pour moi qui ne désespère pas de reconnaître Lazare dans le flot incessant des émigrants qui débarquent par milliers en terre d'Amérique au départ d'Anvers.

De l'endroit où nous demeurons, on entend les sirènes et, chaque fois qu'un paquebot de la Red Star Line accoste, je me fais belle et me rends sur le quai, folle d'espérance. Après chaque déception essuyée, je rentre effondrée, incapable d'épargner à Lucette le pénible spectacle de mon chagrin. Je suis perdue à l'intérieur et toutes mes forces sont nécessaires pour ne pas lester ma fille du poids de ma désillusion.

Au quotidien, ma nouvelle vie dans ce continent neuf se construit plus aisément que je ne l'imaginais. À croire que l'âme de Maggy veille toujours sur nous en intercédant auprès de mon étoile pour m'assurer des rentrées comme musicienne afin qu'on subvienne à nos besoins. Ainsi de notre spectacle musicalo-burlesque qui n'en finit pas de faire recette sur les planches de la taverne de Bryan O'Kelly et dont les échos me conduisent dès la fin de l'automne à être engagée par-ci par-là pour des cours de piano et de harpe, ainsi que pour des concerts privés plus conventionnels chez les bourgeois du cru.

Puis, l'hiver débarque avec ses sabres, pourfend roches et bois, nous transperce jusque dans nos maisons. Autant ma situation s'enlise sur le plan sentimental, autant les difficultés journalières s'aplanissent comme par enchantement dès qu'elles surgissent. Toujours une pièce à mettre au trou, toujours une âme secourable pour nous prêter main-forte quand dame harpe réclame un porteur, toujours un élan de bonne humeur pour nous redonner du tonus en cette période de ciel chargé et d'abattement.

Parmi les personnes disposées sur notre chemin par les bonnes grâces de Maggy, il y a Edgard, un voisin. Cheveux gris hérissés, ce petit homme d'une agilité de puce et d'une jovialité siffloteuse ne rate pas une occasion de me rendre fortuitement et sans le moindre calcul une foule de services. Maître en débrouillardise, il est autant capable de me dégotter une corde de *do* pour la troisième octave de ma harpe qu'une paire de mitaines assortie à une tenue de scène. Pour avoir été vendeur de journaux, chasseur de chats errants, colporteur de savons, distributeur de télégrammes, il connaît Montréal comme personne et a le don d'apparaître partout où son aide est bienvenue. Combien de fois n'a-t-il pas transporté ma harpe, monté mon charbon, dégagé la neige devant ma porte, conduit Lucette chez une amie quand j'étais requise pour un concert.

La petite adore Edgard qui le lui rend bien. Une complicité qui me rendrait jalouse si elle ne s'articulait autour d'une passion commune pour la gymnastique. Comment Lucette apprend-elle à marcher sur les mains ou sur un fil, faire la roue, se détacher du sol sur un saut périlleux dans le logis exigu des voisins ? Cela est toujours resté un mystère pour moi. Leur logement, à peine plus spacieux que le nôtre, déborde de photos et d'objets. De plus, Rosalie, l'épouse d'Edgard s'y trouve en permanence. Privée de l'usage de ses jambes, elle vit entre ses souvenirs et ses morts parmi lesquels un petit garçon emporté par la tuberculose vingt années plus tôt et dont la présence hante toujours les murs de la maison.

Si, pour cette femme, le passé altère le présent, pour moi, l'incertitude planant sur d'éventuelles retrouvailles avec un amoureux de plus en plus hypothétique me devient insupportable. Il me pèse de jouer les prolongations année après année dans cette ville où je ne devais que transiter.

En 1888, le printemps revenu, je vais mal et je dois lutter pour ne pas me laisser abattre et devenir amère. Je n'ai pas la moindre nouvelle de Lazare et Emma, avec laquelle j'ai gardé une relation épistolaire, non plus. Depuis mon arrivée, qu'il vente, qu'il neige, qu'il gèle, je suis présente à chaque arrivée du paquebot de la Red Star Line à le chercher ou, en désespoir de cause, à tenter de repérer dans la foule des émigrants une tête connue, un verrier en transit pour la Pennsylvanie qui pourrait me renseigner sur ce qu'il est advenu de mon amour perdu. Que de batailles menées pour ne pas sombrer, préserver la veilleuse menue qui s'étouffait en moi ! Par moments, je hurle ma colère, je frappe du poing, du pied, j'injurie ce salaud qui se joue de ma jeunesse, de ma tendresse. Je me soûle de dépit et vomis pliée en deux sur la faillite de mon existence, ma grande, mon immense sottise de m'être donnée à cet abuseur. Je le veux mort, qu'il débarrasse le plancher, qu'il sorte de ma tête. Je demande à partir, moi aussi, rejoindre ma mère et Karl, un petit frère qui nous fut enlevé à l'âge de deux ans. Après quoi, je suis au lit, malade, barbouillée, hideuse, à cuver mes ressentiments et ma honte devant ma petite Lucette qui ne sait trop que faire pour me ramener à la surface.

— C'est la dernière fois ! Je te le promets, ma chérie.

Je l'aime tellement cette enfant du hasard et je la serre contre moi pour qu'elle me pardonne d'être une si pitoyable maman là où Maggy redémarrait sur un coup de reins, un pet outrancier, un bras d'honneur. Je traverse une gêne terrible après ces effondrements. Pour me ressaisir, il y a l'ouvrage qui, grâce à Dieu, ne manque pas, les endroits où l'on danse qui me nettoient le corps et l'esprit, les heures de complicité consacrée à l'éducation de Lucette dont je me suis improvisée préceptrice pour qu'elle accède au niveau scolaire des enfants de son âge.

Si le Saint-Laurent me remplit de sa puissance quand il charrie ses glaces et de sa beauté quand il confie à ses rives le soin de fleurir ses berges et de colorer ses hauts arbres, j'économise à la petite semaine pour quitter Montréal avec Lucette pour tenter ma chance dans une autre ville d'Amérique qui accepte les femmes au sein de ses orchestres – ce que l'Europe nous refuse –, et m'établir quelque part où le fantôme de Lazare ne m'obligerait plus à l'attendre.

J'ai investi tellement de temps et de force d'amour dans cette liaison que je croyais unique et je suis tellement lasse de régler ma vie sur l'arrivage des paquebots de la Red Star Line que j'en viens même à décider de ne plus me rendre sur le quai pour éviter de souffrir inutilement. Peine perdue ! Au premier coup de sirène, je me fais une beauté et suis à nouveau là avec mon espoir et ma fille à scruter des visages dans le flot des arrivants de Belgique.

Un beau jour, j'ai la surprise d'apercevoir Oscar Falleur et sa vieille maman parmi les émigrants. S'il n'a pas voyagé dans l'entrepont comme nous mais dans les beaux salons et les cabines de luxe du paquebot, l'ancien président de l'Union verrière n'en n'est pas moins hâve, affaibli, les yeux creusés par la fatigue. Il est étonné de me voir mais me reconnaît à la seconde, comme si l'on s'était quitté la veille.

— Ils m'ont chassé comme un malpropre, me déclare-t-il d'entrée de jeu.

Les lèvres me brûlent.

— Lazare ? Où est Lazare ?

— Lazare a resurgi dans le bassin de Charleroi après l'assassinat de Théo. Il a poignardé Murdoch qu'il a laissé pour mort à Broucheterre. Il n'a eu d'autre choix que de prendre la fuite.

Je reste sans voix tandis qu'il ajoute d'un ton péremptoire et presque cynique :

— Il aurait mieux valu qu'il achève cette ordure. (Et de conclure sur une de ces phrases sentencieuses dont il a le secret :) Certains actes sont irrattrapables, certains scrupules aussi.

Je voudrais en savoir plus mais Oscar Falleur rassemble ses bagages. Il cherche une voiture, il est pressé de trouver une chambre avant la nuit pour sa maman et pour lui-même. Je l'aide à charger ses cannes de verrier et, arguant que j'ai mes entrées dans un bon hôtel, je leur propose de les accompagner.

— J'ai hâte de me remettre à l'ouvrage, me confie-t-il en chemin.

Parviendra-t-il à reprendre son métier ?

Il me démange de lui reparler de Lazare mais le moment est mal choisi et il m'ennuie que Lucette soit de la conversation. Le temps de confier ma fille à Edgard et je reviendrai le voir.

Une heure plus tard, je rejoins Oscar Falleur au comptoir de l'hôtel du Nouveau Monde. Il boit un whisky. Légèrement éméché, cet homme ulcéré part sur le récit de ses malheurs et je prends mon mal en patience en attendant qu'il m'en dise plus long sur Lazare. Le meneur de l'Union verrière est comme un radeau à la dérive, un officier dégradé, un mutilé de l'âme que les mobilisations de solidarité visant à lui rendre justice n'ont pas rétabli dans sa dignité humaine ni dans sa force combative. D'avoir été condamné le 2 août 1886 à vingt ans de prison avec Xavier Schmidt, alors secrétaire de l'organisation, pour incitation au pillage et atteinte à la liberté du travail, a brisé cet honnête militant dévoué corps et âme à la cause ouvrière. Le souvenir des vingt-cinq mille personnes rassemblées devant l'Union verrière sur fond de drapeaux rouges et de banderoles, le 3 octobre 1886, visant à obtenir l'amnistie pour les condamnés ne le console pas.

— Le jury était noyauté : des industriels, des banquiers, des notaires, des marchands, des cultivateurs et autres tenants de la sacro-sainte propriété privée. On nous a traités, Xavier et moi, comme de vulgaires bandits, des moins que rien !

Je tente bien de lui rappeler que cette injustice a réveillé les consciences et attiré l'attention du monde sur l'exploitation éhontée de la classe ouvrière mais il ne veut rien entendre et débagoule contre les avocats qui ont privilégié le combat social à la rigueur des faits.

— Aucun d'entre nous n'en voulait à Baudoux au point d'incendier son usine et sa demeure. Pareil pour les tueries de Roux.

Falleur est intarissable et, l'alcool aidant, il poursuit :

— Il a fallu attendre le 9 novembre, mille trois cents femmes défilant à Bruxelles au bras de ma mère, pour que ces pourris de justiciers daignent rouvrir le procès et proclamer leur « amnistie conditionnelle », s'exclame-t-il en détachant les syllabes de ces derniers mots. Ils n'ont pas eu assez de démanteler notre mouvement, Lena, ils nous ont expulsés de chez nous. Après deux ans et deux mois de cachot, ils nous ont envoyés nous faire pendre ailleurs. (Et de rectifier :) … de me faire pendre ailleurs car Schmidt est malade depuis février et je doute qu'il recouvre jamais la santé.

Suit un silence de compassion au terme duquel il me propose quelque chose à boire et recommande pour lui un nouveau whisky.

— Entre ma libération conditionnelle et ma condamnation à l'exil, j'ai repris contact avec l'Union verrière. Les adhérents se sont réduits comme peau de chagrin ; quelques centaines tout au plus, là où nous étions des milliers. Quand je pense à ce gâchis, ajoute-t-il avec un soupir.

Falleur compte sur l'ordre des Chevaliers du travail, une confrérie de verriers américains qui lui ouvre ses portes à Pittsburgh par le truchement d'Albert Delwarte, pour se reconstruire. Nombre de souffleurs du pays de Charleroi se sont installés par là-bas soit qu'ils ont été expulsés de chez eux, soit qu'ils se sont fait engager pour un meilleur salaire et de meilleures conditions de vie.

Je saisis la balle au bond :

— Lazare est à Pittsburgh ?

Le verrier hésite :

— Pas que je sache ! Par contre, son épouse, ses deux enfants, sa belle-sœur et le fils de celle-ci y sont installés depuis deux années. Aux dernières nouvelles, elles auraient trouvé de l'embauche comme porteuses de canons.

Ce récapitulatif cinglant me ramène à ma solitude. Que suis-je pour Lazare ? Que suis-je pour ce clan ? Un profond sentiment d'abandon, de rejet, de vacuité m'envahit. Je baisse la tête. Je ne cherche même pas un prétexte pour me replier et pleure devant lui ! Tout ce que j'ai pu entreprendre depuis bientôt trois années me paraît plus que jamais dépourvu de sens, erroné, inutile.

C'est sans doute parce que Falleur traverse la même souffrance et qu'il est à même de comprendre mon désarroi qu'il m'attrape le poignet et pose sur moi ses yeux d'épagneul.

— Je vous dois la vérité sur Lazare, Lena, reprend-il. Il n'est pas en fuite. Il a été arrêté après avoir poignardé Murdoch. Il a été jugé, condamné en assises. Il purge une peine de dix ans à la prison de Mons.

C'est dans les bras d'Oscar Falleur que je vais épancher ma peine, pleurer à gros bouillons comme une petite fille qui se réveille la nuit sur un cauchemar dans une maison déserte.

Pardon, Lazare, si j'ai douté de toi ! Tu as agi comme il le fallait, noblement. En bon berger, tu as affronté le loup afin qu'il épargne le troupeau. Qu'est-ce que ma solitude face à l'isolement où tu es plongé depuis bientôt trois années tandis que je vais, viens, joue, danse, chante et ris, que je vis dans le tendre et l'amour, que je choisis des fleurs pour égayer ma maison, les respire, les harmonise en bouquet, que je contemple depuis ma fenêtre la mue saisonnière des arbres, regarde émerveillée et reconnaissante à Dieu le soleil se lever sur le Saint-Laurent, le nuancier éblouissant des lumières de neige, la glace étale des plans d'eau où glissent les enfants, les grappes nacrées qui, par grand gel, pendent des toitures. As-tu seulement un endroit où te blottir quand il fait froid, de quoi manger quand la faim te tenaille le ventre, de la chaleur humaine et du sourire en suffisance pour ensoleiller tes jours ? Si je pouvais seulement savoir au profond de ta nuit la place que je tiens aujourd'hui dans ton cœur. Suis-je la favorite, la passagère ou l'oubliée ? En ce qui me concerne, sache, mon amour, que je te reste acquise et que rien n'y changera.

11

Malgré les critiques d'Oscar Falleur à l'égard de Jules Destrée, j'ai le sentiment que le jeune avocat a accéléré de façon significative la remise en liberté des deux piliers de l'Union verrière et qu'il pourrait en faire autant pour mon amour.

Une fois chez moi, je rédige une lettre où je demande à l'homme de loi, moyennant honoraires, d'introduire une action qui mènerait à la révision du procès de Lazare dans l'espoir innocent que sa peine soit écourtée. Mon courrier part dans la semaine avec le paquebot de la Red Star Line de retour pour Anvers. Quand le bateau quitte l'embarcadère, je regrette amèrement de ne pas être à son bord et me fustige de ne pas avoir contacté les amis que j'avais dans le monde verrier par crainte d'attirer l'attention de Murdoch et de sa police. J'aurais été fixée plus tôt sur le destin de Lazare. J'éprouve ce sentiment trouble d'avoir tout fait de travers, de ne pas avoir été là où je devais être. Je me dis qu'avec mes économies j'ai la possibilité de couvrir une traversée en seconde classe et de confier durant mon absence la garde de Lucette à Edgard et Rosalie qui s'en trouveraient ravis. La minute d'après, je m'interroge sur l'utilité d'un tel voyage et me ronge à l'idée de m'éloigner de ma fille, même momentanément. Nous formons une paire, elle et moi et, si nos rapports sont quelquefois tendus, ils regorgent de moments de grâce où la tendresse qui nous lie estompe nos différences. Lucette évolue bien. À onze ans, elle arrive enfin à lire et à compter. Un soulagement pour moi qui espère bien l'inscrire dans une école tenue par des sœurs à trois rues de l'endroit où nous habitons.

Avec sa toison d'un roux doré, ses yeux bleu clair et sa peau mouchetée, Lucette est jolie comme un automne et n'a nul besoin de préceptrice pour apprendre à charmer son monde. Je suis à la fois heureuse de voir l'enfant terrorisée du début sortir de sa coquille et surprise de constater chez elle une passion de plus en plus prononcée pour les disciplines acrobatiques – un héritage d'Edgard mais aussi d'Omer et de Jeanne dont elle me parle souvent.

La formule qui a fait notre succès sur l'estrade de la taverne de Bryan O'Kelly s'essouffle et c'est avec regret que notre ami irlandais nous remercie.

Notre formation finit donc par voler en éclats. Un drame sans précédent pour notre ténor napolitain qui se taillait un joli succès personnel en interprétant avec fougue les grands airs d'opéra que nous accompagnions. Le brave Amadeo n'eût pas été plus malheureux si la Scala de Milan lui avait donné son congé. Rodolphe, notre violoniste, vit en revanche cette dissolution comme un soulagement. Car il a convolé entre-temps, il est père de jumeaux et se trouve en passe de décrocher une place à l'année dans les rangs de l'Orchestre symphonique de Toronto. Roger qui anime des bals musettes au son de l'accordéon ne manifeste pas d'états d'âme. Sa scène est la rue et sa joie le monde qui danse. Le beau Floriand qui brasse l'air par ses flûtes, son hautbois, sa clarinette, et qui est libre comme les notes de ses instruments, décide quant à lui de se rendre à New York et m'ouvre les portes à son projet. Son objectif : adapter pour harpe et instruments à vent des morceaux célèbres du répertoire, écumer salons, fêtes privées et soirées de gala.

— C'est passe-partout et ça paie bien ! m'assure-t-il.

Je ne peux pas dire que je raffole de me produire dans les cercles mondains. Le brouhaha ambiant ou le bruit des petites cuillères qui tournent dans les tasses de thé quand je joue m'horripilent. M'insupportent aussi les petits doigts levés, l'odeur de poudre, les compliments éculés. Ça rondouille dans le beau monde, ça grazouille, ça pipelette, ça pérore, ça charpie côté femelle. Ça parade, ça subit, ça fait le veau, ça plastronne côté mâle. Je caricature à peine. En bref, j'ai pris tout ce tralala en grippe depuis ma rupture avec la bonne société berlinoise mais je dois m'accommoder de ce désagrément si je veux gagner un sou vaillant avec ma harpe. Ai-je seulement le choix ? Musiciennes, nous n'avons pas, dans le domaine classique, d'autres possibilités d'être entendues et rémunérées que dans ces milieux clos.

Par fidélité à mon choix de départ, voilà des années que je répète quotidiennement pour ne pas perdre le bénéfice des milliers d'heures passées à l'apprentissage du répertoire mais je dois admettre que rien ne me donne autant de plaisir aujourd'hui que de faire chanter et danser le monde comme l'ami Rodolphe. Que la musique soit une contagion qui relie les gens entre eux et renverse les barrières des convenances pour libérer la chaleur des cœurs. J'ai pris goût à ce bonheur communicatif quand je jouais à la taverne. Sans vouloir réitérer l'expérience, je me verrais mieux impliquée dans un projet de musique festive, populaire, rythmée, pour voix et instruments, à l'image de ce qui s'entend dans les *kaffee haus muziek* en Allemagne, les bals musettes en France ou, alors, accompagnatrice de chants traditionnels des communautés minoritaires.

Si je mets un bémol sur l'idée de Floriand d'égayer les salons avec harpe et flûte, la perspective de partir pour New York m'enthousiasme. Tout le monde prétend que la vie artistique de cette ville est intense et que les mentalités y sont moins étriquées qu'ici. De plus, les bateaux qui relient New York au Havre font la traversée en deux semaines au lieu de cinq. Au bout de trois années, j'ai fait le tour de Montréal, et rien ne justifie plus mon ancrage ici si ce n'est l'amitié qui me lie à certaines personnes et l'attachement à mes quelques élèves. Sans bannir Lazare de mon cœur, j'ai besoin de me recentrer sur moi-même et de veiller à l'épanouissement de Lucette. Tout aimante que je suis, je me refuse à jouer les Pénélope. C'est inutile et puis je n'appartiens pas à cette sorte de femmes capables de patienter des années que revienne un marin ou un soldat. La vie est maintenant, aujourd'hui. Je viens d'avoir vingt-huit ans et je ne puis ronronner davantage, me mettre sous cloche et resurgir le jour où Lazare sera quitte de sa peine.

Quelques jours pour confier mes élèves à une collègue, boucler nos malles, remettre la harpe en boîte pour le voyage et nous sommes prêtes à rendre les clés du logis à son propriétaire. Suit la période des adieux avec un pincement de cœur autant pour moi que pour Lucette quand il s'agit de quitter Edgard et Rosalie qui sont devenus entre-temps nos plus proches amis. Pour le cas où Lazare transiterait par Montréal et, aussi, pour ne pas prendre le risque de perdre le document, je laisse à la garde du petit homme la ceinture large de Maggy sur la doublure de laquelle j'ai recopié les précieuses formules d'Augustin Froissart. J'emporte l'original qui n'a pas quitté la colonne de ma harpe. Je somme Edgard de ne confier cette ceinture à personne d'autre que Lazare, dans l'hypothèse, bien sûr, où celui-ci passerait chez lui.

— Nous reviendrons, dis-je au couple à l'heure du départ.

Et Lucette de chuchoter à l'oreille d'Edgard :

— Tu viendras me voir au cirque !

J'évente ce secret au passage et je le ressens comme une certitude cueillie à l'arbre de la destinée plutôt qu'une invitation aléatoire de petite fille rêveuse. Je me promets d'être attentive à ce vœu.

Il doit certainement en être pareil pour lui envers moi mais Floriand a des côtés que j'adore et d'autres qui me hérissent. Pour réserver le meilleur pour la fin, je dirais que son dandysme, sa coquetterie presque féminine, ses poses étudiées, ses regards appuyés de séducteur impénitent m'agacent. Une jeunette pointe le nez et la machine est lancée. Je dois admettre qu'il est beau et que son commerce porte ses fruits mais, pour moi, il lui manque la part animale qui me plaît tant chez les hommes, de la matière brute.

Floriand est lisse, sans aspérité. Le disgracieux a un charme que la perfection plastique n'apporte pas et les marques laissées par la vie donnent du relief et de l'épaisseur aux gens comme aux choses. Un avis tout à fait personnel. En dehors de cela, il est bon compagnon, pince-sans-rire, futé. Il plaisante volontiers et riposte avec esprit quand je me paie sa tête, ce dont je ne me prive pas. Je découvre avec Floriand que les hommes qui ont le don de faire rire ont une longueur d'avance sur les autres sur le terrain de l'amour.

Bien que très proches, nous n'avons pas été amants même s'il y eut entre nous échanges de caresses, de câlins, de baisers. J'avais un tel besoin, alors, de toucher, d'être touchée, de calmer le feu de mon corps que ma jeunesse attisait. Il respecta les limites que je lui imposai et je lui en sais gré.

Lucette est heureuse de partir sur les routes. Elle n'en croit pas ses yeux quand Floriand vient nous chercher aux rênes d'un chariot bâché tiré par deux chevaux de trait dont je ne saurai jamais s'il fut gagné au poker, volé à un quidam ou acheté grâce au fruit de son travail. Une fois ma grande harpe et nos bagages hissés, je m'efforce à apprivoiser ce moyen de locomotion poussif qui se fait clouer sur place par les trains, ou distancer par les cavaliers d'un coup de talon. Il ne faut pas une semaine pour que je trouve mon plaisir dans ce voyage tranquille qui nous immerge dans des paysages taillés par des titans. Tout est beau, majestueux et lumineux autour de nous, à se demander si ce continent n'a pas eu la préférence du Créateur lors de son édification. Ici, les rivières sont des fleuves de chez nous, les collines, des montagnes, les vallées, des gorges profondes.

Faisant fi de tous mes calculs pour évaluer la date de notre arrivée à New York, je profite de ce moment pour rompre avec le temps, les montres et les sabliers afin d'engranger, sans hâte, toutes ces richesses qui me sont données, les partager avec Lucette et Floriand.

Moins exalté et moins bravache que moi dans ce pays sauvage, mon ami a toujours un fusil chargé à portée de mains et perd tout sens de l'humour quand, après l'apparition d'une ourse et de son petit ou une rencontre turbulente avec des Indiens ivres, je ris à gorge déployée de son teint blême, le rudoie familièrement et le traite de mauviette – une façon comme une autre d'exorciser en fin de compte mes propres peurs.

En vérité, on a beau jouer après coup les intrépides, certaines situations nous rattrapent. Ainsi cet après-midi de forte chaleur où l'on s'ébroue dénudés dans le bras d'une rivière. Personne à l'horizon. Lucette nage comme une loutre contrairement à Floriand qui évolue douillettement entre l'eau jugée trop froide et le lit de galets ressenti comme trop douloureux à ses pieds sensibles. Moi, je m'en donne à cœur joie et savoure ce moment de fraîcheur et de bien-être en m'ébattant avec ma fille. Je suis immergée jusqu'aux seins quand j'aperçois à quelques pas de moi trois cavaliers armés et poussiéreux qui abreuvent leur monture en jouissant du spectacle. Sur le coup, je me jette sous l'eau et gagne paniquée les rives herbeuses pour me soustraire à leur vue. C'est tout mon passé qui resurgit et, avec lui, ma honte. Je me vomirais si je pouvais. Mon corps devient abject. Qu'est-ce qui provoque en moi ce besoin de boucher mes oreilles quand ils m'apostrophent, de me fermer aux appels angoissés de Lucette qui m'informe qu'ils se sont retirés ? Quand je sors de ma cachette, elle s'étonne de me voir revenir en pleurant alors que rien de dommageable ne s'est produit.

Floriand est un bon fusil. Une cartouche lui suffit pour abattre un faisan, un canard, verser un lièvre. Issue d'une famille de grands chasseurs, je lui emprunte son arme pour m'apercevoir très vite que cet exercice me sourit peu. Je suis mieux apte à tenir une harpe qu'un deux coups, et achever le gibier que j'ai blessé me brise le cœur.

À l'approche d'Albana dans les monts Appalaches, débouche d'une piste adjacente un chapelet de roulottes décorées et de cages ambulantes, évoluant à une allure aussi paresseuse que la nôtre. Çà et là, en jaune et or sur médaillon grenat, les lettres enluminées d'un petit cirque répondant au nom magique de Miraggio Circus. La joie se lit dans les yeux de Lucette et je lui offre d'assister à une représentation. Nous suivons les forains jusqu'à leur point de chute et nous nous installons à proximité pour observer ce rituel magnifiquement huilé allant de la constitution d'un petit village mobile à la levée du chapiteau. Au bout de deux heures, l'implantation est terminée. Elle comporte une place circulaire sur laquelle s'ouvrent les roulottes, les enclos pour les chevaux, des allées. Ce préliminaire est un spectacle à part entière avec des rôles distribués à chacun, un cérémonial, une partition sonore. J'aime le roulement des marteaux où trois frappeurs alternent leur coup pour enfouir les longs piquets d'acier qui maintiendront la toile. Je suis impressionnée par l'érection des mâts et la montée de la tente. Pardessus tout, j'adore ce moment où le cirque s'illumine de l'intérieur. Je ne suis pas la seule : des badauds affluent de toutes parts et goûtent à cette métamorphose. Parmi eux beaucoup d'enfants du cru. Dévorés de curiosité, ils ne manqueront pas le spectacle du lendemain. Pendant toute cette féerie préparatoire, j'oublie Lucette, et quelle n'est pas ma surprise de la voir revenir en tenant par la main une fillette de son âge que je ne reconnais pas tout de suite.

— C'est Jeanne ! m'annonce-t-elle, ravie.

Omer surgit derrière les gamines, armé d'une masse. Tête rase, moustaches hérissées, mouche sous la lèvre inférieure, il déborde d'épaules et de bras dans une chemise sans manches. En nage d'avoir enfoncé dans le sol les pinces qui tiennent les haubans du chapiteau, il est de prime abord terrifiant, ce que dément aussitôt l'amabilité avec laquelle il nous salue, Floriand et moi. Le contraste entre le colosse et mon chétif compagnon prête à rire et je dois me faire violence pour garder mon sérieux.

Un peu plus tard dans la soirée, nous nous retrouvons dans la roulotte d'Omer autour d'un verre. Les chères petites sont des volières de rires et de confidences. Comment ne pas se réjouir ?

Comparé au Wild West Show du célèbre tueur de bisons, Buffalo Bill ou au mégacirque de Phineas Taylor Barnum qui exhibe une ménagerie comptant un millier d'animaux, le Miraggio Circus reste une entreprise de dimension humaine. Une vingtaine d'artistes et leur famille en font partie – en tout, plus de soixante personnes si l'on compte les enfants, les employés, les techniciens, les galoupes. De taille moyenne, le chapiteau dispose d'un gradin pouvant accueillir trois à quatre cents personnes. À la tête de ce petit monde, Hamilcar Ravasio, un Italien du Piémont qui se découvrit tout jeune une passion de dompteur de loups avant de se tourner vers les grands fauves et monter sa propre entreprise au bout de quinze années de bons et loyaux services au sein du Bailey Circus.

Le hasard fait qu'il débarque chez Omer à l'heure de nos retrouvailles pour une histoire de cage à déplacer. Bien que trapu et de taille moyenne, le directeur du cirque en impose. Tenter de soutenir son regard habité par la foudre et l'éclair est peine perdue. Nous sommes présentés et j'ai droit à un baisemain. Il prend le temps de s'asseoir quelques instants, accepte le verre qui lui est proposé, allume un cigare sur lequel il tire en creusant les joues. Quelques questions ciblées entre deux bouffées me renseignent sur ce personnage à qui rien n'échappe et dont le cerveau semble être en perpétuelle ébullition.

— Il mène bien le bateau, déclare Omer après le départ de Ravasio.

Je le crois volontiers.

Nous laissons notre ami à sa besogne et suivons Jeanne pour une visite guidée de la ménagerie. Des grands tigres du Bengale aux lions de Kasaï, le clan des fauves nous est présenté, puis celui des ours et des chevaux. Je suis, moi-même, comme une petite fille et me souviens d'un spectacle du cirque Rancy que j'ai vu à Berlin avec mes parents et mes sœurs. Je ne devais pas avoir plus de huit ans et j'ai gardé en mémoire tous les numéros. À un moment donné, une trapéziste a été rattrapée d'extrême justesse d'une main par son partenaire. J'entends encore le cri d'effroi des spectateurs.

À peine réunies, je vois bien que Lucette et Jeanne complotent. Je subodore leur plan et ça me tarabuste car il ne va pas dans le sens de mon projet. La demande s'exprime à l'heure du couvre-feu de la bouche des deux petites qui se sont installées sous notre bâche pour dormir ensemble : un rêve de duo voltigeurs.

12

Le lendemain, Lucette boit la parade et la représentation comme petit-lait et son bonheur me ravit. J'éprouve moi-même beaucoup de plaisir à regarder le spectacle, à retrouver telle acrobate parmi les trapézistes, tel jongleur parmi les danseurs sur fil. Je souris des allées et venues d'Omer qui apparaît en cracheur de feu, en briseur de chaînes, en pilier d'une construction humaine au sommet de laquelle Jeanne culmine avec autant d'aisance que de grâce. Hamilcar Ravasio est éblouissant en Monsieur Loyal et souverain en dompteur au milieu de ses grands fauves qui, à l'exception d'un lion bougon, répondent docilement au claquement de son fouet et à l'autorité inflexible de son regard. Je m'amuse de la bonhomie des ours, du tintamarre bon enfant des cuivres et de la grosse caisse, des pitreries d'un clown, rien que je n'aie déjà vu mais qui opère toujours sur moi. Fine cavalière, je suis conquise par la beauté des chevaux et l'adresse de leurs écuyères. Quel beau travail ! Quelle maîtrise !

À mon côté, Floriand arbore ce petit sourire distancé que je ne lui connais que trop bien. Quelques piques acerbes sur l'amateurisme de la fanfare et de petites fausses notes du rituel me disent clairement qu'il se refuse à entrer dans le jeu. Tant pis pour lui ! Moi, je suis inconditionnelle. J'applaudis à tout rompre et dispense des bravos après chaque numéro au risque d'indisposer mon dédaigneux voisin. Je retrouve chez Floriand un travers que j'exècre chez les musiciens et les peintres. Chiche de compliments, ce monde se châtre de tout élan d'enthousiasme par protectionnisme maladif. Du mépris misérable et sans hauteur qui est miroir de petitesse et de pauvreté d'esprit.

Après la représentation, Lucette me tire par la manche pour retrouver Jeanne dans les coulisses. Je l'embrasse et la félicite de sa prestation. Cette petite est magnifique et je suis particulièrement émue par sa fraîcheur et sa simplicité. J'enfouis ensuite ma menotte dans la grosse patte d'Omer pour le complimenter. Ma main ne prend pas plus de place dans la sienne qu'une paire de gants de soie.

— Il faut qu'on discute un brin, me propose-t-il en se pinçant la mouche entre le pouce et l'index.

Son regard accroche les fillettes. Le piège entrevu se referme, un piège de vie trop en phase avec les dispositions de mon cœur pour que j'aie la moindre chance de m'y soustraire. Omer me reçoit dans sa roulotte. Il a débarrassé sa table pour l'occasion, qu'aucun objet ne le distraie de notre entretien. Assise face à lui, je ne prends pas plus de place qu'une bouchée d'ogre. Il a bien réfléchi, me dit-il en fermant les yeux comme s'il craignait de voir sortir de ses orbites la vision auréolée qui lui est apparue dans la nuit. Les deux petites sont comme deux sœurs et il les verrait bien au sommet de la pyramide. Mais cela ne s'arrête pas là. Il veut créer avec la paire un numéro de planche à bascule, de voltige sur chevaux, et, pourquoi pas, d'antipodistes…

— Si vous ne voyez pas d'inconvénient, je présente Lucette à notre directeur.

Je donne mon accord et le plan d'Omer arrive dans l'heure qui suit aux oreilles d'Hamilcar.

Le jour même, sur deux pirouettes, quelques pas sur les mains et un salto arrière, Lucette est engagée à l'essai aux mêmes conditions que Jeanne, à savoir, des ronds de carottes. Le madré dompteur s'intéresse à moi. Il me sent réceptive et je lui suis sympathique.

— Omer m'a dit de vous que vous êtes musicienne ?

— Harpiste ! s'empresse de rectifier Jeanne.

Courtoisie ou aveu sincère, Hamilcar me confie :

— Tout cirque possède sa fanfare mais il n'y a pas d'instrument que j'aime autant que la harpe. La plus jeune sœur de ma mère qui avait une voix angélique…

Les petites l'interrompent pour préciser en chœur que je chante aussi et que j'ai présenté sur le bateau nous amenant en Amérique un spectacle très drôle où les gens riaient tout le temps. Pas une seconde, je ne me vois m'exhiber sur la piste. Par contre, je m'imagine assez bien m'occuper de l'éducation des enfants, les former à la lecture, à l'écriture, aux mathématiques, à l'histoire si personne ne remplit cette fonction dans la troupe et ouvre le directeur à cette idée. Hamilcar m'écoute d'une oreille et me perturbe par ce demi-sourire qui éclaire son visage. S'adressant à Omer, il lâche comme si je n'étais pas là :

— Je la verrais bien en duo avec Gus. Pas toi ? Ça pourrait être pas mal ! ajoute-t-il, satisfait.

Sur cette grossièreté, il s'avance et me saisit galamment la main qu'il embrasse comme la veille.

— Préceptrice ? Je trouve votre proposition excellente. Quant à ce qui me trotte en tête, nous avons tout le temps d'y réfléchir. Votre prénom ?

— Lena.

— Madame ?

— Mademoiselle !

— Au plaisir, mademoiselle, lance-t-il tandis qu'il quitte la piste.

Hamilcar à peine parti, Lucette et Jeanne me tombent dans les bras. C'est un grand jour pour nous trois, une nouvelle vie qui se profile. De quoi rêver et trembler à la fois.

Quand je lui annonce notre engagement dans le cirque, Floriand reste pareil à lui-même : de l'acceptation complaisante et un léger haussement d'épaules lourd de significations et miné de sous-entendus. Il se garde en tout cas de me prodiguer le moindre encouragement ni de partager notre enthousiasme. Il est ainsi fait et je ne le changerai pas. Malgré mes appréhensions, il ne me fait pas reproche de reléguer aux oubliettes notre projet commun. Je m'attendais au pire et je salue son élégance sur ce point.

Comme la caravane se déplace elle aussi en direction de New York, nous nous joignons aux forains et voyageons dans leur sillage. Un beau matin, sur une foucade, Floriand négocie avec moi, à perte, le chariot et l'attelage, prend ses flûtes, son bagage et saute dans un train sans que j'aie vraiment le temps de réaliser ce qui m'arrive. Nous nous quittons sur des adieux amicaux en nous promettant de nous revoir rapidement.

Des années passeront avant que nos chemins se recroisent.

Par l'entremise de Jeanne et d'Omer, Lucette et moi sommes présentées aux différents membres de la troupe, un monde simple et sans façon qui a la connivence facile et ne s'embarrasse pas de formalités. Composé de petits clans qui se retrouvent entre eux dans le quotidien, ce village ambulant s'ouvre à nous au fil de ses pérégrinations et m'adopte aussi vite qu'il accueille ma Lucette. Parmi ce petit monde, Frida Ravasio, l'épouse du dompteur, est la seule à se montrer rétive à mon égard. Sitôt embauchée par son mari, je la vois arriver en boitant alors que je cherche un endroit dans le campement où installer notre charrette.

— Enlevez-moi cette chose de ma vue ! me lance-t-elle dans un anglais mâtiné à la sauce provençale.

Sûre de mon fait, je lui présente en français mes plus plates excuses, dans le but d'arrondir les angles, puis vide aimablement les lieux pour m'installer hors de portée de son aire de courroux.

Ce premier contact me laisse perplexe sur nos relations futures. J'ai souvent rencontré cette sorte d'agressivité avec des femmes qui me ressentaient comme rivale potentielle ou me haïssaient sur un compliment d'un partenaire ou d'un conjoint. Plus jeune, ces réactions me flattaient, m'amusaient, me stimulaient et je ne me privais pas de mettre de l'huile sur le feu, qu'elles s'interrogent donc sur l'abandon de leur liberté, ou leur manque de légèreté, ou leur déficit de séduction ! Avec l'épouse d'Hamilcar, en revanche, c'est autre chose. Cette femme est un ange déchu. Incomparable trapéziste, elle s'est fracassée sur un mât du chapiteau et traîne depuis sa chute une jambe raide lestée d'un invisible boulet. D'une beauté durcie par l'épreuve, elle arbore une quarantaine douloureuse et je n'ai aucune peine à l'imaginer au temps de sa splendeur. Je sais qu'avec elle je ferai l'impossible pour émietter tout rapport de suspicion, désamorcer cette animosité sans objet, conquérir sa confiance et m'en faire une amie le cas échéant. Je suis consciente aussi qu'Hamilcar n'est pas le genre d'homme qui se refuse une aventure et le peu de temps où je l'ai côtoyé m'a éclairée sur son sentiment à mon égard. Il y a des regards qui ne trompent pas.

Tous ces forains issus de pays divers et d'horizons multiples s'offrent à moi comme une famille comblant un vide resté béant depuis la disparition de ma mère. Malgré les divergences, les écarts culturels ou éducatifs, le narcissisme exacerbé des artistes de cirque, les aspérités de certains d'entre eux, je vais les aimer comme s'ils étaient mon sang. Je vais être de leurs joies, de leurs préoccupations, les aborder franchement avec mon humour insolemment ravageur, mes rires intempestifs, ma propension héritée de Maggy à ouvrir mes bras à ceux qui me sont chers. Jamais je ne me sentirai autant moi-même qu'avec ces gens du voyage, un état de bien-être que les milieux musiciens de Berlin ne m'ont jamais apporté.

Au-delà de l'accueil, je bénéficie du concours spontané de Cyrille, Joseph et Omer pour transformer notre chariot rustique en coquette petite maison ambulante avec double porte à l'arrière, fenêtres latérales, petit coin de vie astucieusement agencé autour d'un poêle-crapaud, lits superposés, espace de jeu pour ma harpe, coin d'étude pour mes leçons.

Charpentier de formation avant de devenir lanceur de couteaux sur cible vivante, Cyrille est un artisan hors pair. Aucun problème technique qu'il ne soit capable de résoudre. Je peux juger de son ingéniosité le jour où il déplace avec Joseph l'essieu arrière du chariot pour allonger le plateau. Un véritable tour de magie. C'est à lui qu'est confiée la fabrication des accessoires de piste dont les artistes ont rêvé pour leurs numéros. Il travaille aussi bien le bois que le métal. Natif de Québec, le forain parle un jargon dérivé du français auquel je ne comprends goutte. Notre langue commune est dès lors l'anglais qui, les gestes aidant, nous permet de communiquer à peu près correctement. Cyrille est le premier ami à compter après Omer. Avec sa tête ébouriffée et d'énormes rouflaquettes anthracite où se noie un menton poilu, il ressemble à un gitan, voleur de poules et ravisseur d'enfants. Si je dois avouer qu'il n'est pas le type d'homme vers qui je me retourne d'emblée, je lui trouve un côté « mauvais sujet » qui m'attire. Adorable quand il est sobre, il devient crétin, imprévisible, infernal quand il a bu, ce qui lui est malheureusement coutumier. À nous toutes alors de subir ses familiarités quand ce n'est pas son état d'avachissement ou ses accès de violence.

Correspondant à l'époque de notre rencontre, un événement tragicomique survient à Kingston lors d'une représentation. Costume à franges, foulard de soie rouge, notre Cyrille fait son entrée sur la piste en tenant par la main sa partenaire, Roberta, tout en paillettes, avec laquelle il se disputait en coulisses quelques secondes plus tôt. Pas besoin d'être grand clerc pour deviner qu'il est en rage. Les couteaux volent et se plantent autour et alentour de sa cible vivante avec une force inhabituelle, l'éraflent presque. Pour le clou du spectacle, Cyrille se bande les yeux et expédie son dernier poignard dans le plot de liège que Roberta tient des deux mains sur sa poitrine. Le lancer est si puissant que la lame transperce l'accessoire déjà bien usagé et blesse la femme au sein. D'un tempérament de feu, la comparse en oublie son rôle, traverse l'espace qui la sépare de Cyrille et lui applique, avant qu'il se soit débarrassé de son bandeau, un coup de genou dans l'entrejambe, le laissant plié en deux sur la piste. Tout cela devant un public au comble de l'hilarité.

Moins drôle, ce jour où l'un de ses couteaux se plantera dans la colonne de ma grande harpe entre lui et moi… Mais c'est une tout autre histoire.

Peu avant d'atteindre New York, Lucette a intégré le haut de la pyramide d'Omer et elle conquiert le public avec Jeanne dans un joli numéro de figures acrobatiques sur agrès. Les deux fillettes sont les reines de la piste et princesses des forains. De mon côté, pendant mes temps libres, je travaille, sous la férule d'Hamilcar et son regard implacable, à la mise sur pied d'un duo burlesque avec Gus où je tiens le rôle d'un Pierrot lunaire musicien. Ce défi dépasse, à ce que je ressens, mes aptitudes et je le mettrais bien de côté si je n'étais poussée dans le dos par notre directeur et par mes filles qui s'esclaffent à chacune de mes pitreries.

Nous arrivons à New York en septembre et plantons notre chapiteau aux quatre coins de la métropole pour toucher le public local, une expérience qui n'est pas de tout repos. Bagarres, resquilles, dégâts, vols et mauvaises plaisanteries sont notre lot. Une cage ouverte par un quidam se solde par une chasse aux lions dans le quartier du Bronx. Hamilcar, qui a mis des années à dresser ses grands fauves, connaît une angoisse sans précédent. Il sait bien que, hors enclos, les félins sont à la merci du premier tireur venu et que les forces de l'ordre ont la gâchette facile. Tous les forains se mobilisent pour ramener Titus et César sains et saufs au bercail et empêcher le massacre. De tous côtés, des fusils braqués, des abrutis qui ne seraient pas mécontents d'ajouter un lion à leur tableau de chasse. Sur quelques coups de fouet et sans élever la voix, Hamilcar regagne l'enclave du cirque avec les fugueurs. Les grilles refermées, rendez-vous est donné sous le chapiteau où l'on trinque à la catastrophe évitée. Frida Ravasio est de la partie. Elle a traversé la piste cahin-caha pour se jeter dans les bras de son mari. Elle a eu peur pour lui et son geste d'amour me touche. Plus tard, nous échangeons gentiment quelques mots. Elle a grandi à Toulon. Je ne m'étais pas trompée.

La ville de New York a beau être stupéfiante par ses ouvrages d'art pharaoniques, son imposante et rutilante statue, pendant féminin du colosse de Rhodes, c'est vers le port et ses paquebots en partance pour l'Europe que je me dirige à la première occasion. Je ne supporte plus d'entendre dans la solitude de mes nuits la voix de Lazare qui me réclame et j'ai plus que jamais besoin de m'en rapprocher. Qu'au moins je sorte de ce brouillard sentimental où j'erre depuis trois longues années. *Le Champagne* qui appartient à la Compagnie Transatlantique est à quai, prêt à appareiller pour Le Havre le lendemain. Je m'informe des prix et ma décision tombe sur un coup de tête. Je pars. De retour au campement, j'annonce à Lucette et aux amis mon intention de regagner l'Europe. Le temps de m'occuper de la garde de la petite, de régler des problèmes d'intendance, je boucle mon bagage et fais mes adieux. Je reverrai le cirque à Baltimore dans deux petits mois si tout se passe comme prévu. C'est là qu'il prend ses quartiers d'hiver à l'abri des intempéries.

Omer m'accompagne au port avec les filles et propose de m'aider financièrement pour le voyage. Je refuse son offre généreuse et lui mens en affirmant que j'ai pu m'acheter un billet de seconde classe alors qu'il m'a fallu racler jusqu'à mon dernier sou pour obtenir une place dans l'entrepont. Une fois seule, je me reproche d'avoir abandonné Lucette et je maudis mon manque de simplicité ou ma fierté déplacée qui m'inflige quinze jours de mortifications inutiles et complique à souhait mon retour à Berlin. M'attendant à faire la traversée avec les gagne-petit dans mon genre, force m'est de constater que la compagnie a compartimenté le local et nous a collé une douzaine de bisons en transhumance maritime pour les jardins zoologiques du vieux continent. Quand les machines se mettent en branle, les larmes me montent aux yeux et je prie Dieu, les saints, Maggy et ma mère de m'assister dans ce calvaire.

Moi qui me croyais immunisée avec le cirque en matière d'odeurs animales, je fuis de jour autant que possible cette étable où cambouis et miasmes humains le disputent aux déjections de bovidés. La nuit, je m'installe sur une banquette de la coursive ou à l'abri d'une chaloupe de sauvetage quand le temps s'y prête au risque d'être délogée et contrainte de regagner l'entrepont.

Après quelques jours à cette enseigne, j'entends au hasard de mes déplacements que le pianiste du petit orchestre de bord est hors d'état de jouer et j'offre mes services. Je lis très aisément sur partition et, au terme d'un court examen, ma candidature est acceptée. Le sourire me revient, je renais. Une fois seule, je me mets même à genoux pour remercier mes bonnes étoiles de m'avoir sortie de ce mauvais pas. Hébergée et nourrie aux frais de la compagnie pour le reste de la traversée, je reçois au Havre un modeste cachet qui tombe à point nommé pour payer mon billet à destination de Berlin. Je ne sais ce qui m'attend à la maison et redoute, je ne sais pourquoi, une mauvaise nouvelle du côté de mon père.

13

Novembre 1889 à la Hagenstrasse. Je pousse la grille et marche dans des graviers qui crissent vers la porte d'entrée de la fière demeure où j'ai grandi. Le jardin est envahi de feuilles mortes. Le grand hêtre rouvre où pendait notre balançoire gît, versé par une tempête, et j'y vois un signe de désolation qui ne présage rien de bon. Greta, ma sœur cadette, vient m'ouvrir. Père est décédé le 20 août, emporté par la maladie. J'arrive trop tard et ma peine en est d'autant plus vive. Je suis effondrée mais Greta s'approprie tout l'espace des larmes. Elle s'est assigné ce rôle de pleureuse pour que je puisse mesurer combien elle a été présente, à quel point elle a été bonne et digne fille, dans quelle proportion elle a souffert.

Sans que je demande rien, j'entends qu'elle n'est pas en mesure de m'héberger, la maison étant en travaux.

— Avec les trois enfants, tu peux comprendre que c'est un peu difficile. On est à l'étroit.

La conversation part sur la maladie et la mort de notre père, et dérive sur les aménagements en cours. Elle a changé le papier peint du couloir du premier et aimerait avoir mon avis. Je passe devant ma chambre mais n'ai pas le cœur d'y entrer. Ne sachant trop ce qui me retient ici, j'invoque une vague raison pour me retirer au plus vite. C'est ce que j'ai de mieux à faire. Je suis tellement fatiguée et si triste. Une fois seule, je prends la direction du cimetière. Sur le monument familial, le nom de mon père en lettres d'or flambant neuves s'est ajouté à celui de ma mère maté par le temps. C'est face à mes parents réunis que je me libère de mes chagrins, d'enfant, de petite fille, de femme, d'exilée. Je pars en quête d'une bougie dans une boutique du quartier, que j'allume sur leur tombe, la couvre de fleurs.

Dans la soirée, je me rends chez Emma. Mon foyer est là-bas et ses bras qui m'étreignent sont toute la chaleur qu'il me reste à Berlin. Une seconde fois, je chavire. Un sanglot qui réclame consolation. De pleurer seule équivaut à chanter pour les sourds. J'ai besoin que mon sac se vide, que mes larmes sortent au-dessus du barrage. Elles portent mes deuils, mes blessures, le souvenir poignardé du temps où j'ai vécu ici avec Lazare. Mon amie accueille cette détresse jusqu'à épuisement. Elle ne cherche ni à l'endiguer, ni à la contenir.

Qu'elle s'épanche. Emma sait tout de moi, elle connaît les « comment » et les « pourquoi » de cette fragilité soudaine. Ses mains me contiennent, ses doigts cueillent prestement chaque larme sous mes yeux comme on fait sonner note sur note les cordes d'une harpe. Emma est si proche, si prévenante.

Quand le lac est asséché, mon amie dresse la table. Que l'on mange, que l'on boive, que l'on fasse le tour de ces trois années de bouleversements permanents ! Du rire affleure puis éclabousse la pièce, reconquérant mes territoires envahis par la crue.

— Tu dois être épuisée, me dit-elle soudain. Je fais bouillir de l'eau pour un bain et je prépare ton lit.

Ce voyage m'a brisée et je m'effondre pour une vingtaine d'heures d'affilée.

Durant mon sommeil, Christel, ma grande sœur, prévenue de mon retour, passe pour me rendre visite. Mon amie qui joue les cerbères attend mon réveil pour m'en informer.

— Elle t'invite à passer chez elle, demain, à l'heure du thé. Greta sera là aussi !

Les petits rituels n'ont pas changé. Je resterais plus volontiers avec Emma. Nous avons tant de choses à nous raconter depuis qu'on ne s'est vues et je l'aime tant.

Quelle horreur que cette réunion de famille dans cette maison luxueuse de la Friedrichstrasse où, la mine compassée, mes sœurs m'annoncent que j'ai été déshéritée. Je n'en reviens pas que père ait mis sa menace à exécution. Plus ahurissant, je ne comprends pas l'attitude de Christel et Greta que l'idée n'effleure même pas d'aplanir *post mortem* cette sanction familiale disproportionnée et infamante pour rétablir une forme d'égalité entre nos parts. Je les soupçonne d'avoir influencé sa décision.

— Telle est la volonté de père, se désole Christel en me présentant le testament.

Je n'y tiens plus. Je pouffe. Je dois rire pour ne pas exploser, ne pas enfoncer mes ongles et mes crocs dans cette boulotte bienséante et autosatisfaite qu'est cette petite bourgeoise pleine aux as.

— Garde tout et va au diable ! m'écrié-je en me levant d'un bond.

Dans mon emportement, ma tasse de thé culbute et vole par terre avec la soucoupe. Le service à douze pièces sera dépareillé ! Quel désastre !

— Tu as toujours été excessive ! me lance Greta. Essaie au moins de comprendre ! D'accepter ! rectifie-t-elle.

Le mot est malvenu et je sors de mes gonds :

— D'accepter quoi ? Que je suis une traînée parce que j'aime un homme qu'on n'a pas choisi pour moi, parce que je n'ai pas déguisé mes sentiments, menti à mon cœur en épousant Sigmund. Je n'ai pas honte de mes choix et de la vie que je mène.

Sous le coup de l'indignation, j'en viens même à dire des horreurs :

— Profitez sans remords de ma part. Dans l'incertitude d'être heureuses, au moins soyez riches !

Greta pleure et Christel se redresse pour me gifler mais j'arrête sa main bouffie. J'y reconnais à l'annulaire la bague de fiançailles de ma mère, un saphir de huit carats entouré de brillants. Elle me l'avait promise un an avant de mourir.

Écœurée, je fuis ces Gorgones. Dans le tram qui me ramène à la Fasanenstrasse, je pleure à chaudes larmes d'avoir été ainsi rejetée par mon sang, jugée et condamnée. Je suis malheureuse et regrette déjà ce que j'ai pu dire.

Alors que je ne demande qu'à évacuer de ma tête ce déni de mon père, Emma reste outrée et estime que je ne dois pas en rester là.

— Tu es en droit de reprendre ce qui est à toi, me dit-elle. Tu ne vas pas leur abandonner tes affaires. Tu as besoin d'argent pour rentrer aux Amériques.

La perspective de revenir seule dans cette demeure qui n'a plus rien en commun avec la maison que je chérissais me pèse, et je demande à mon amie de m'accompagner. Greta me reçoit comme si rien ne s'était produit. Elle a ses trois enfants autour d'elle et s'en sert comme d'un rempart. Une équipe de peintres est en train de rafraîchir le salon et colle un papier peint fleuri dans les tons roses et mauves.

En préambule, ma sœur me notifie que la vie coûte cher, que les corps de métier sont hors de prix, qu'elle a dû racheter la part de Christel à la succession et que cela l'a saignée à blanc. Emma et moi échangeons un regard mais ne réagissons pas. Je lui dis mon intention de récupérer ce qui m'appartient. Elle est intéressée par mon piano pour sa petite dernière qui s'ouvre à la musique mais pour un prix ridicule qui fait bondir Emma. Je les laisse négocier et me rends dans ma chambre. Les enfants m'accompagnent. Ils sont adorables et se proposent de m'aider. Rien n'a bougé dans la pièce depuis mon départ, un bon point pour Greta. Je décroche du mur la petite harpe à tirette de mon enfance, l'accorde et entonne une chanson que les petits accueillent comme un prodige. Après quoi, je sors une malle à arceaux de bois que je remplis avec les vêtements dont je compte me défaire. Emma me rejoint et m'aide à faire le tri. Je reprendrai avec moi un manteau d'hiver, quelques robes et chemisiers, une tenue de gala, des chaussures, un manchon, des objets personnels et des livres auxquels je suis attachée, quelques bijoux sans grande valeur, une photo de mes parents.

Chacun des enfants repart avec de petits cadeaux. Rangements effectués, nous nous replions avec une grosse valise. Je reviendrai une dernière fois le lendemain avec un brocanteur pour ce que je ne peux pas emporter outre-Atlantique. Quand je me retire définitivement de cette belle demeure qui enchanta mon enfance, je me retourne pour un dernier regard et me signe.

— Elles ont été odieuses ! s'exclame Emma, indignée.

Mais je ne relève plus. Tout cela est derrière moi, appartient au passé. Plus jamais je ne reverrai Grunewald.

Il gèle le matin où je quitte ma ville natale. L'hiver est aux portes et j'ai le cœur lourd. Le train s'ébranle. Le quai et Berlin ne sont plus qu'un mouchoir blanc qu'agite Emma auquel je réponds par de grands signes, des cris d'amour et des baisers de vent. Sûr que je donnerais tout pour la revoir un jour ! Fragile de ce rejet paternel, je m'expose à une autre déconvenue avec mon pauvre Lazare, écroué à Mons, qu'il me sera peut-être interdit de visiter.

Dans le wagon, un homme de mon âge me sourit, puis engage la conversation. Belle allure, situation dorée dans le domaine de la haute couture, il me dit être célibataire, me pose quelques questions avant de me faire ostensiblement un brin de cour. Je reste avec sa carte quand nous arrivons en gare de Cologne où nos chemins se séparent.

En route pour Mons, je ressasse ces trois années de privations, cherche désespérément un sens à ma dérobade, à mon entêtement à poursuivre un homme marié avec enfants qui m'est inaccessible et pour lequel je suis surnuméraire. Je me fustige d'avoir canalisé toute ma force d'amour sur cette impossible reconquête.

Alors que j'arrive à destination, je suis de nouveau amoureuse de Lazare et me hâte pour tâcher d'être reçue par Maître Destrée ce jour encore. À peine me suis-je annoncée dans son cabinet qu'il vient à ma rencontre toute affaire cessante.

— Vous avez reçu ma lettre ? Vous avez pu faire quelque chose ? le pressé-je aussitôt.

Je signale dans la foulée que j'ai sur moi de quoi le payer.

— J'ai introduit un recours et obtenu que l'on reconsidère le dossier, répond l'avocat, pragmatique. C'est un premier pas.

Je cherche à connaître son sentiment sur l'affaire mais il se borne à dire qu'il a bon espoir. Quand je l'implore de me conduire jusqu'à Lazare, il lève les yeux au ciel et s'exclame :

— Cela ne s'obtient pas comme cela ! Il faut des autorisations ! Ces démarches prennent du temps.

— Mais j'ai traversé l'océan pour le voir !

L'homme de cœur finit par l'emporter sur l'homme de loi :

— Prenez une chambre en ville. Je vous aviserai.

Une semaine plus tard, je reçois un pli émanant de l'avocat :

J'ai décroché la permission de rencontrer mon client en votre présence ce mardi 10 décembre à huit heures du matin à la prison de Mons. La visite est limitée à dix minutes. Je vous rejoindrai devant le porche. Votre dévoué. J.D.

La nuit qui précède l'entrevue, je n'arrive pas à trouver le sommeil. J'ai si peur d'être brisée. Comment vais-je retrouver mon amour, dans quel état ? Oscar Falleur est sorti méconnaissable de prison, famélique. Je chasse ce souvenir et m'interdis dorénavant toute pensée néfaste.

Je décide de me faire belle pour Lazare et passe les petites heures du matin à me préparer. J'hésite sur des boucles d'oreilles, un collier, un foulard de soie, essaie tout ce que je possède comme vêtements.

Les mains blotties dans mon manchon d'astrakan, je suis en avance et grelotte sous le portail de la prison en attendant mon avocat. Tout cela pour dix petites minutes. Peut-on imaginer plus grande cruauté ! Et si Destrée arrive en retard ? Si la rencontre est écourtée, reportée, annulée ? Je rebondis d'une peur à l'autre. Le froid me transperce. Pourvu que mon nez ne soit pas trop rouge.

Moins dix, mon avocat remercie son voiturier et s'avance dans ma direction :

— Longtemps que vous attendez ? me demande-t-il avec un sourire aimable.

Je pense en moi-même quarante-deux mois et vingt-huit jours.

Portes, grilles, fouilles, bruit de clés, grilles à nouveau, je marche avec maître Destrée sur les pas de Lazare. Je suis contrainte aux mêmes arrêts. Que recèlent les regards des gardiens qui me scrutent, m'inspectent, me suspectent, ces yeux de l'ombre qui connaissent les traits de mon amour ? Maître par-ci, Monsieur par-là, Jules Destrée n'éveille pas cette méfiance. Un dédale de couloirs nous conduit à un petit parloir. Deux chaises d'un côté, trois de l'autre, une grille au centre. Je suis heureuse de m'asseoir quelques instants. Tout à l'heure, mes jambes se dérobaient sous moi. Maintenant, c'est mon cœur qui bat en tumulte dans ma poitrine. Suis-je encore défigurée par le froid ? En entrant dans la prison, je suis obligée de laisser mon sac à l'accueil et il me frustre de ne pas avoir mon petit miroir sous la main.

Subitement, la porte s'ouvre sur toi. Deux surveillants t'accompagnent et je ne vois que toi, je me lève pour toi. La grille s'interpose. Un des plantons m'ordonne de regagner ma place. Aussi vrai que l'ongle est au doigt, tu es Mon homme, Lazare. Je connais ton visage depuis la nuit des temps. Les barreaux sont fumée dans le brassé de nos âmes. Je suis tienne comme le sont ton bras, tes épaules robustes, ta belle tête de guerrier antique. Rappelle-toi ! J'ai fleuri dans tes branches quand tu étais amandier, j'ai fondu ta voix dans mon chant. Accrochée à la mule de ta canne de verrier, je demeure danseuse de feu et d'eau claire, à la merci de tes girations, tes circonvolutions, tes balancements. Inexplicablement soudée à ta destinée, je saigne par tes blessures, trébuche quand tu achoppes, prends des coups quand on te veut du mal. Je suis à toi de toute évidence, au-delà des contrats des hommes, des échanges d'anneaux dorés, des promesses solennelles consignées au bas des livres. Ni épouse, ni promise, ni ange, ni mère, ni veilleuse sur le qui-vive, je suis Ton âme sœur.

Lazare a maigri. Son teint est d'ivoire et de cire mais l'éclat aveuglant des fours et des soleils traverse encore son regard, éclaire son sourire. Maître Destrée prend la parole mais mon amour n'a d'yeux que pour moi. Le condamné n'a pas d'antécédents judiciaires et purge sa peine de façon exemplaire, souligne l'avocat. Nous écoutons d'une oreille et nos pensées tendres effacent les barreaux de fer. Lazare veut savoir ce que je deviens, comment va ma vie. Je lui raconte

Montréal, son port où j'ai revu Falleur, lui touche un mot de Lucette et du cirque. Il tique quand je lui dis que j'ai toujours en ma possession ce qu'il m'a confié. Une rapide œillade vers le gardien de droite m'informe de ma bévue. Le bas du visage dévoré par une brosse à étriller qui lui tient lieu de moustache, l'homme relève une paupière tandis que Lazare enchaîne :

— Je suis heureux que tu aies gardé ce petit bousillé de cristal. Je l'ai fabriqué pour toi.

Je saisis aussitôt le message.

— Je l'ai toujours à portée de main et ne me lasse pas de le regarder.

À mon tour ensuite de lui poser des questions sur son quotidien carcéral, la nourriture, les horaires, les activités. Je comprends qu'il contrôle ses réponses et une boutade comme quoi il est plus en sécurité ici qu'à l'extérieur, où il n'a pas que des amis, me ramène à cette épée de Damoclès qui pend au-dessus de nos têtes.

Le planton de gauche regarde son oignon. Les dix minutes sont écoulées. Lazare se lève, salue Destrée en passant le bras à travers les barreaux et le remercie pour ces démarches. Il vient ensuite vers moi, glisse les mains à travers les grilles pour prendre les miennes et m'attire à lui pour l'éclair d'un baiser, un mot d'amour, tandis que le gardien moustachu le somme de quitter le parloir sur-le-champ sous peine de représailles.

— Prends garde à toi, me murmure Lazare.

— Vous avez eu droit à un extra ! persifle Maître Destrée au moment où le haut battant de la prison de Mons se referme derrière nous.

— Vous êtes jaloux ? demandé-je avec des larmes dans les yeux.

— Seulement inquiet ! répond-il en hélant son chauffeur.

— À cause de Murdoch ?

Le cabriolet s'immobilise devant nous et, voyant mon trouble, l'avocat m'invite à monter.

— Je vous ramène.

Une fois dans l'habitacle, il me regarde droit dans les yeux.

— J'ai cru comprendre, dit-il, que c'est vous qui avez en votre possession ce document qui intéresse Percy Murdoch. Un conseil ! Remettez-le-lui s'il vous le réclame. Surtout, ne jouez pas au plus fin avec cet individu. Il est dangereux. De plus, il a des appuis en haut lieu, des antennes partout, même parmi les gardiens. Vous avez pu vous en rendre compte. Soyez raisonnable, Lena. Il en va de votre vie. Je ne vous ai pas rendu service en obtenant cette entrevue, continue-t-il, et je me dois de vous aider maintenant à regagner les États-Unis sans avoir ses hommes à vos guêtres. Au-delà de cela, je ne peux plus rien faire pour vous.

Je détourne la tête pour cacher mes larmes.

— Vous l'avez trouvé comment ? demandé-je.

— … Je ne vous suis pas !

— Lazare ! Il m'a paru si pâle…

— … C'est une nature solide. Il surmontera tout ça.

Je ne parviens plus à contrôler mon chagrin et Destrée passe son bras autour de mes épaules.

— Je ferai l'impossible pour qu'on écourte sa détention, promet-il. Quelques mois et il sera libre.

Quand nous arrivons à hauteur de mon hôtel, deux hommes discutent à quelques pas de l'endroit où je descends de voiture et j'imagine déjà que je suis prise en filature. Je vois de l'hostilité partout, me sens si seule avec ma peine, tellement perdue avec cet amour que les hommes et les dieux réprouvent.

Je quitte Mons dans une malle des Indes via un cousin de Jules Destrée qui dirige une entreprise de déménagement. Je poursuis ma route, habillée en homme, jusqu'à Dunkerque. Je passe ensuite en Angleterre sur un bateau du pêche. À Liverpool, j'embarque dans un navire de la Cunard Line pour traverser l'Atlantique et rallier New York en première classe, cette fois. Un luxe bien mérité !

14

J'adore observer le monde autour de moi et j'ai une propension naturelle à communiquer avec les gens. Dès qu'une personne attire mon attention ou manifeste de l'intérêt à mon égard, je l'aborde tout sourires et pose mine de rien mes questions pour me faire une idée de mon interlocuteur. Une fois sur trois, je deviens malgré moi détentrice des secrets les mieux gardés. Rédactrice d'une rubrique relatant les hauts faits de cœurs, je croulerais sous la matière. Je plaisante à peine. Je ne compte plus les hommes qui se sont livrés à moi, m'ont demandé des conseils. Surtout les hommes !

Durant cette traversée oisive, je suscite et recueille les confidences de passagers en mal ou en conflit d'amour. Je fais aussi l'objet d'avances et de propositions licencieuses de la part de certains spécimens. Rien de nouveau dans ce bas monde ! Depuis la nuit des temps, l'*homo vulgaris* est un indécrottable cavaleur et le plus assidu des maris peut cacher des démons que désapprouveraient les diables eux-mêmes. Ainsi pour ce planteur de tabac de Louisiane, père d'une nombreuse famille, qui m'avoue faire commerce en douce de fringantes négresses ou encore ce pasteur maniéré évangélisant à sa manière jusque dans sa cabine une jolie serveuse attachée au bar du grand salon et se confessant à moi de ses désolantes faiblesses. Rares sont les hommes qui abordent une jolie femme autrement que pour la conquérir, la posséder, marquer des points. Ce travers est vrai à tout âge et plus appuyé bien sûr du côté de ceux qui ont de la fortune.

Je croise pléthore de gens riches au bar, au restaurant, dans les salons de ce transatlantique luxueux. Je regarde vivre ce petit monde, observe avec curiosité et plaisir le défilé des tenues. Il m'arrive de m'attabler avec l'un ou l'autre pour une partie de whist ou de poker quand il manque un partenaire. À Berlin, j'ai été à bonne école. Il n'est pas rare non plus que je dispute une partie de dames ou de dominos avec une vieille douairière qui se dit duchesse de Brunswick. Combien de fois ne l'ai-je pas laissée gagner pour le simple bonheur de voir sa mine réjouie ? Enfin, je m'évade beaucoup dans la lecture, un des salons mettant à notre disposition une bibliothèque bien fournie en ouvrages récents. Quand j'apprends la présence à bord du célèbre écrivain humoriste Mark Twain, je dévore les aventures savoureuses de Huckleberry Finn. Je suis replongée incidemment dans ma propre douleur le jour où il m'offre un verre au bar et passe la soirée à broyer du noir autant qu'à s'apitoyer sur lui-même. Tirée de ce puits de morosité par la venue d'autres admiratrices, je me rabats avec soulagement sur un quatuor à cordes qui célèbre Brahms et Schubert dans une indifférence et un brouhaha injuriant. Pauvre de moi ! Pauvres de nous, les musiciens ! Quel sens donner à nos choix de vie ?

Je suis heureuse de voir apparaître New York, sa statue solaire qui joue les vigies pour les bateaux venant de l'ancien monde et signale à leurs occupants que les géants du futur résident de ce côté-ci de la terre.

À mille miles des mises en garde de Destrée et de Lazare, je débarque sans méfiance et j'ai bien tort. Un homme sur le quai me dévisage et j'intercepte son regard alors que je descends du bateau. Il réapparaît derrière moi quand je m'éloigne avec mon bagage à la recherche d'une voiture. La foule est dense et je me laisse absorber par elle. De nouveau la peur ! Une porte s'ouvre et je me glisse dans un porche d'immeuble en même temps qu'une habitante qui rentre chez elle avec ses enfants. Je ressors quand le danger semble écarté. J'aperçois à nouveau mon poursuivant mais il ne regarde pas dans ma direction. Je m'esquive alors dans une impasse et attends derrière une carcasse d'automobile qu'il s'en aille. Il fait glacial et je suis en nage ! Au bout d'un moment, je fais une nouvelle tentative. La voie est libre et je fuis.

Dans la pension où je passe la nuit, je reste sur le qui-vive et sursaute au moindre bruit. Comment être sûre que tout danger soit vraiment écarté ? Durant le trajet qui me conduit à Baltimore où le cirque a élu son quartier d'hiver, je suis hantée par la crainte que resurgisse mon poursuivant.

Mes frayeurs s'apaisent quand je retrouve ma Lucette et, autour d'elle, cette chaleureuse famille de nomades du rêve, dont l'accueil est sans équivalent. Je souffle. J'éprouve un sentiment de bien-être profond de sentir que je fais partie intégrante de cette communauté de forains, que je suis acceptée comme une des leurs. Hamilcar et Frida m'étreignent. Jeanne, Omer, Joseph et Cyrille me disent combien je leur ai manqué. Autant de marques de sympathie qui me touchent. Je me sens plus à ma place ici que je ne l'ai jamais été dans mon cocon berlinois ou, pour parler d'une expérience toute récente, en première classe d'un transatlantique de luxe.

Sur un plan plus matériel, j'ai l'heureuse surprise de découvrir ma roulotte peinte en rouge. Le nom du cirque est écrit dessus en lettres d'or sur trois faces avec de beaux jambages et d'élégantes arabesques. Une autre façon de me signifier mon adoption au sein de la troupe.

Nouveau venu dans notre petit monde ambulant, un Indien du Dakota, un fier et beau guerrier de la peuplade des Sioux, aux épaules et aux traits anguleux. Avec lui, trois chevaux et un couple de loups apprivoisés. D'une nature hiératique dans l'inactivité, il se transforme, me dit-on, en tourbillon de couleurs et d'agilité sur la piste où il passe d'un cheval à l'autre comme si son corps était fait de vent. Nomade parmi les nomades, il a planté son tipi parmi nos roulottes et goûte à l'aventure du cirque à une époque douloureuse pour ce peuple indien qui, dépossédé de ses terres ancestrales, prend le chemin de réserves sous la menace des fusils. Pour les membres de sa tribu, son nom est Aigle de Feu mais nous l'appelons Springfield. Le jour où Lucette et Jeanne me le présentent, je lui tends familièrement la main et essuie un pas de recul de sa part. Les filles rient de mon embarras. Nous sommes issus de deux cultures différentes et ce que je ressens comme froideur n'est que dignité et respect chez cet être souverain qui me donne l'impression qu'il fut un prince en son pays.

Dans un tout autre genre, j'approche des aspects de la personnalité de notre clown en titre durant cette période où nous sommes amenés à travailler ensemble sous la férule d'Hamilcar. Le poil prématurément gris, le visage adouci par de gentils yeux clairs, Gus est un homme rangé qui vit en harmonie avec sa femme, sa mère et sa ribambelle d'enfants – trois garçons et six filles – au sein de la communauté. Soigné, discret, ponctuel et aimable, il n'a de saltimbanque que le nom. Respectueux des valeurs familiales et attaché à ses convictions religieuses, il se rend au temple avec son épouse et sa marmaille dimanches et jours de fête, surmontant toute forme de complication pour ne rater aucun office. Enfant de la balle, Gus s'est formé à toutes les disciplines du cirque et m'impressionne, aux premiers temps de notre collaboration, par l'étendue de ses capacités. Je lui sais gré de se montrer patient et de ne pas mettre le doigt sur mes inaptitudes à ces heures de répétitions besogneuses et de confiance vite ébranlée.

— On a bien le temps ! me rassure-t-il quand il perçoit que je me fragilise ou qu'il pressent une montée de larmes.

Les mois d'hiver sont éprouvants dans cette ancienne scierie de la Baltimore and Ohio Railroad où le Miraggio Circus se replie de novembre à début mars. Racheté par les Ravasio, ce complexe immense offre au cirque une protection aux intempéries grâce à de vastes entrepôts reconvertis en écuries, fenils, espaces grillagés pour les fauves, abris pour nos roulottes, ateliers et remises pour garder le bois au sec. Pour nos répétitions, nous disposons d'un hangar battu par les courants d'air que les braseros enfument plus qu'ils ne réchauffent. Un ruisseau abrité et canalisé sur une partie de son trajet traverse le site et assure nos besoins en eau avant de s'abandonner à la rivière Patapsco toute proche. Nous y faisons nos lessives, nos ablutions par tous les temps. De véritables actes de bravoure quand il gèle ! Déjà chiche en cette période de journées écourtées, la lumière est étouffée par les hauts toits des bâtiments. De vivre les uns sur les autres dans ce cantonnement cafardeux génère plus facilement conflits et tensions entre les forains que durant les périodes où l'on voyage. Ce sont des journées que je consacre au lavoir ou chez moi à écouter les doléances, tempérer les exacerbations, consoler telle ou tel. Comme je l'ai déjà évoqué, c'est souvent à ma porte que l'on frappe quand affleure une pierre d'achoppement. Aux premières loges dès qu'il y a tromperie, rupture, suspicion, je ravaude sur le mode taquin les cœurs éprouvés tout en sachant que la vanité des artistes et leur esprit libertaire entaillent à tout crin. Pour simplifier le problème, je suis moi-même au centre d'une petite tourmente et repousse les avances de Cyrille que Roberta, sa partenaire, a quitté pour Igor, un trapéziste, lui-même en tandem avec Irena… J'ai des sueurs à l'idée que cette petite rende la pareille à son mari. Dans ce métier de voltigeur, une négligence, un moment d'inattention, un déni de confiance, une velléité vengeresse et c'est la chute.

Sur un plan moins tortueux, je m'occupe assidûment de l'instruction de Lucette, de Jeanne et de cinq enfants de la tribu de Gus, découvre dans cet engagement une véritable vocation. En revanche, mes débuts imminents sur la piste dans le numéro burlesque concocté par notre directeur me laissent perplexe.

Avec le retour du beau temps, la reprise du spectacle déplace les centres d'intérêt. Les filles sont folles de joie de remonter sur scène pour étrenner leur nouveau numéro de trapèze dans des costumes neufs confectionnés par Frida. Mis en scène par Hamilcar, mon duo de clown blanc au côté de Gus attend le verdict d'un premier public pour prendre son envol ou passer à la trappe. Poétique et musicale, la séquence que nous avons répétée n'est pas de celles qui font s'esclaffer les foules et je m'attends, je dois l'avouer, à son retrait pur et simple du programme sitôt présentée. Je suis rassurée d'entendre fuser les rires dans mon rôle de musicien obsessionnel aux prises avec un partenaire despotique qui cherche à me réduire au silence en me confisquant les uns après les autres les instruments dont je joue. Emportant ma petite harpe sur ses épaules comme une paire d'ailes jumelées de papillon, l'infortuné Gus ne parvient pas à m'empêcher de pincer des notes dans son dos et de frapper du tambour pour le grand bonheur des petits et des grands. Quand il arrive à ses fins, je m'envole dans les airs pour rejoindre ma grande harpe installée sur une nacelle, tout en haut du chapiteau. Les trapézistes partent en balancements et enchaînent leurs figures tandis que je les accompagne au son des cordes et par le chant.

Chaque fois que je me remémore ce moment où je me détache du sol accrochée à mon filin, je suis prise d'une peur rétrospective et tourne presque de l'œil en repensant à ce numéro vertigineux. Sacrée Lucette ! C'est elle qui m'a poussée dans ces extrémités. C'est par elle et pour elle, en bonne maman de substitution, que j'ai affronté ma peur du vide afin que nos deux univers de passion se rejoignent en apesanteur dans une aire empruntée au territoire des anges et des oiseaux, un espace flottant où notre chère Maggy pouvait être des nôtres.

Laissant Baltimore derrière nous, nous remontons d'abord sur Philadelphie par le chemin des écoliers avant d'écumer le New Jersey. Pas de halte sur New York, cette fois. Nous contournons la métropole pour rejoindre la côte Est et faire route sur Boston.

Si la venue du cirque est généralement bien accueillie par le public, la direction est régulièrement amenée à engager un bras de fer avec les autorités locales pour obtenir un emplacement. Souvent, le droit de jouer se négocie en monnaie sonnante et trébuchante. Du coût de l'opération dépend l'humeur d'Hamilcar. Pour le reste, nous veillons à être autonomes même s'il nous faut à chaque étape passer accord avec les gens du cru pour obtenir du fourrage et de la nourriture pour la centaine de bouches, gueules et museaux que compte notre compagnie. Si, par malheur, quelqu'un se blesse et nécessite des soins, nous recourons à Victoire, la mère de Gus, qui fut anciennement écuyère avant de se reconvertir en soignante. Si un animal est en souffrance, nous avons Joseph qui est tout autant maréchal-ferrant que vétérinaire.

À la fin avril, notre spectacle est présenté à Boston et le public répond avec un tel empressement que nous sommes amenés à jouer les prolongations. Majoritairement irlandais, il ovationne mes parties en scène. J'impute ce succès à mon instrument, qui reste emblématique de leur culture, là où notre petit monde de forains salue mes progrès clownesques. Comment ne pas être flattée par leurs compliments ?

Un soir de grande affluence, nous nous apprêtons à entrer en piste, mon partenaire et moi, quand j'aperçois, trônant tel un potentat de granit au beau milieu des gradins, Percy Murdoch. Rescapé des ténèbres de ma mémoire, sa présence sous ce chapiteau bon enfant me terrifie. J'entre en scène sur une bourrade de Gus. Je suis à vue, dans le faisceau serré de son regard et de ses lèvres pincées qui arborent un sourire figé. Je suis épouvantée et n'ai d'autre choix que de jouer avec ma panique, m'appuyer sur le rire ambiant pour chasser ce revenant de mon esprit. Je me revois essoufflée, trempée, glacée jusqu'aux os. Quand le filin m'emporte vers la nacelle où se niche ma grande harpe, j'éprouve le sentiment étrange que mon âme se dissocie de mon corps.

De mon promontoire, alors que les voltigeurs dansent avec le vide en passant d'un trapèze à l'autre, je me reconcentre entre deux accords sur la longue et inquiétante carcasse de Murdoch dans ses habits noirs. Fondue ainsi dans la foule, sa présence tient moins de place et la force me regagne. Aussi inquiétant qu'il puisse être, cet homme vit avec un cœur qui bat, des poumons qui aspirent et rejettent l'air, un estomac qu'il faut sustenter comme tous les spectateurs rassemblés sous le chapiteau. De ma position dominante, je rassemble mon courage et mon sang-froid pour l'inévitable confrontation.

Après le spectacle, Jeanne et Lucette me harcèlent pour que je les accompagne en ville le lendemain et je les renvoie quand Murdoch surgit de derrière la toile, se dresse devant moi de toute sa hauteur et me salue poliment en claquant des talons. Notre échange s'ouvre sur un compliment à mon adresse et une saillie caustique sur mon passage de la fosse d'orchestre à la fosse aux lions. Trop appuyé, son sourire affable m'indispose. Son regard est insoutenable : une giclée d'acide. D'une voix à peine audible où chaque syllabe est détachée, il demande :

— Vous avez des papiers pour moi.

— Quels papiers ?

Il émet une bizarrerie de rire, qui découvre ses dents.

— Ne m'obligez pas !

— J'ignore de quoi vous parlez !

Si mon maquillage blanc masque bien mon mensonge, mon intonation a trop d'aplomb pour plaider ma sincérité. Il ironise :

— Bien sûr, vous n'avez plus vu Lazare depuis 86. Vous n'étiez pas à la prison de Mons le 10 décembre dernier. Et vous n'avez pas évoqué devant le gardien qui était présent lors de l'entrevue que vous avez eue avec votre amant un document qu'il vous a confié.

Le conseil de Destrée me revient en mémoire : remettre sans condition les secrets de la verrerie des Hamendes. Je suis faite et j'essaie n'importe quoi en désespoir de cause :

— Il m'a offert un galet de verre, un bousillé et rien d'autre. Je puis vous le montrer. Il est dans ma roulotte.

— L'un n'empêche pas l'autre.

— Une fois pour toutes. Je vous répète que je n'ai pas vos formules.

Murdoch ne sourit plus.

— Qui vous a parlé de « formules », mademoiselle ?

Il remet son chapeau, me tend un papier avec un contact, s'incline et me laisse à ma confusion.

À peine éclipsé, les petites déboulent en criant plus fort l'une que l'autre.

— Maman ! La roulotte… On a volé, on a tout renversé. On a cassé des choses.

Je cours jusque chez nous, m'arrête sur le seuil et regarde incrédule les dégâts. Notre petit lieu de vie est sens dessus dessous, les paillasses éventrées, le capitonnage de la boîte où se range la harpe, tailladée au couteau, mes cours et mes partitions éparpillés. Je ramasse mes pauvres choses en contenant mes larmes tandis que se succèdent Omer, Cyrille, Joseph, Iréna… et d'autres encore. Hamilcar et Frida arrivent par la suite. Cet incident contrarie fortement notre directeur là où mon entourage se borne à manifester de l'indignation et m'assurer de sa sympathie.

— J'aime pas ça ! répète-t-il à plusieurs reprises. Ça sent mauvais !

Aucun signe, par contre, de Springfield dont le tipi est sous la garde de son couple de loups. Si j'avais eu un chien, pareil désagrément ne me serait pas arrivé.

Je passe la nuit dans ma roulotte dévastée que Lucette et Jeanne ont délaissée pour celle d'Omer. Sur mes gardes, je me réveille au moindre bruit. Aux petites heures, j'entends le pas d'un cheval et écarte le rideau. Springfield regagne furtivement son tipi. A-t-il surpris quelque chose et filé mes visiteurs ? Je me relèverais bien pour l'interroger tant la curiosité me démange mais je m'abstiens ; la réponse pouvant attendre le lendemain.

Dès que je suis debout, je m'en vais l'interroger et le trouve, manches retroussées, en train de dépiauter un lièvre. Peu loquace, il répond par oui et par non à chacune de mes questions, me montre quatre doigts sanguinolents de la main gauche quand je lui demande de combien d'hommes dispose Murdoch.

Dans la journée, il approche sa tente de ma roulotte. Pour que je sois sous sa protection et celle de ses loups. Cette manière noble de me signifier qu'il veille sur moi m'émeut infiniment.

15

Les dernières représentations que nous donnons à Boston se succèdent avec, en arrière-fond, l'angoisse de voir Murdoch revenir à la charge. Plus le temps passe, plus mon estomac me fait des misères. Hamilcar ne vit plus, lui non plus. Il n'est pas né de la dernière pluie et, surtout, il garde en mémoire un règlement de compte dramatique entre deux forains amoureux d'un jeune écuyère qui se solda par l'incendie du cirque.

— Remets-lui ce qu'il veut, insiste-t-il, et qu'on en finisse !

J'entends Destrée derrière cette injonction et, malgré cela, je résiste bec et ongles à cette issue que mon cœur réprouve. Quoi qu'il puisse advenir, je ne suis pas disposée à trahir la confiance de Lazare et, derrière lui, celle de son frère et des victimes des grèves de 1886. Capituler, n'est-ce pas donner raison au plus fort, n'est-ce pas aussi appauvrir ce présent d'amour que je garde intact depuis quatre années pour ce jour où nous nous retrouverons ? Je suis sotte, peut-être, et têtue certainement, mais je ne le peux pas. Je ne veux pas que pèse sur notre relation l'ombre d'un reproche, d'une déception. C'est mon prix.

Hamilcar durcit le ton :

— Trouve un moyen de satisfaire ces gens ou je serai dans l'obligation de me séparer de toi.

J'encaisse tant qu'il est là mais je fonds en larmes aussitôt qu'il est parti. Je pleure sur moi, sur Lucette, sur mes amis forains et cette vie qui me comble à ce détail près ! Hors du cirque, je n'ai nulle part où aller. En désespoir de cause, je pars à la recherche de Cyrille, qu'il m'aide à retirer de la colonne de ma harpe les documents confiés par Lazare. Nous revenons ensemble dans ma roulotte et je lui offre un café, lui touche un mot du souci qui m'occupe. Hâbleur, il se fait fort de rouler Murdoch dans la farine avec un faux qui mêlerait les données, les proportions de sable et d'oxydes, de manière à ce qu'il soit inutilisable pour le commanditaire.

— Je te trouve du vieux papier, tu t'occupes du texte et Joseph de la typographie.

— Ce ne sera jamais qu'une diversion !

Cyrille ne se laisse pas désarçonner.

— Alors, tu fais un double et tu trempes l'original dans l'eau, qu'il devienne illisible.

L'idée n'est pas très subtile.

— Tu le crois suffisamment idiot pour en rester là et ne pas me réclamer une copie.

Grattant son menton poilu et jetant sur mon habitacle un regard circulaire, Cyrille arrête ses élucubrations pour en venir à la proposition raisonnable de cacher provisoirement le document chez lui.

À l'issue de la dernière représentation sur Boston, alors que je me démaquille, Lucette accourt vers moi, affolée, pour m'informer qu'elle ne trouve plus Jeanne. En quelques minutes, c'est le branle-bas ! On appelle partout la petite, tandis que, incapable de faire quoi que ce soit d'utile, je reste hébétée dans ma roulotte à accuser le coup devant mon miroir. Une tache blanche attire mon attention. Une enveloppe a été glissée sous la partie fixe de ma porte. Je ne l'ai pas vue en entrant. Nul besoin de l'ouvrir pour en connaître la teneur :

Les formules contre votre pupille. Je vous attends seule sur l'esplanade des chats devant l'entrée de l'ancienne poudrière demain matin à six heures. Un conseil : ne jouez pas votre maligne, vous risqueriez de vous en mordre les doigts. P.M.

J'ai à peine le temps de camoufler le message sous un livre, qu'Omer débouche armé d'une masse. Il est terrifiant. Il détruirait Boston pour ramener sa chérie, notre chérie.

Mobilisées par Hamilcar, les forces vives de la communauté m'attendent sous le chapiteau pour régler le problème. De mon côté, même s'il me pèse de faillir à la mission que m'a confiée Lazare, ma décision est prise de remettre les formules à Murdoch sans aucune forme de résistance. J'appréhende les foudres d'Hamilcar et les reproches des forains de ne pas avoir négocié plus tôt avec les ravisseurs et m'étonne de voir tout ce monde sur le pied de guerre, occupé à brandir menaces et à échafauder des plans terribles pour mettre Murdoch hors d'état de nuire. Pas question d'informer les forces de l'ordre de l'enlèvement. L'affaire doit se régler en interne, entre forains. Les enfants sont sacrés dans leur culture et malheur à qui leur porte atteinte.

Au milieu de l'excitation, nous sommes deux à ne pas prendre la parole : Springfield et moi. Autant je suis perdue, autant il semble déterminé. Cela est perceptible à son visage et aux peintures de guerre qui accusent ses traits. Appelé par Hamilcar à s'exprimer au moment où la discussion s'enlise, il gagne le centre de la piste et pointe son doigt sur six personnes : Omer, Igor, Dimitri, Cyrille, Lucette et moi. Après quoi, il demande aux autres de se retirer. Personne qui ne bronche ni ne s'oppose à la volonté de l'Indien.

Une fois les rangs éclaircis, il s'agenouille, lisse le sable de la piste devant lui, tire une plume de sa coiffe avec laquelle il illustre par le dessin la propriété à front d'océan où est cantonnée la bande, l'embarcation amarrée qui offre à Murdoch et à ses hommes la possibilité de s'enfuir par la mer. Je parle du rendez-vous de six heures devant l'ancienne poudrière le lendemain. Springfield connaît l'endroit pour avoir promené ses loups dans les parages.

— Quelle est la distance qui sépare le lieu de rencontre de leur port d'attache ? demande Hamilcar qui prend étonnamment part au projet, là où il me menaçait d'expulsion quelques jours plus tôt. Y a-t-il des zones habitées entre les deux points ? Si Lena part seule, qu'est-ce qui les empêche de s'emparer des formules en chemin ?

Je laisse les hommes anticiper le déroulement de la tractation qui recèle une inconnue de taille : Murdoch prendra-t-il Jeanne avec lui ou viendra-t-il sans elle ?

Springfield, en bon stratège, se glisse dans la peau de son adversaire. À sa place, il posterait un homme pour surveiller les allées et venues des forains, s'assurer que je réponds docilement aux instructions du billet. Il suggère que je parte du camp sur-le-champ et juge opportun que quelqu'une prenne ma place dans la roulotte pour faire illusion : que le guetteur ne se replie qu'une fois convaincu que je lui ai posé un lapin. Il envisage l'assaut de la maison de la façon suivante : une pyramide humaine pour escalader la façade latérale et arriver jusqu'au toit, descendre ensuite par les combles tandis que Cyrille fera diversion en attaquant de front le pavillon.

Mes yeux s'arrêtent sur Lucette dont je lis l'engagement et j'envie son courage qui est de loin supérieur au mien. Dans quel pétrin ai-je mis tous ces gens qui comptent plus à mon cœur que n'importe quoi au monde. Hamilcar dont l'imagination est fertile désire que je me présente devant Murdoch maquillée de blanc et en costume de scène. Je comprends le pourquoi de cette mascarade quand il déploie devant moi une cotte de mailles de dompteur.

— Elle peut rendre service et on ne la verra pas sous ta tenue de clown.

Un peu plus tard, Frida me rejoint dans ma roulotte alors que je rassemble mes affaires. Son mari l'a mise au courant du danger auquel je dois faire face et, deux précautions valant mieux qu'une, elle me remet un petit pistolet à poignée de nacre, une miniature d'arme finement ciselée à mi-chemin entre le jouet et le bijou.

— Tu relèves la sécurité comme ceci ! Tu as droit à une balle, m'explique-t-elle.

Elle m'embrasse ensuite et me retient un long moment dans ses bras. Son étreinte m'est précieuse car je ne suis pas certaine de parvenir à vaincre ma peur !

Répondant à la demande de Springfield, Frida s'offre à passer la nuit ici. Un geste de solidarité autant que d'amitié.

À la tombée de la nuit, Springfield m'emporte derrière lui en trompant la vigilance du guetteur et me conduit jusqu'à un refuge où il m'a préparé une litière, que je puisse prendre du repos avant d'affronter Murdoch.

Au petit jour, sa main m'effleure alors que je perds conscience après une nuit sans sommeil. Il est temps de m'habiller. J'endosse cette tunique de métal que m'a remise Hamilcar pour arrêter les balles au cas où on tirerait sur moi. Elle est froide et pesante. Je dispose un fragment de miroir, allume des bougies et me farde de blanc pour ce numéro macabre. Je peins mon masque de mort à moins que ce ne soit la faucheuse qui se dissimule sous mes traits. J'obéis aveuglément à tout ce qu'on me demande. J'ai mis en garde mes compagnons contre Murdoch, mais l'ai-je assez fait ? Leur ai-je assez dit qu'il s'agissait d'un tueur que rien n'arrête, qu'il a plus d'un tour dans son sac, qu'il ne connaît pas la pitié ? Je reviens à moi. Je me remets à l'esprit que c'est ma vie qui est en jeu et que je n'ai aucune chance de m'en sortir si un duel s'engage avec ce meurtrier. Je peins deux larmes noires sous mes yeux. Je pense à Jeanne et à Lucette. Ma main tremble. Je préférerais mourir plutôt qu'il leur arrive malheur.

Le petit revolver que m'a remis Frida est en face de moi à côté de la liasse de feuilles cornées où sont inscrites les formules. Je cherche un endroit où dissimuler l'arme. La pochette que j'ai aménagée dans mon habit de Pierrot pour y glisser la clé d'accordage de ma harpe convient parfaitement. En quoi cet objet pourrait m'être utile, à quoi pourrait-il bien servir ? Il est si peu menaçant, un bibelot. Springfield s'inscrit derrière mon dos. Je l'aperçois dans le reflet de mon débris de miroir. Lui aussi est paré pour la fête, bariolé. Un signe de la tête, l'ébauche d'un sourire : tout est dit pour me donner confiance et m'indiquer que le temps est venu.

Je voudrais Lucette près de moi. J'ai un tel besoin de la serrer dans mes bras, de lui rappeler combien je l'aime. Hier, j'étais absente. Quand elle m'a dit, « J'empêcherai qu'il fasse du mal à Jeanne ! » comme si sa volonté pouvait infléchir le destin, je n'ai pas trouvé les mots de la force, du réconfort.

Springfield m'aide à monter en croupe de sa monture pour me mener jusqu'à l'esplanade. Mes mains agrippent ses flancs et soudain me submerge l'envie d'un homme, l'envie de Lazare, de lui faire l'amour. Cela fait si longtemps que je dors en solitude, que ma soif de caresses et de baisers est inassouvie, que la source est murée. Est-ce ma peur qui allume mon corps, le met en émoi ?

La plaine s'ouvre sur le jour. Au loin, un bâtiment en ruine au beau milieu d'une vaste étendue pelée. Je mets pied à terre. Nous échangeons un regard empreint de complicité et d'estime avant que Springfield tourne bride, me laissant seule avec les grands oiseaux du ciel. Je tiens mes feuilles en main et les roule nerveusement comme s'il s'agissait d'un parchemin.

— Je les avais glissées dans la colonne de ma harpe et elles se sont arrondies...

Voilà que je parle tout haut, que je réponds aux questions de Murdoch alors qu'il n'est pas là. Je porte un pendentif sur ma poitrine qui abrite l'heure derrière un couvercle où j'ai fait coller une photographie de ma mère.

— Toi qui sais, pourquoi ne dis-tu rien ?

Je délire dans ma peur. Dix minutes encore et je gagne l'esplanade. Neuf minutes…

Oh, mon Lazare, pourquoi n'as-tu pas fini ta besogne quand tu tenais ce monstre entre tes mains ? Mon amour, peux-tu voir de ta prison où ta pitié t'a conduit, me conduit ? Que n'ai-je accepté pour toi et quel destin me réserve ce nouveau tête-à-tête ? Qu'en sera-t-il ce soir de Lucette, de Jeanne, de toute cette belle famille de forains pour laquelle bat mon cœur ? Le soleil se lève et porte mon ombre vers l'avant, me pousse. Le jour gagne en clarté et j'avance sur l'esplanade en costume de Pierrot avec mes larmes noires apposées sur mes pommettes et mon chapeau en pain de sucre qui emprisonne mes longs cheveux.

J'aperçois une silhouette ! Elle se détache sur les murs suppliciés de cette poudrière qui explosa jadis, tuant tout son monde. C'est ma vie qui se joue, Lazare ; notre vie puisque mon âme est part de la tienne. Je peux mourir et tu mourras de moi dans ta prison de Mons. Murdoch n'aura plus qu'à t'achever, te tuer froidement comme un bourreau abat sa hache sur une nuque rasée.

Tu devrais me voir. Je suis courageuse, mon amour, et tu peux être fier de moi. Imagine ! Je progresse toujours vers ton ennemi. Une autre s'enfuirait. Moi, je continue à cause de formules dont je ne connais pas la teneur, d'une couleur vitreuse qui peut rendre un riche encore plus riche, un patron verrier encore plus puissant, je continue pour toi, pour Jeanne, qu'elle sorte sauve de ce traquenard. Je mets un pied devant l'autre. Je n'éprouve pas de haine pour cet homme que j'affronte, seulement de la frayeur. Une immense frayeur.

Je distingue Murdoch à présent, pas encore ses traits mais son élégant manteau noir, son chapeau à large bord. Je vais être sage. Tout lui remettre de ce qu'il me demande. Me pardonneras-tu ?

Tu ne me croiras pas, mais j'approche encore. Son visage m'apparaît mais son rire ne sonne pas. Je suis pourtant drolatique dans mon accoutrement de soie blanche. Aurais-je raté mon entrée ?

Je lui fais face. Il me semble contrarié, énervé. Il est si maître de lui d'habitude ! Qu'est-ce qu'il a ?

— Les papiers d'abord, me commande-t-il en tendant le bras.

— Mon enfant ? Où est-elle ?

— Sous bonne garde ! Elle vous sera rendue après vérification du document.

J'ai dit « mon enfant », Lazare. Qu'il s'agisse de Jeanne ou de Lucette, ces petites sont miennes. Elles n'ont d'autre maman que moi.

J'ai mis mes gants blancs. Ils sont noyés sous mes longues manches. Dans ma main gauche, je ne tiens pas une flûte mais le rouleau serré de papier. Murdoch saisit le document que je lui tends et je me retire sur une révérence. Tu as bien entendu, mon amour. Mon Pierrot de façade ne fait rien moins qu'une révérence au long manteau noir. Je sens de plus en plus d'agacement chez ton ennemi.

— À quoi jouez-vous ? demande-t-il.

Sur sa question, ma droite saisit dans la poche où se range ma clé de harpe le petit pistolet à poignée de nacre, le déverrouille et le pointe sur le front de Murdoch.

Enfin le rire que j'attendais, sûr de lui, maîtrisé, invincible. Tu hurles en moi, Lazare. « Tire, Lena, ne lui laisse pas le temps de sortir son arme, ce serait la fin de tout, la fin de nous ! »

Mon visage est celui d'un clown, ma main avec son jouet est une farce. Je presse la détente ! Paf ! Ni jet d'eau, ni fleur en papier de soie qui sorte du pistolet. Le coup est parti et une tache sombre apparaît entre les yeux exorbités de Murdoch. Les bras lui en tombent. Quel effet ! Sur un dandinement burlesque, il part de côté, se redresse, s'effondre de tout son long sur l'herbe rase. Lazare, qu'est-ce que j'ai fait ? Un tendeur a crispé mon index droit vers l'arrière mais je n'ai pas entendu de note sur ma harpe mais bien une déflagration. L'air me manque, mon amour. Mes yeux se brouillent. Je pleure sur mon fond de teint blanc de Pierrot, sur mes larmes peintes. Me reprendre, Lazare ? Me mettre à l'abri ? C'est cela que j'entends à présent, alors qu'une balle me siffle à l'oreille.

La terre est rase avec çà et là une touffe d'herbe malingre, pas d'aspérité alentour. Je n'ai que le cadavre de Murdoch pour me retrancher. Le tireur sort des ruines de la poudrière où il était embusqué. Il est armé d'un fusil à répétition et marche sur moi en tirant autour et alentour que je m'effraie et fuie. Il m'injurie aussi pour m'intimider.

Le six coups de ma victime se trouve à portée et j'aventure une main pour m'en saisir. Je vois mon agresseur entre deux salves, l'espace d'un éclair. Je me recroqueville. Il a mis le genou en terre pour viser avec plus de précision. Je gage qu'il cherche à neutraliser le revolver de Murdoch. Je me blottis contre le flanc du mort, la tête collée au sol. Une balle atteint l'arme et l'expédie au loin. Me parvient alors à l'oreille un tambourinement qui va croissant, un bruit de sabots qui se rapproche. Je prie le ciel qu'il s'agisse des mustangs de Springfield. Des abois me confortent et je jette un œil. Mon poursuivant me tourne le dos alors que débouchent de part et d'autre des ruines trois chevaux au galop et deux loups gris. Une longue forme fauve surgit du flanc caché d'une des montures, bondit sur le tireur, le terrasse et lui assène un coup de couteau dans la poitrine.

Je me détache de Murdoch. Son masque de mort est ricanant et je détourne mon regard pour ne plus le voir. Je suis debout mais mon ventre est douloureux. C'est la fin de mon cycle et j'entame ma période de saignements. La vie doit succéder à la mort. C'est ma fécondité qui parle, Lazare. Je suis promesse d'enfants. Je dois rendre au vivant ce que j'ai soustrait. Impérativement ! Dis-moi que je ne suis pas une meurtrière ! Que tout est circularité, rotation, giration en ce monde. Ma tête tourne. Le champ est libre pour toi, pour nous et je pars en vrille. Le ciel est torsade d'oiseaux, tourbillon de nuages. Rattrape-moi, Lazare. Mes jambes flageolent, mon corps se dérobe. Je tombe à présent dans le bruit métallique de ma cotte de mailles. Mon habit de Pierrot est maculé de poussière, de sueur et de sang.

16

Springfield me ranime. Il me débarbouille avec douceur et je m'abandonne à la caresse de ses mains. Mon bonnet est tombé et mes cheveux se sont répandus sur le sol. Me trouble ce fascinant visage d'Indien qui recèle en son regard le don d'apprivoiser. Quand je reprends mes esprits, il me tend une gourde et m'invite à boire.

— Tu as bien fait, Lena, me dit-il.

Mon baluchon est près de moi et j'en extrais mon fragment de miroir, sors ma robe, mon chemisier, tandis que Springfield tire hâtivement la longue carcasse de Murdoch pour la dissimuler dans un recoin de la poudrière. Il emporte ensuite le second corps pour le soustraire à la vue d'éventuels passants, veille à cacher le tilbury avec lequel le détective est venu jusqu'ici. À son retour, je me suis changée et nous partons sans attendre jusqu'au repaire où la bande a séquestré Jeanne. Springfield fait montre d'un sang-froid communicatif et m'adoube de sa force sur ce chemin d'incertitude au bout duquel le pire est à redouter.

Lucette est la première que j'aperçois et je saute de cheval pour courir vers elle et la serrer dans mes bras. Jeanne est près de son père. Omer a reçu une balle de revolver dans le flanc. Je les rejoins, les assure de mon affection, étreins longuement la petite. Je n'écoute qu'à moitié Cyrille qui me raconte l'assaut. Mais j'entends bien que le plan de Springfield s'est déroulé comme prévu, que les deux gardiens sont morts, cueilli par un couteau pour le premier, abattu d'un coup de masse pour le second.

Je devrais me réjouir de la bonne issue des événements et partager la fierté de ces guerriers qui fêtent leur victoire. Au lieu de cela, cette hécatombe me saigne le cœur et je n'ai qu'une hâte, quitter ces lieux de violence, me retirer en solitude, attirer à moi ma harpe et prier par la voix des cordes pour ces victimes, pour leur entourage en deuil, une mère, une épouse, un enfant éploré.

De retour au campement, Hamilcar nous reçoit la mine sombre et, une fois informé du succès de l'opération, convie les hommes chez lui. Pas un regard jeté dans ma direction. Même si cette éviction me peine, je suis soulagée de ne pas être requise pour cette réunion qui concerne l'ultime et horrible corvée du nettoyage. J'apprendrai plus tard que ce sont Cyrille et Springfield qui furent commis à se débarrasser des corps.

Acheminés de nuit sur l'embarcation, les cinq cadavres coulent avec le bateau quelque part au large de Boston tandis que, en proie au remords, je me claquemure dans ma roulotte pour fuir dans le sommeil ce cauchemar éveillé qui se refuse à déserter mes pensées.

Je reviens à moi grâce aux filles qui me réclament. Les plaies sont profondes de leur côté, en particulier chez Jeanne qui, par méprise, s'est retrouvée au centre d'un drame qui ne la concernait pas. Eu égard à ma propre expérience, je redoute qu'elle n'ait été violée et ne parviens pas à me satisfaire de ses démentis. Avec Lucette, nous l'entourons, qu'elle chasse cette page noire de sa mémoire et se reconstruise au plus vite. Nous prions qu'elle n'abandonne pas à cette épreuve cette part radieuse qui étincelle en elle et qui nous la rend si attachante.

Dès le retour de Springfield et Cyrille, nous quittons Boston comme si le feu était à nos trousses. Dans les rangs des forains, un même accablement, mais aussi un sentiment de solidarité. Au fond de chacun d'entre nous, il y a la peur des représailles, l'angoisse sourde qu'un témoin ignoré ne se manifeste aux autorités et provoque une enquête. Avec Hamilcar qui s'est chargé du guetteur, nous sommes cinq forains impliqués dans ce règlement de comptes. À ce degré, peut-on encore parler de secret ?

Respectueux des coutumes de son peuple, Springfield lâche ses cheveux pour une période de quatre lunes et se barre le front d'un trait noir pour faire le deuil de l'ennemi qu'il a tué.

Nous remontons la côte Est sans être inquiétés. La tension se relâche peu à peu, et revenir à notre quotidien intense, où la routine de la vie alterne avec les moments de grâce des représentations, nous est bénéfique à tous. Évitant autant que possible les temps morts, je pratique beaucoup mon instrument, consacre une grande partie de mes journées à l'éducation des enfants.

À cette époque naît un lien privilégié avec mes filles que les années ne démentiront jamais, ainsi que le désir profond de donner vie à un enfant de l'amour dont Lazare serait le père et qui laverait mon âme de mon crime.

Ce n'est qu'en juin 1890, alors que nous montons vers le nord pour gagner le Québec et remonter le Saint-Laurent jusqu'à Montréal que me lâchent définitivement le fantôme de Murdoch et les cauchemars récurrents où il me déchire de ses dents carnassières en posant sur moi ses yeux de mort ricanant. Ma légèreté finit par reprendre le dessus et je m'en sers pour renaître à moi-même. En dehors d'Hamilcar qui me tire la tête et m'évite depuis cet affrontement dont j'ai été l'instigatrice, je suis courtisée comme je ne l'ai jamais été. Omer est le plus touchant parmi tous ces hommes qui me déclarent leur flamme. Il n'y a pas plus honnête personne ni âme plus authentique que ce colosse. Fidèle aux usages, il endosse son beau costume et s'arme d'un bouquet de fleurs des champs le jour où il entreprend la démarche de me demander en mariage.

— Vous êtes une mère pour Jeanne, me confie-t-il.

C'est la vérité, mais de là à envisager que je puisse devenir une épouse pour cette armoire à glace… Le pas me paraît un peu vite franchi.

— Mais vous allez me casser, dis-je avant de quitter ce ton enjoué pour lui expliquer mon refus, lui parler de mon fiancé, lui signifier à quel point il m'est cher.

— Vous figurez parmi mes meilleurs amis, Omer.

Pour ce cœur éperdu, ces paroles sont une piètre consolation.

Autre soupirant, autres manières. Cyrille s'est amouraché de moi et me courtise à sa façon. Chez lui, pas de petits bouquets, de cadeaux dispendieux, de sorties entre quatre yeux mais ma roulotte qu'il peaufine, un meuble qu'il me construit, une course dont il se charge. Pour un *ré* grave de ma harpe qui s'était brisé, le pendard m'avouera avoir cannibalisé, alors que nous étions à New York, l'instrument d'un confrère du Metropolitan Opera Association. Rien qui ne résiste à Cyrille, rien qu'il ne sache faire de ses mains, rien que je ne puisse lui demander. La seule ombre au tableau demeure son penchant pour la bouteille. C'est alors une déchéance hargneuse et graveleuse qu'il nous impose, nous obligeant à le fuir jusqu'à tant qu'il resurgisse dépité et repentant, clamant sa confusion et proférant d'intenables promesses d'ivrogne.

Pour les Dimitri, les Igor, et autres jolis cœurs, je les tiens à distance par l'humour. Ayant affaire à de solides lascars, j'ai appris à rire haut, à donner de la bourrade, à moucher mon monde de saillies bien envoyées. Cela étant, si j'ai facilement le dernier mot, je suis pénalisée par le fait que la rébellion plaît aux hommes. La soumission ne les excite pas. Victime de quelques dérapages qui auraient pu me coûter des plumes, je me sens toutefois respectée au sein de la troupe et mon avis finit par compter quand un problème se présente. Bien sûr, j'ai des détracteurs dans cette constellation. La considération ne va pas sans la critique. Là où l'adage institue l'avarice comme la mère de tous les vices, j'estime que ce travers humain est largement supplanté par la jalousie. Ce constat est tangible dans tous les milieux. Et dans la petite communauté d'artistes-exhibitionnistes dont je suis, il est indéniable. Tout rapport, tout conflit, tout élan de cœur est exacerbé dans ce parterre de talents que le public porte aux nues ou disgracie. À la merci du succès et de la reconnaissance, nous sommes tous à nous observer, à nous jauger, et donc, à nous envier. Qu'il n'y ait pas de repli possible ni d'espace intime pour les gens du voyage que nous sommes ne facilite pas les choses. Nous vivons les uns sur les autres. Nous ne transportons pas seulement des roulottes mais aussi les bruits de notre vie foraine, les cris de nos animaux, les rires et les coups de gueule de nos compagnons. Chacun peut prendre ses distances, bien sûr, sortir de la ronde l'espace de quelques heures, d'une journée, mais pas davantage. La route nous réclame avec, au bout, la place à investir, le chapiteau à dresser, le spectacle à présenter. Parfois, j'en viens à me demander si c'est cette vie qui m'a choisie ou moi qui ai choisi cette vie. Au fond de mon être, je peux très bien me passer du monde et je ne suis pas portée par le besoin de laisser des traces indélébiles de mon passage sur cette terre ni comme musicienne, ni comme artiste. Le tendre et le petit, le don et la disponibilité me tiennent plus à cœur que la recherche à tout crin d'éloges et d'admiration. Cette vision désinvolte n'a pas toujours été mienne. En choisissant d'être harpiste, j'ai vécu des années en resserrement sur moi, sur mes deux pieds en charge respective de trois et de quatre pédales, sur mes bras et mes doigts aux prises avec cinq dizaines de cordes, sur mon chant. J'ai bataillé pour m'imposer. Aujourd'hui, je prends mes aises par rapport à une carrière aléatoire d'instrumentiste et je privilégie des joies simples, une partition que je déchiffre pour le plaisir, la découverte d'un poème qui me touche, la lecture d'un roman qui me transporte ailleurs. Je me veux présente à mes filles, à mes amis, au flux lumineux des jours qui me rapproche du moment où Lazare me reviendra.

Malgré les interventions répétées de Frida en ma faveur, Hamilcar me bat froid depuis l'enlèvement de Jeanne et je cherche le moyen de briser cette glace pour restaurer notre relation complice et constructive d'autrefois. Je lui propose bien de temps en temps de me rejoindre dans ma roulotte pour un café mais il se soustrait systématiquement à mes invitations.

Un jour, pourtant, me retrouvant nez à nez avec lui, je me risque :

— Je passe chez toi avec une bouteille, et on règle le problème devant un verre.

Pris au dépourvu, il accepte tout de suite mon offre, ce que j'accueille avec émotion. Je n'y croyais plus !

Au travers de ces retrouvailles arrosées qui se scellent par de grandes déclarations d'amitié, je comprends soudain le souci d'Hamilcar. Le moindre différend avec un membre de la troupe peut tourner à la dénonciation et mener à des interrogatoires malvenus.

— C'est notre arrêt de mort que j'ai signé en me substituant à la justice, explique-t-il.

Je réplique en arguant que personne à part moi ne connaît l'identité du meneur de la bande et que, en l'absence de témoins directs, il ne sera pas difficile de nier les faits en bloc.

— Il y a en toi une force qui nous a possédés, me fait-il remarquer.

— Mais je n'ai pas proféré le moindre mot, ni exprimé la moindre requête.

— Justement ! Tu nous as domptés et je sais de quoi je parle. Léna, Hélène, Hélène de Troie pour laquelle Athènes part en guerre…

Je m'esclaffe de la comparaison. Je ris aussi de ce pouvoir qu'il m'octroie. Je suis tentée de lui répondre que c'est l'amour de Lazare qui est responsable de tout mais je me tais.

Au moment de me retirer, je lui promets de me livrer au cas où une enquête sur la disparition de Murdoch mettrait le cirque en danger. Un serment périlleux ! Je lui clame aussi mon attachement et ma reconnaissance. Nous nous quittons en paix et j'en remercie le ciel. Hamilcar autant que Frida comptent particulièrement à mon cœur.

Fin juin 1890, quand le cirque installe son chapiteau à Montréal non loin de la jetée, il pleut à grosses gouttes tièdes. Comme à l'accoutumée, nous sommes quatre femmes attachées au déchargement et au montage des gradins : une tâche routinière dont on s'acquitte en bonne connivence. Les trois années passées dans cette ville me reviennent en mémoire ainsi que ces moments d'espérance et de déception ressentis avant et après chaque arrivée des bateaux de la Red Star Line en provenance d'Anvers. Inexplicablement, j'attends autant que je redoute le moment où je me rendrai chez Edgard et Rosalie. J'ai communiqué en son temps leur adresse à Destrée pour le jour où Lazare débarquerait à Montréal et chercherait à me retrouver. Lucette, de son côté, est folle de joie à la perspective de revoir nos amis. Edgard n'a-t-il pas été son mentor, la pierre angulaire de sa vocation de trapéziste ? Depuis qu'il lui a appris à marcher sur les mains à aujourd'hui où avec Jeanne elle est devenue la coqueluche du cirque, Lucette s'est formidablement épanouie tant dans son art que sur le plan personnel.

Une fois les gradins en place, nous nous faisons belles pour gagner le quartier dans lequel nous avons vécu une grosse année plus tôt. Me tirant par la main, ma Lucette est surexcitée et c'est le souffle court que je débouche devant la porte de nos anciens voisins. Nous frappons, nous nous cachons ensuite, pour ménager l'effet de surprise. Notre Edgard pointe le nez. Houppette blanche jetée en arrière, il serait un héron qu'il n'inspecterait pas les parages d'une autre manière. Nous surgissons ensemble et rions de le voir sursauter.

— Si je m'attendais !

Lucette se jette dans ses bras, court ensuite vers Rosalie. Je salue nos hôtes avec chaleur quand Edgard m'annonce, d'un air réjoui :

— Il est passé il y a quinze jours.

Je n'en crois pas mes oreilles et je m'exclame « Qui ? » alors que je connais très bien la réponse.

— Monsieur Lazare, pardi !

Je me laisse tomber sur une chaise.

— Il venait pour te voir, poursuit Edgard. Il a été étonné quand je lui ai remis cette ceinture et ses garçons ont beaucoup ri !

— Ses garçons ?

— Oui ! Il avait deux enfants avec lui et sa femme attendait dehors dans un cabriolet. Pas vrai, Rosalie ? C'est bien elle que tu voyais de la fenêtre ?

Ma tête se vide de son sang. La pièce tourne. Lucette marche vers moi. Est-ce elle qui vacille ou moi qui tombe ?

— Maman, qu'est-ce qui t'arrive ?

Je veux disparaître, m'enfouir, prendre mon âme à mon cou et ne plus revenir. J'ai tellement mal et me sens si pitoyable, si inutile. Lazare, comment as-tu pu ? J'ai tout fondé en toi, en notre amour. Je t'ai gardé tout ce que la vie a déposé entre mes mains, que tu ne sois dépouillé de rien de ce qui m'appartenait. J'ai mis mon existence en péril pour sauver la tienne. Ai-je compté, Lazare, ou suis-je une simple entaille dans la crosse de tes conquêtes ? Ne me dis pas que j'ai tout perdu de notre alliage qui te rendait si précieux à mon cœur. Ne m'annonce pas que mon pauvre navire a coulé corps et biens. Que vais-je faire demain avec ma pauvre tête en feu, ma carcasse vide de sang et de larmes ? Quelle couleur serai-je encore à même de porter sur ce deuil, quel rire sur cette douleur ?

Ils sont trois à mon chevet et je gâche lamentablement la fête des retrouvailles avec mon malaise puis avec ce chagrin que je ne peux refréner et qui refuse de se tarir. Quand le fleuve sera-t-il à sec que je puisse passer cette épreuve à gué ? Je m'en veux pour Edgard et Rosalie qui ne comprennent rien à ce qui m'arrive et se désolent d'avoir provoqué ce désastre. Je demande à Lucette de me ramener à ma roulotte.

— Ça ira mieux demain, dis-je à mes amis, tout à l'espoir de minimiser leur peine.

De retour chez nous, Lucette m'aide à me mettre au lit. J'insiste pour qu'elle rejoigne Omer et Jeanne et qu'elle dorme là-bas. Dans sa main une enveloppe dont elle ne sait que faire. J'ai vu quand Edgard lui a passé cette lettre.

— Dépose-la sur la table. Je ne l'ouvrirai pas aujourd'hui. Tu as ma parole. J'attendrai qu'on ait quitté Montréal.

Elle m'embrasse longuement en me déclarant qu'elle m'aime comme sa maman et sort à reculons de son pas de danseuse sur fil. Elle n'a jamais vu Lazare mais le connaît par les lueurs accrochées dans mes yeux, par mes lèvres qui embrassent soir et matin le galet de cristal à doubles torsades bleues, par mes chants d'amour fredonnés en duo feutré avec ma harpe.

Sous l'auréole cuivrée de ses cheveux, je perçois ce je ne sais quoi du regard de Maggy qui me réconfortait autrefois.

— Va tranquille, ma chérie. Je t'aime moi aussi et je suis forte.

La porte se referme sur mon mal. Les fauves d'Hamilcar rugissent derrière les grilles. Les loups de Springfield leur répondent. Je suis dans la cage aux lions, en charpie. Où sont mes anges et mes morts, les forces d'en haut qui me tiennent debout et agitent les fils, que je m'affaire, que je danse, que je rie ? La vase est obscure et je m'enfonce. Elle gagne mon ventre, mon cœur, ma bouche, mes oreilles, mes yeux. Je me revois peignant deux larmes noires sur mon maquillage blanc.

17

Comme promis à Lucette, j'attends de quitter Montréal pour ouvrir la lettre de Lazare. Je la prends dans les mains, la repose. Je suis cassée et j'ai peur de moi. Femme en second, j'en subodore la substance ! Elle est cousue de bonnes raisons, d'imparables arguments, d'inflexibles résolutions. Elle donne la parole à la tête et à la bienséance avec tout son fatras de justificatifs et bâillonne la voix du cœur. Rien ni personne qui ne puisse me sortir de mon désespoir. Je ne cesse de pleurer. Je devrais être en colère contre lui et c'est contre moi, ma stupidité, ma naïveté et ma bêtise que je retourne ma rage. Je tire les heures et les jours sans que ma blessure cicatrise. Je découvre la grisaille d'une vie où Lazare est passé de l'autre côté des nuages, évaporé. Je me bats pour ne pas peser sur mon entourage et parviens juste à assurer ce que j'ai à faire sans entrain et sans joie. Pierrot lunaire en deuil de mon étoile, je me sens lapidée par les rires du public qui ricochent sur cet étang qui m'appelle à la noyade. Je vais mal. Je sombre et n'arrive pas à toucher ce fond qui me permettrait de remonter. J'ai dit être forte mais je ne peux me ressaisir. Incapable de donner le change, je lis de la désolation et de l'inquiétude dans les regards amis qui se posent sur moi.

Lorsque le cirque repart, je suis absente aux adieux cordiaux d'Edgard et de Rosalie. Je devrais leur sauter au cou. Ils ont été si bons pour Lucette et pour moi, si attentionnés. Pas une représentation que notre ancien voisin n'ait manquée, pas un superlatif qu'il n'ait employé pour louer nos numéros respectifs. Son bonheur, le petit homme nous l'a répercuté au centuple alors que mon amabilité naturelle est restée terrée dans un trou. Rosalie et lui nous ont couvertes de cadeaux : des sels de bain, du parfum, un diadème de verroterie et un manteau d'hiver pour Lucette.

Je suis peinée de n'avoir pu outrepasser mon chagrin. Cela m'était impossible.

J'ouvre la lettre de Lazare le soir de notre départ de Montréal. Je n'aurais pas dû. Cette longue page de texte serré m'achève, détruit tous mes espoirs, hypothèque tout, anéantit totalement cette alliance dont j'avais rêvé. « Tu dois comprendre que je ne puis abandonner Gabrielle… » « La santé de mon aîné nous cause beaucoup de soucis… » « Je me dois à la protection de mes fils… » « Tu connais comme moi le danger qui pèse sur nous… » « Tu ne peux pas te représenter à quel point j'ai souffert… »

Les « Je t'aime encore » et les « Ne crois pas que… » me donnent le coup de grâce. Ce n'est plus Lena mais un petit automate qui se lève, ouvre la porte, descend le marchepied de la roulotte et s'enfonce dans une nuit d'herbes hautes, de ronces et de mottes saillantes. L'eau noire du Saint-Laurent est là et je m'y jette comme un seau dans un puits.

Je touche le fond, Lazare. Mon âme siamoise se détache de la tienne. Pour que l'un de nous vive, l'autre ne doit-il pas mourir ? Je n'ai pas comme toi de famille à charge ni d'enfant qui réclame mes soins. Je n'ai qu'une orpheline dont je me suis occupée et qui vole presque de ses propres ailes. Je n'ai plus rien à perdre ici-bas, personne qui m'attende, rien que j'espère encore. Tout ira mieux si je pars, si je te libère du joug de ma présence sur cette terre.

Qui a dit que les noyés ne pleurent pas ?

— Lena !

C'est mon prénom que j'entends derrière l'épaisseur d'un mur. Des mains me retournent, me pressent le corps, me plient en deux, me tordent. Je déglutis, je glousse et tousse. L'eau me sort de partout, du nez, de la bouche, des yeux.

Cette émersion est douloureuse et je hoquette, je pousse des cris rauques, je gémis. L'air me déchire les poumons. Quelle est la force qui assiège mon corps, me somme de renaître ? Quelqu'un me secoue avec autant de force qu'il me parle avec douceur et affection.

Au sortir de mon naufrage, quand mes sens me reviennent, je reconnais Cyrille. Il m'a prise dans ses bras et m'emporte. Je le supplie : « N'alerte personne, surtout pas Lucette ! » Quelle folie m'a prise ? Je suis trempée, j'ai froid. Le forain est mouillé lui aussi mais son torse est brûlant. Sa voix me murmure tendrement :

— Lena, ma Lena chérie.

Il m'emmène dans sa roulotte. Elle est plus spacieuse que la mienne. Il me couche sur son lit, allume un quinquet, me déshabille et me frictionne avec un gant de crin, pour que mon sang s'active. Ses vêtements lui collent et il s'en débarrasse, se sèche à son tour énergiquement ;

— C'est un coup à attraper la mort !

Je suis à côté de moi-même et je regarde sans gêne ce corps robuste dont la forte virilité se réveille. Cyrille s'étend près de moi, remonte sur nous sa pelisse, que je me réchauffe. Sa présence est tiède et bienfaisante. De là aux effleurements et aux caresses il n'y a qu'un pas, que nous franchissons.

Je m'abandonne à une liaison de chair et de désir. Mon cœur est en déliquescence totale et mon corps comble ses manques en lâchant définitivement prise. Cyrille est insatiable. Sa vitalité me dépasse et me heurte mais je ne fais pas obstacle à ses manières rudes, ne me soustrais pas à ses assauts, ne m'oppose pas à ses fantasmes et à ses jeux pervers. Je me soumets à son animalité en devenant bestiale moi-même pour me punir de mes aveuglements, me venger de Lazare qui m'a volé des années d'amour avec ses vaines promesses. Par moments, je ne distingue plus ce qui est plaisir ou douleur, ce qui est marque d'affection ou excès de brutalité. Je ris, j'excite, je n'en veux plus mais j'en redemande, qu'il laboure, défonce, bourre ce ventre imbécile sur fond de cris aigus et de piaulements idiots.

Cette bacchanale tourne vite à l'âpre et se gâte quand Cyrille replonge dans la boisson. Plus rien ne me rappelle mon sauveteur dans cet irrespirable sac à vin, ce soiffard malodorant qui vient s'abattre à côté de moi aux petites heures pour se transformer en masse avachie et ronflante ou dans ce matamore agressif me hurlant dessus et me traitant de tous les noms dès que je parle de le quitter s'il ne cesse de boire. Lorsqu'il est sous l'emprise de l'alcool, je dois m'attendre à tout de sa part. Qu'il me plante un couteau à moins de trois doigts du visage pour m'intimider. Un jour, c'est la colonne de ma harpe qui est poignardée alors que je me trouve dans son axe en train de répéter. Soûl, cet homme est fou furieux, dangereux et imprévisible. Sobre, on lui donnerait le bon Dieu sans confession tant son repentir paraît sincère. J'aime bien Cyrille et je fais preuve de compréhension. À la mi-août, je l'envoie paître le jour où il s'autorise à lever la main sur moi.

Le cirque est une grande famille où tout se colporte et Hamilcar retire officiellement Cyrille du programme pour avoir blessé à deux reprises Roberta durant son numéro – une façon détournée de pousser le forain vers la sortie afin de me soustraire à ses mauvais traitements.

Vexé, Cyrille part en guerre contre le cirque et son directeur, puis revient vers moi pour me convaincre de l'accompagner. Il a le projet de rallier le Wild West Show de Buffalo Bill. Mon refus le met hors de lui. Il me menace, me fait chanter en criant haut et fort qu'il va me dénoncer pour le meurtre de Murdoch. Passant sa fureur en transperçant de ses couteaux la porte de notre cabinet d'aisances, il voit surgir Omer remontant ses bretelles et se ramasse de sa part une raclée monumentale qui l'envoie bouler à l'autre bout de la place. Vaincu par une exaspération devenue générale, Cyrille nous quitte début septembre en brandissant le poing, en maudissant ses anciens compagnons, et en me couvrant d'injures.

Je reste attristée par ce départ et regrette ces images de violences qui sont mes derniers souvenirs de lui. Aujourd'hui, je comprends que j'ai fait payer à Cyrille l'abandon de Lazare, que j'ai déçu ses attentes, accéléré sa dégringolade. Il est des pages de nos vies qui nous déshonorent et celle-ci en est une. Pardon à toi, lanceur de couteaux, tu ne méritais pas d'être poignardé de la sorte.

Après cette période de confusion, Lucette et Jeanne m'hébergent dans ce qui était auparavant ma roulotte. Je regagne mon petit lit sous la fenêtre. Je constate que l'espace a rétréci alors que ce sont mes filles qui grandissent. À travers leurs chemises, je remarque leurs seins qui bourgeonnent et je m'émerveille de la beauté de leurs corps. La fraîcheur de leur contact me nettoie des moments sordides que je viens de traverser. Le vent s'est calmé après la tempête et je suis bien décidée à reprendre au mieux mes activités, privilégier tout ce qui me tient à cœur, revenir à la musique qui est refuge où mon âme se nourrit et s'apaise, à la composition qui est une de mes échappatoires favorites.

Un matin, Lucette m'embrasse avec tendresse.

— Je suis tellement heureuse que tu sois revenue ! s'exclame-t-elle.

Ai-je donc été si loin de moi-même qu'elle ait pu me croire ailleurs ? Je me remémore les heures passées à la harpe, sur la piste, consacrées à l'instruction des enfants, depuis le moment où nous avons quitté Montréal. Je mesure la médiocrité de ces instants en songeant néanmoins qu'une autre que moi aurait sans doute complètement lâché prise dans les mêmes circonstances.

Quelques jours plus tard, alors que l'automne nous revient, Lucette, qui m'aperçoit pensive devant un soleil couchant, vient s'asseoir près de moi.

— Je vais te dire un secret, souffle-t-elle.

— Je t'écoute, ma chérie.

— Lazare t'aime toujours et viendra te chercher.

— Qu'est-ce qui te fait dire cela ?

— J'ai rêvé de maman Maggy, elle m'a demandé de te passer la commission.

Je la prends dans mes bras et la serre contre ma poitrine pour lui cacher mes yeux brillants.

Parmi mes proches les plus attentionnés, il y a l'énigmatique Springfield qui m'enveloppe de sa présence feutrée et manifeste sa sympathie pour moi et mes filles en partageant le fruit de ses chasses et de ses cueillettes avec nous. Pas un jour où il ne nous gratifie d'un gibier, de baies ou d'un poisson. J'essaie bien de répondre à ces gestes par de petits présents ou de menus services mais il refuse ces monnaies d'échange qui sont inspirées, je dois l'admettre, par notre culture européenne où l'on évite autant que possible d'être redevable à quiconque. J'apprends à ne plus penser en termes de dépendance et de dette, à ouvrir simplement les bras et à remercier ce noble cœur. Depuis l'affrontement avec Murdoch, entre nous s'est nouée la plus discrète des relations d'estime, la plus taiseuse aussi. Moi que dévore l'envie perpétuelle de converser ou d'ironiser, moi qui n'ai jamais refréné ma propension de rire à tue-tête, je me comporte avec lui comme si je me recueillais dans un temple. Nos échanges se font sur un regard, sur un signe, et quand, par moments, les mots affleurent de son côté, ils vont droit au but, partent de l'arc pour atteindre le centre de la cible.

— Je veux connaître l'écriture des Blancs, me demande-t-il tandis qu'il m'observe en train de lire au soleil sur la haute marche de ma roulotte.

Trop heureuse de lui être enfin utile, j'accepte ce défi improbable et compte à ce jour un « peau rouge » parmi mes élèves. Je prends ma tâche très au sérieux, fais les frais d'un cahier et d'un plumier garni sur lesquels j'inscris son nom. Ma première leçon consiste à recueillir de la bouche de Springfield des noms de lieux, d'objets usuels, de parents et de familiers de son clan, de membres de sa tribu pour que je les calligraphie et qu'on s'y réfère à mesure de notre avancée dans la découverte de l'alphabet. À force de patience et d'assiduité de part et d'autre, nous arrivons à un résultat prometteur qui me laisse présager de beaux progrès en écriture pour la fin de l'hiver.

Je dois revoir mes prétentions quand Springfield, après les dernières représentations de l'année, replie du jour au lendemain son tipi et fait ses adieux à Hamilcar et à la troupe pour repartir dans le Dakota retrouver sa tribu et la grande rivière. Je suis la dernière qu'il salue, celle qu'il réserve pour la fin. Il me remet une amulette en viatique et me confie la garde de son cahier d'écriture et du plumier. Il ne parle ni à moi ni à personne d'autre de son intention de revenir et ne se retourne même pas quand il s'éloigne vers l'ouest avec ses trois mustangs et ses loups.

De ne plus avoir le tipi de Springfield à proximité de ma roulotte me laisse avec un sentiment de manque. Je m'étais habituée à cette présence qui se rapprochait ou s'écartait de moi suivant que j'avais besoin de protection ou de tranquillité. Il a fallu le départ de Springfield pour que je me rende compte que l'ouverture de son tipi était toujours dirigée vers la porte de ma roulotte, autre signe de ce rôle d'ange gardien qu'il s'était assigné.

Pendant des semaines, pas un jour ne passe sans que je sorte de chez moi en espérant que Springfield ait repris sa place parmi nous, veillant de son œil d'aigle à ce que rien de fâcheux ne nous advienne.

18

C'est lors de notre repli tardif dans les entrepôts de Baltimore que je reçois mon courrier annuel des mains du vieux James, notre concierge.

Une lettre de Maître Destrée datant de mai 1890 me relate le succès de ses démarches qui ont conduit à la libération de Lazare. « La force de votre amour a été un levier dans cette affaire », m'écrit-il. Si seulement il savait. Il me signale avoir transmis, selon mon souhait, l'adresse d'Edgard et de Rosalie à son client et revient, sans le nommer, sur Murdoch et sur le danger que nous courons. Enfin, il me souhaite du bien et tout le bonheur possible. Que répondre à cela ?

Des nouvelles d'Emma m'arrivent également de Berlin. Je donnerais tant pour la revoir. Elle m'a toujours été si proche. Pas un mot, par contre, du côté de mes sœurs. Après mon esclandre, je ne suis qu'à moitié étonnée.

Profitant de cette pause d'hiver, Hamilcar s'attelle à un nouveau projet. Avec les départs de Cyrille et de Springfield, il a perdu deux moments forts de son programme aussi se tourne-t-il vers Lucette et Jeanne pour un numéro de funambules qui me glace le sang même s'il se répète assidûment au ras du sol avant de prendre les airs. Si les petites ont fort à faire, il en va autrement pour moi. Dès que le temps est clément, je m'évade du côté de la baie de Chesapeake et m'offre le luxe de réviser les morceaux que je jouais jadis, d'ajouter quelques arias à mon répertoire et même de composer de nouvelles pièces. Quand le froid devient trop mordant, les plages de musique s'écourtent et c'est notre vorace poêle à bois et la gestion de notre petite vie à trois qui monopolisent le plus clair de mes journées. Autant à la bonne saison je suis souvent en visite à gauche et à droite, autant en hiver je deviens casanière et dois me secouer pour aller frapper à la porte des uns et des autres pour partager une boisson chaude, parler du temps qu'il fait et écouter les bavardages sur notre petit monde. Leslie, la femme de Gus, m'informe de tout : que Pamela sort avec un Chinois qui tient une blanchisserie, qu'Igor a une aventure avec la femme d'un pasteur, que Simone est enceinte d'un nègre du Mississippi et veut garder l'enfant… Mère de neuf enfants et coiffeuse de la troupe, cette infatigable Leslie est la première personne à qui faire une confidence si l'on veut l'ébruiter et la dernière à qui révéler un secret si l'on souhaite la discrétion. Rien à voir avec Gus, son mari, qui hors piste est le plus effacé des hommes ou avec Jason, leur aîné, qui dessine et peint des merveilles en silence avec une minutie de naturaliste. Car Jason est passionné de botanique, au grand dam de ses parents qui ont décrété une fois pour toutes qu'en dehors du cirque il n'y avait pas de salut. En ma qualité de préceptrice, je vois bien ce garçon studieux et brillant entamer des études scientifiques à l'université de Baltimore et attends le moment opportun pour en toucher un mot à ses parents.

Vivant de façon permanente sur le site où le Miraggio Circus se retire à la morte-saison, James et Sarah – un vieux couple de saltimbanques qui furent, par le passé, collègues d'Hamilcar et de Frida du temps où ils travaillaient au sein du Bailey Circus – veillent au grain. Usés par cinquante ans de vie commune, ils n'en ratent pas une pour s'écharper, tout en restant soudés comme personne et dévoués à notre large famille de forains. Je les adore. Toujours à habiter leur roulotte alors qu'ils pourraient bénéficier du confort d'une annexe aménagée du bâtiment, ils restent nomades dans l'âme bien qu'ils n'aient plus de chevaux pour tracter leur maison ambulante. Contrairement à notre lieu que j'évite de trop encombrer, l'espace exigu où demeure ce vieux couple est un vrai capharnaüm, une malle à souvenirs. Photos, affiches, articles, éléments de costumes, trophées recoupent plus d'un demi-siècle de leur histoire et illustrent, si besoin est, les anecdotes marquantes de ce parcours exceptionnel dont Sarah est la narratrice en titre et James l'approbateur émérite.

— Tu te souviens de mon numéro de charmeuse de serpents, et la fois où j'en ai eu un qui s'est glissé dans mon bustier ?

Mouvement d'approbation du mari, petit sourire en coin. Une mue de boa et une photo sont posées sur la table et l'épisode reprend vie, images à la clé.

Fors son don de conteuse, cette septuagénaire à l'impeccable chignon blanc et au regard pétillant d'intelligence connaît les vertus des plantes et possède le don de soigner petits et grands maux. On vient la trouver pour être soulagé d'une toux, d'une angine, d'une foulure, d'une déchirure musculaire.

— Je n'ai pas de mérite, explique-t-elle avec humilité quand un traitement porte ses fruits. C'est de famille ! C'était pareil pour ma mère et ma grand-mère.

Sans posséder ses aptitudes, je m'intéresse à son savoir et, avec son accord, prends des notes à chacune de nos rencontres pour être capable, le cas échéant, d'apporter remède à un souci de santé quand nous sommes en voyage.

De me retrouver pour la deuxième année consécutive en repli hivernal dans cette vétuste scierie de Baltimore me rapproche de Frida qui, derrière sa dureté de façade, se révèle être une femme de cœur et de culture. Riche d'une dizaine de caisses remplies de romans majoritairement français, Frida vient rarement chez moi les mains vides. Nous avons les mêmes goûts en matière littéraire et prenons beaucoup de plaisir à partager le fruit de nos lectures. Notre complicité ne s'arrête pas là. Elle nous entraîne de temps à autre au centre de Baltimore où sont les boutiques. J'ai peu de besoins et regarder me satisfait là où Frida ne peut s'empêcher de faire des achats. Nous nous arrêtons de manière quasi rituelle dans un salon de thé qui donne sur le port et parlons de nos vies respectives. Nombre de rêves brisés chez cette amie à qui j'ai à cœur de donner le meilleur de ce que je suis, même si, au fond de moi, je n'en mène pas large sur le plan personnel et endure mal les rigueurs de ce mois de décembre 1890 où la neige est omniprésente et le gel permanent.

Il y a bien la parenthèse de Noël que nous fêtons avec mes filles et les amis mais ces moments de joie n'empêchent pas janvier de revenir à la charge avec ses armes blanches pour me confiner chez moi et à l'intérieur de moi, à ressasser l'année écoulée avec ses drames et sa terrible déception.

Par moments, je songe à mettre un terme à ma carrière de harpiste de cirque à la fin de la prochaine saison, pour ne plus avoir à subir cette traversée du froid et des pluies ou, tout le moins, m'évader vers le sud avec la chute des feuilles et resurgir au printemps avec les bourgeons.

C'est habitée de ces réflexions moroses que je reçois la visite d'Hamilcar au tout début de l'an neuf, un jour de fortes neiges. Épaissi par un manteau de fourrure à longs poils et de grosses bottes, coiffé d'une toque en renard, Hamilcar tient plus du fauve que du dompteur. S'ébrouant et pestant contre l'hiver, mon visiteur enlève ses moufles de daim pour prendre dans sa poche un journal. Je lui propose une boisson chaude, une place près du poêle, l'aide à se débarrasser. Une fois assis, il me tend le quotidien et me déclare sans autre commentaire.

— Lis !

Un titre en gras s'étale en première page :

« SOULÈVEMENT DES INDIENS À WOUNDED KNEE DANS LE DAKOTA. LE SEPTIÈME DE CAVALERIE DE CUSTER MATE LA RÉBELLION. »

L'article relate le massacre éhonté des Sioux de la tribu des Lakotas Miniconjou le 29 décembre

1890, une opération punitive qui coûta la vie à près de cent cinquante âmes. Des noms me sautent au visage : « Yellow Bird », « Big Foot », « Black Coyote », « Red Cloud », « Sitting Bull ». Que des mots consignés dans le cahier d'écriture de Springfield ! Ils sont frais encore. Comme s'ils sortaient de sa bouche. Alors que le journaliste donne raison aux soldats d'avoir réagi à la mauvaise volonté des peaux-rouges qui refusaient de quitter leurs terres pour gagner la réserve octroyée par le gouvernement, je sens la peine et la colère monter en moi. Je revois les mineurs et les verriers du Pays noir fauchés par les balles de la troupe, cinq années plus tôt, et moi cherchant Lazare parmi les victimes de cette boucherie déloyale. Je regarde les chiffres. Quatre-vingt-quatre guerriers morts, quarante-quatre femmes et dix-huit enfants exterminés. Je crois rêver.

— Comment est-ce possible ? dis-je à Hamilcar en secouant de la tête.

— J'ai bien peur qu'on ne revoie plus notre ami, me répond-il, pragmatique.

Je rejette en bloc cette remarque, arguant que Springfield est vif comme l'anguille, que c'est un solitaire.

— Rien ne dit qu'il ait planté sa tente dans ce village ou qu'il n'ait pas été ailleurs au moment du combat !

Les mains d'Hamilcar absorbent la chaleur du feu, son regard est ailleurs.

— Que Dieu t'entende, Lena !

Mon visiteur reparti, les filles reçoivent la nouvelle avec affliction et inquiétude. Springfield, au fil du temps, a conquis nos cœurs.

D'une barbarie monstrueuse, le drame survenu à Wounded Knee ne nous lâche plus et il n'est pas un jour où l'on n'évoque notre compagnon, pas un soir où l'on ne prie Dieu et ses anges afin qu'il nous revienne. De mon côté, quand le temps redevient plus clément, je me rends en ville pour parcourir la presse en quête d'informations qui nous redonneraient espoir.

Pour appeler la chance à notre côté, je porte au cou l'amulette que Springfield m'a remise au moment de nous quitter. Au marché de Towson j'apprendrai de la bouche d'une diseuse de bonne aventure qu'il est toujours en vie et qu'il réapparaîtra dans les mois qui viennent. Bien que douteuse, cette prédiction me libère de mes tracas et m'aide à reprendre confiance.

Au printemps, Springfield ne réapparaît pas et nous sommes contraintes, Jeanne, Lucette et moi de faire notre deuil de la présence protectrice du haut tipi de l'Indien et de la surveillance complice de ses loups.

Reparti pour un cycle, le Miraggio Circus a pour projet d'écumer toute la Pennsylvanie et les alentours de Pittsburgh avant de plonger vers l'ouest.

Après la longue pause d'hiver, j'ai plaisir à reprendre les rênes de ma roulotte, à marcher au rythme des chevaux. Rien ne me plaît davantage que d'être de la renaissance du printemps et des premiers soleils.

Fertile et riche en minerais, en produits houillers et pétroliers, cette partie des États-Unis d'Amérique compte nombre d'industries et de verreries, et fournit du travail à une large population ouvrière qui, si l'on en croit l'expérience de nos directeurs, aime le cirque.

Dansant et pirouettant sur leur fil à une dizaine de mètres de haut, Lucette et Jeanne présentent un numéro inédit qui laisse le public bouche bée tandis qu'il me noue l'estomac. Alors que mes filles s'adaptent d'emblée à leur défi de funambules, plusieurs représentations me sont nécessaires pour m'affranchir d'un rôle de Pierrot paniqué et retrouver la poésie de mon personnage.

La nouvelle mouture du spectacle est bien accueillie et les plages de rires et d'émois reprennent leurs places dans la partition orchestrée avec minutie par Hamilcar.

Nos déplacements fréquents apportent de nombreuses surprises, comme, par exemple, la rencontre fortuite avec cette duchesse de Brunswick avec laquelle je fis pléthore de parties de dames et de dominos sur le paquebot de la Cunard Line qui me ramena d'Europe en janvier 1890 ou, encore, les retrouvailles inattendues avec un habitué de la taverne de Bryan

O'Kelly parti en 1888 chercher fortune dans cette région prospère avec femme et enfants.

Un dimanche après-midi, au terme d'une représentation dans la ville de Jeannette, je connais l'émotion de ma vie quand, revenant de m'être changée, je tombe nez à nez avec une femme enceinte postée devant la cage aux fauves. Un visage que l'on n'oublie pas. Elle est accompagnée de ses deux fils. Je me déroberais si c'était possible et elle aussi, je crois. Nous ne nous sommes vues qu'une seule fois, le jour de l'enterrement de Théo, le frère de Lazare, à Lodelinsart. « Vous n'avez rien à faire ici ! » m'a-t-elle lancé alors, avec de la haine dans la voix, dans le regard.

Aujourd'hui gagnante sur toute la ligne, la femme de Lazare exhibe son ventre et me toise d'un air vainqueur.

— Ça, par exemple ! Si je m'attendais !

Autant j'avais trouvé cette femme belle dans la gravité, autant elle me paraît à présent bien insignifiante. Quant à moi, tout juste débarrassée du filet qui contraignait ma chevelure, et repeignée à la sauvage, je ne suis pas à mon avantage.

— Vous la reconnaissez ? lance-t-elle à ses fils. Le Pierrot, c'était elle !

Les enfants, magnifiques, me dévorent des yeux. Je les voudrais à moi, issus de mon amour pour leur père. Je crève de jalousie.

— Mais nous ne nous sommes pas présentées. Moi, c'est Gabrielle, m'annonce-t-elle en me tendant une main rose, potelée, qui m'enseigne qu'elle n'est plus la porteuse de canons d'antan mais une petite bourgeoise oisive, occupée par sa petite personne et toute à la dévotion de son mari. Cette occasion de rassasier ma curiosité est inespérée et, même si cela me fait mal, je veux être forte pour entendre sur quel tempo bat aujourd'hui le cœur de Lazare. Je me tourne vers les garçons.

— Ça vous dirait de voir une roulotte de saltimbanque ?

La réponse est unanime.

Je titube plus que je ne marche vers mon humble lieu de vie. Je pense à la propriété de mon père, le parc fermé de grilles, les écuries, le marbre sur les murs et le sol du vestibule, les hautes portes vitrées, les lustres et les appliques en cristal de Bohême. À l'inverse de Gabrielle, ma vie a basculé dans la précarité, elle se résume aujourd'hui au strict minimum.

J'arrive chez moi en même temps qu'Omer, qui me rapporte ma précieuse harpe, et profite de ce chassé-croisé pour entrer en premier afin de m'emparer discrètement du galet aux torsades bleues – qui a regagné sa place immuable près de mon lit – et le soustraire aux regards. J'ai juste le temps de l'enfouir dans ma boîte de maquillage avant que mes invités me rejoignent.

— C'est tout à fait charmant ! clame Gabrielle avec de la liqueur dans la voix.

Je tire une chaise paillée pour elle et des tabourets pour les garçons. Elle s'assied avec circonspection, craignant sans doute de faire un accroc ou de tacher sa robe. Je demande leurs prénoms aux enfants. Le cadet s'appelle Pierre et le plus grand, Noé. Pierre ne tient pas en place. Deux minutes et il s'affranchit, touche à tout, martyrise quelques cordes de ma harpe avant d'être réprimandé par sa mère. Mains immobilisées sous ses cuisses, l'aîné me regarde intensément. Dans ses yeux, la même lueur que dans ceux de Lazare. Je propose un thé à Gabrielle, une limonade aux garnements, et risque une première question. Les réponses ne tardent pas à fuser.

Il y a ce que je sais – comme le recours introduit par Jules Destrée devant la Cour de cassation qui se solda par la libération anticipée du condamné en mai 1890 – et il y a ce que j'apprends sur les péripéties du voyage qui a conduit Lazare aux États-Unis, à l'insu de Murdoch et de ses hommes de main, quinze jours avant l'arrivée du cirque.

— Mon pauvre époux ! Dans quel état je l'ai retrouvé. Il était hâve, miné, malade. Son avocat avait prévenu Oscar Falleur de la date approximative de son arrivée à Montréal et je suis partie, séance tenante, à sa rencontre avec mes fils.

Nous étions à peine sur le quai qu'il est arrivé sur nous avec son bagage. Vous parlez d'un miracle !

Pour l'avoir attendu près de trois années en vain, cette dernière phrase m'arrache le cœur.

— Il revenait de loin à l'époque, au point que je me suis demandé s'il savait encore qui j'étais. Il voyait Murdoch partout, regardait sans arrêt derrière lui. Pensez, pour voyager incognito, Lazare avait trouvé judicieux de se faire engager dans la salle des machines comme pelleteur et n'avait pas quitté la cale de toute la traversée. Sur mon insistance, nous avons pris une chambre dans un hôtel. Il est tombé comme une masse et n'a émergé que le lendemain en soirée. La première chose qu'il a réclamée à son réveil était de rendre visite au vieux couple dont vous aviez laissé l'adresse à Maître Destrée pour, prétendument, récupérer les formules. Notre aîné traînait une toux sèche depuis quelque temps et sa santé m'inquiétait. Pour cette raison, et d'autres que vous devinez, je dois admettre que j'ai très mal pris la requête de Lazare. Finalement, j'ai cédé et nous nous sommes rendus en vitesse chez vos amis avant de regagner Pittsburgh.

Je sers les boissons et Gabrielle s'exclame :

— Enfin, tout cela c'est du passé ! Mon mari a repris du poil de la bête depuis et a réintégré les bancs des souffleurs parmi, tenez-vous bien, des verriers wallons.

— Et Murdoch ? je demande avec une feinte candeur alors qu'elle avale une première lampée de mon thé.

— Plus de nouvelles !

Elle marque un temps avant de reprendre :

— Enfin, c'est vrai et c'est faux ! Nous avons été interrogés, il y a un bon mois, par deux détectives de la Pinkerton qui enquêtent sur la disparition de leur confrère.

J'ai le cœur qui bat à tout rompre.

— Je ne comprends pas.

Gabrielle part dans un petit rire artificiel.

— Il n'y a rien à comprendre. Ce monsieur n'avait pas que des amis et il est fort probable qu'il ait eu quelques problèmes.

Elle boit par petites gorgées et revient à son cadet qui trépigne pour aller revoir les lions. Alors que la famille de Lazare se lève pour prendre congé, arrivent Lucette et Jeanne que je présente à Gabrielle comme étant mes filles. Une pâle revanche pour moi qui ne suis mère que de cœur. Je perçois un mouvement de surprise chez mon hôtesse que l'envie démange de me dire à son tour : « Je ne comprends pas ! » Bien entendu, je ne donne aucune explication.

Mes voltigeuses ont envoûté le beau Noé et sa mère doit le sortir de ses brumes pour qu'il la suive. Je remercie mes visiteurs et les salue pour demander ensuite à mes chères petites de me laisser seule.

La porte à peine refermée, je m'effondre lamentablement.

À entendre Gabrielle, je ne t'ai pas attendu, Lazare ! Je n'ai pas traversé par deux fois l'océan pour que ta peine soit écourtée ! Je n'ai certainement pas tué Murdoch pour que tu retrouves la paix ! Je n'ai été rien d'autre dans ta vie qu'un vulgaire panier dont on croque les fruits avant de balancer les trognons par-dessus l'épaule. Une dépositaire. Une pauvre idiote.

19

Quelques jours plus tard, à Pittsburgh, au terme de la représentation, Lucette m'invite à jeter un œil par la fenêtre de notre roulotte.

— Regarde qui est là !

Du côté de la ménagerie, je reconnais Noé accompagné d'un homme voûté à la démarche traînante. Tous deux se dirigent vers les cages aux tigres. J'ai vite fait de me débarbouiller et de troquer ma tenue de piste pour une jupe légère dans les tons grenat et un chemisier clair. Je les rejoins devant l'enclos des chevaux. À mon grand étonnement, je reconnais Oscar Falleur.

L'ancien président de l'Union verrière me salue avec chaleur et me complimente pour ma beauté. Le pauvre homme a pris un terrible coup de vieux depuis notre dernière entrevue à Montréal au printemps 1889. Il est à bout de souffle et peine à tenir debout. Je le convie avec Noé dans ma roulotte pour un café mais il préfère l'inconfort d'un socle de bois peint destiné aux cabrioles des fauves.

— Le temps est exquis, déclare-t-il d'entrée de jeu.

L'aîné de Lazare observe Gus qui, à quelques pas de nous, jongle devant un attroupement d'enfants et je lui suggère de s'approcher du clown tandis que je m'assieds en tailleur dans l'herbe près du verrier.

— Je suis le parrain de Noé. C'est son anniversaire aujourd'hui ! Je lui ai demandé ce qu'il souhaitait et il a insisté pour que je l'accompagne au cirque.

— Mais n'a-t-il pas déjà vu le spectacle dimanche passé ?

— C'est que cela lui a plu, répond Falleur.

Tandis que nous regardons Gus aux prises avec quatre quilles, je lance :

— Lazare est un jongleur à sa manière !

— Il reste le meilleur souffleur de la fournée, le plus puissant.

Je tique sur le mot « puissant ».

— Il serait bien venu avec nous aujourd'hui mais il a dû prendre le train pour New York. Un voyage prévu de longue date.

Plongeant dans sa veste, il en sort une enveloppe.

— Vous avez son bonjour, me précise-t-il en me tendant le pli.

Son œil me fixe. Je me fais la réflexion que toute la force qui a habité cet homme s'est resserrée sur son regard et sur sa voix. Au fond de moi, je suis vexée que Lazare n'ait pas tenu à se rendre jusqu'ici et je repousse le courrier.

— Je préfère attendre sa visite !

Devant l'étonnement de Falleur, j'ajoute :

— Tout va bien pour lui, maintenant !

Gus glisse trois balles dans les mains de Noé, pour qu'il les maintienne en l'air. Un rire général accueille l'échec de la tentative.

— Qu'est-ce que vous savez de la Pinkerton, dis-je au cher homme pour éclaircir un point resté obscur depuis la visite de Gabrielle.

— *We never sleep*, amorce-t-il.

— Pardon ?

— C'est la devise de cette agence privée qui regroupe aujourd'hui près de six cents détectives. Quarante ans que cette sorte de police secrète indépendante opère sur ce continent. On leur doit des coups d'éclat comme le complot déjoué à Baltimore contre Abraham Lincoln ou des renseignements de première main fournis aux Nordistes pendant la guerre de Sécession. Depuis la reprise de l'agence par les deux fils du fondateur, Allan Pinkerton, cette milice opère pour le compte de puissants industriels américains comme briseurs de grèves.

— C'est-à-dire ?

— Eh bien, ils infiltrent leurs hommes dans les rangs des émeutiers quand il y a conflit et font en sorte que le mouvement dégénère en tirant sur les forces de l'ordre, par exemple, comme ce fut le cas à Chicago en 1886 et, la même année, à Roux... où vous étiez, si je ne m'abuse ?

— Je ne peux pas le croire !

Falleur regarde ses deux mains jointes devant lui et soupire. Il serait menotté qu'il ne se tiendrait pas différemment.

— Ils étaient chez nous, commandités par les patrons verriers et les forces de droite. Ils ont parfaitement rempli leur contrat.

— Pas sans dommage !

— Exact ! Murdoch a perdu deux condisciples dans l'aventure et a failli y laisser sa peau.

— Il est de la Pinkerton ? dis-je, faussement naïve.

— Et comment ! C'est même le meilleur élément de l'agence, celui qu'on vient chercher pour les missions délicates, confidentielles. Il travaille aussi pour son compte. Si j'en crois les bruits qui courent, il aurait même des têtes couronnées parmi ses clients. Dieu sait où il est et ce qu'il fabrique en ce moment, ajoute-t-il.

Noé est maintenant seul avec Gus et bataille obstinément pour garder ses trois balles en l'air. Par moments, le clown introduit une main dans le jeu pour aider l'apprenti dans ce défi d'apesanteur. Je repense à Murdoch, aux filatures auxquelles j'ai échappé, à sa méprise sur mes deux filles, au piège grossier dans lequel il est tombé.

Je suis tentée de minimiser les vertus de ce redoutable et redouté détective, et me ravise estimant que c'est à Lazare et à Lazare seul que revient ce secret.

— Vous voulez me dire quelque chose ? demande Falleur.

— Non non ! Tout va bien !

Je saute d'un bond sur mes pieds, m'époussette et marche vers les bateleurs. Une, deux, trois balles atterrissent dans mes mains. Je jongle tout aussitôt et y ajoute mes pitreries pour le simple plaisir de faire rire Noé.

J'adore ton petit bonhomme que tout émerveille, Lazare. J'ai été émue de le voir partir main dans la main avec Falleur, un rien devant lui, comme s'il prêtait ses yeux à un aveugle. Hormis ta beauté, il a ta prévenance, ta grâce, ta détermination. De mon côté, je me suis montrée rebelle en rendant sans l'ouvrir ton courrier à Oscar. C'est mon premier acte de résistance contre toi pour qui je n'éprouve que de l'amour et à qui je souhaite tous les bonheurs possibles. À peine posé, je regrette déjà ce geste, mon Lazare, et tout ce qu'il suscitera de tourments chez toi. N'est-ce pas la première fois que je fais barrage à tes entreprises ? Moi qui suis une instinctive, une frondeuse, une indocile, je t'ai toujours suivie. Sauf cette fois. Je ne saurai donc pas si ton mot me donnait rendez-vous, me parlait de retrouvailles, d'épousailles ou s'il était trempé dans tes vieilles encres puritaines, ressuscitait le fantôme obsédant de Murdoch. Qu'il en soit ainsi ! Tu n'es pas de papier et d'écriture, Lazare, et c'est toi, de chair et d'os, de sourire solaire et de regard clair, toi, que le feu des fours nimbait jadis comme une tête d'apôtre dans son vitrail ensoleillé, que je veux revoir un jour.

Je n'ai pas toujours eu avec la fanfare, et avec Fred qui en est le chef, des rapports harmonieux. Dès le premier jour où ils ont appris que j'étais musicienne, harpiste de surcroît, les cuivres m'ont battu froid. Qu'Hamilcar m'offre une plage musicale dans le spectacle n'a pas resserré nos liens. Après la présentation de mon numéro en mars 1890, je récoltai quelques fleurs de la part du tromboniste et ce fut une première victoire. Aujourd'hui, ironie du sort, voilà que Julia, la petite-fille de Fred, est venue me trouver avec sa mère pour apprendre la harpe avec moi. Je suis ravie. Susan, la maman de Julia, a été abandonnée par son mari. Elle a rejoint son père l'hiver dernier et s'occupe, entre autres, des entrées en lieu et place de Roberta qui nous a quittés. Le cirque est comme un Phénix qui se régénère. L'un part, l'autre vient, et le spectacle continue. J'éprouve de la sympathie pour cette femme qui respire le courage et la générosité. Je la verrais bien avec Omer, Lucette aussi.

Chaque année a son visage, prend la couleur d'une saison. L'une nous laisse une impression de soleil, tandis qu'une autre porte le poids d'un ciel nuageux. 1891, après s'être ouverte au bleu, m'apporte son lot de grisaille du côté de ma chère Lucette. À treize ans, la fillette que j'ai recueillie des mains de Maggy se mue en femme et vit ce passage dans l'opposition et le conflit. Plus un jour sans disputes, reproches, critiques acerbes, marques d'agacement à mon égard. Je la sens en souffrance et me désole d'être incapable de l'aider.

— Tu n'es pas ma mère ! me lance-t-elle quand la rage la submerge.

J'entends « Tu n'es pas mère ! » et cela me fait mal.

Quand Lucette s'est ainsi vidée de ses aigreurs, elle se colle à moi, redevient tendre, conciliante, affectueuse. Je savoure cette trêve passagère comme une éclaircie entre deux pluies.

J'évoque cette détérioration de nos rapports avec Solange, la vieille maman de Joseph qui est homme à tout faire dans le cirque. C'est une femme simple et de bon sens qui a vécu la guerre de Sécession côté sudiste et a tout croisé dans la vie : la faim, la mort d'enfants, le deuil de trois frères tués au combat, la maladie, la violence, la faillite…

— Elle est sortie trop vite de sa coquille, me dit-elle. Cela passera !

Cette réflexion n'est pas sans me remémorer l'enfant renfermée du début, petite renarde aux yeux clairs qui sursautait sur un murmure, frémissait de coups imaginaires. C'est un prodige que Lucette soit parvenue là où elle est aujourd'hui. Un cadeau du ciel qui m'invite à la patience et à la confiance. Maggy serait estomaquée si elle revenait faire un tour parmi nous. Curieusement, j'ai cru la voir l'autre jour, dans les gradins, et j'ai dû me frotter les yeux pour sortir de cette hallucination. J'ai ri en me regardant dans la glace après la représentation. Mon maquillage s'était transformé en véritable barbouillage.

Inséparable de Lucette depuis notre traversée avec la Red Star Line, Jeanne tempère son amie et n'a pas sa pareille pour désenvenimer les conflits. Partie pour être une beauté sans égale, la fille d'Omer a pris de son père douceur et délicatesse sans hériter, Dieu merci, de sa stature. D'une sensibilité à fleur de peau, elle est une vraie bouffée d'air frais et de poésie sur notre route.

En mai 1891, notre petit cirque croise le train qui emporte de ville en ville l'interminable caravane du Barnum & Bailey Circus et son « Greatest Show on Earth ». Rien de comparable entre leur entreprise et notre petit monde. Ils sont en proportion ce que l'Arche de Noé est à un esquif. J'exagère à peine. La présence de ce mastodonte dans la contrée que nous sillonnons pousse Hamilcar à quitter les régions verdoyantes du nord et gagner le sud. Pour la plupart d'entre nous qui avons toujours évolué dans les zones dites tempérées d'Amérique, c'est un émerveillement de chaque jour que la mobilité permanente de ces reliefs tourmentés qui jouent de leurs ombres et de leurs coups de lumière pour réjouir nos regards. Rien ne me plaît autant que de seller un de mes chevaux quand le temps est encore frais et de partir à la découverte de ces paysages irréels, de cueillir des fleurs, de me remplir du silence et de la beauté sauvage de ces grandes constructions célestes que la main des hommes a laissées intactes.

Le public qui vient nous admirer dans les petites villes que nous traversons est plus rustique et plus pauvre ; des gens à la vie rude qui nous paient davantage en rires et en applaudissements qu'en monnaie sonnante et ne se gênent pas pour nous voler. La rage au cœur, Hamilcar brade ses prix pour remplir son chapiteau et n'a qu'une hâte : atteindre au plus vite les villes océanes qui sont plus prospères.

Est-ce le fait d'avoir pesté contre dame Fortune ou une simple facétie du mauvais sort mais le mois de septembre 1891 nous attend à Blackstone en Virginie avec une tornade dévastatrice. Comment oublier ce cône inversé qui dandine sur sa pointe, aspirant tout sur son passage, déracinant arbres et maisons. Une poignée de minutes et notre chapiteau est en charpie, nos gradins démantelés, nombre de nos roulottes renversées, nos chevaux éparpillés dans un vacarme terrifiant où se mêlent cris et rugissements de fauves. Quand passe le cyclone, mon plancher se soulève et je me jette sur ma harpe avec une couverture pour la coucher de tout son long. Ma roulotte chaloupe, puis bascule sur le flanc dans un tintamarre d'objets, dont certains se brisent. J'appelle en hurlant Lucette et Jeanne. Toute ma peur se concentre sur elles. Je sors dès que les éléments se calment, cours jusque chez Omer où je les retrouve épouvantées.

Mes yeux s'ouvrent ensuite sur ce village anéanti, ces blessés que l'on sort des décombres, ces cadavres que l'on pleure. Parmi nous, Joseph, le fils de Solange, et Jack, un jeune palefrenier, ne se relèveront plus d'avoir tenté de coucher les mâts pour abattre la toile au sol. Écrasé pour l'un et frappé de plein fouet par un projectile pour le second, ils sont morts sur le coup : un drame sans précédent qui s'ajoute aux contusions et aux frayeurs de chacun. Le désastre a beau être général, une souffrance n'est pas l'autre. Ainsi, la petite amoureuse du palefrenier fait peine à voir et nous l'entourons de notre affection en sachant qu'elle est jeune et survivra à ce chagrin. Je m'inquiète davantage pour Solange qui en a tellement vu et pour laquelle ce malheur ultime signe, à ce que je pressens, sa propre capitulation.

Je demeure souvent près d'elle pendant que le cirque se reconstitue tant bien que mal avant de se replier comme une armée défaite sur Baltimore. Je me montre aussi solidaire d'Hamilcar et de Frida que ce revers met sur la brèche et qui ont bien besoin de notre solidarité pour surmonter ce malheur.

Sam, Kim et Boubakar rejoignent notre équipe après la tornade pour nous prêter main-forte. Trois Noirs rieurs et palabreurs, affranchis depuis la guerre de Sécession de l'emprise des planteurs de coton, trois instrumentistes débridés qui trouvent leur bonheur dans une musique rythmée et dansante où s'associent banjo, washboard, chant et… cruchon de terre pour les basses.

Sarah et James, les deux gardiens de nos entrepôts, sont surpris de nous voir débarquer début octobre alors qu'ils ne nous attendaient qu'un mois plus tard. Sitôt dans notre cantonnement, les mâts sont dressés dans le grand hall en attendant la confection d'une nouvelle toile, et chacun propose ses talents et sa générosité pour remettre les roulottes en état et réparer les dégâts.

L'hiver promet d'être long et si Solange en voit le commencement, elle n'en verra pas la fin. De l'endroit où j'ai élu domicile, j'observe les trapézistes à l'œuvre et je peux deviner que les cœurs qui voltigent n'ont qu'une légèreté de façade.

J'ai reçu mon paquet de lettres des mains de James et je donne des nouvelles à mes amis en me gardant bien de dramatiser la situation. Dehors, nos trois recrues jouent et chantent à tue-tête et il me démange de me joindre à elles avec ma grande harpe. Dans l'ensemble, je vais mieux que l'année écoulée à pareille époque et trouve dans le quotidien mon content.

20

Une surprise de taille m'attend un matin à Baltimore. Alors que j'ouvre les deux battants de la porte de ma roulotte pour y inviter le soleil, j'aperçois à proximité le tipi de Springfield, ouverture pointée dans ma direction avec en sentinelle ses deux loups majestueux. Je ne fais ni une ni deux, enfile mes bottes et cours à sa recherche en clamant son nom.

Quand il surgit face à moi, aussitôt je lui saute au cou et l'embrasse.

— J'ai eu si peur pour toi ! J'ai cru…

Je suis soudain gênée de mon emportement et le sens embarrassé lui aussi. Rien dans son visage qui me dise qu'il était à Wounded Knee un an plus tôt aux côtés des siens. Heureusement, Hamilcar me sauve de cette situation délicate en venant se joindre à nous.

— Voilà un homme qui tombe à point nommé ! lance-t-il en tournant ses moustaches comme il le fait sur la piste quand il endosse le costume de Monsieur Loyal. Comme tu le constateras, Springfield, on n'est plus de trop ici. Et que nous vaut l'honneur de ton retour ?

La réponse de l'Indien nous laisse pantois :

— Je viens marier Lena !

Hamilcar grimace, son visage se contracte, puis libère un rire nerveux, incontrôlé, incongru. Très vite, il nous demande d'excuser sa grossièreté qu'il justifie par son extrême nervosité.

Springfield me fixe de toute sa hauteur. Son regard noir appuie sa demande avec une force irrésistible. Je me tiens droite, moi aussi, les bras ballants. Il soufflerait que je m'envolerais comme une semence au vent. Ma vie repasse avec ses espoirs, ses attentes, ses silences, ses tendresses muselées, déçues, ses interdits, ses attentes encore... Je perçois une telle franchise dans la requête de Springfield, un tel engagement que cela me fait du bien de l'entendre répéter :

— Lena, je te marie.

Avant lui, lequel de mes hommes a fait preuve d'autant de transparence ? Certainement pas Sigmund qui, l'âge avançant, cherchait une forme de régularisation de son statut de célibataire, ni Cyrille pour qui j'étais une maîtresse parmi d'autres. Non plus Lazare, attaché à ses chaînes et incapable de suivre les élans de son cœur.

Dieu qu'il m'a manqué, Lazare, de te voir un jour planté devant moi pour me déclarer :

— Je veux que tu sois mienne, Lena, l'unique, la choisie, l'aimée.

Springfield m'observe comme un chasseur aux aguets tient un gibier en joue. Il a pensé quinze mois, vingt mois peut-être. Aujourd'hui, il demande et attend réponse. J'ai le vertige.

Je n'ai aucune imagination de la vie d'une femme blanche au côté d'un peau-rouge. Je sais juste à quel point ils sont haïs sur ce continent nouvellement découvert dont ils furent les seigneurs avant de devenir les rebuts. J'ai eu vent des actes de barbarie dont ils se sont rendus coupables comme croquer à pleines dents le cœur d'un ennemi, ou scalper leurs victimes. Je ne suis pas sans avoir lu ces choses monstrueuses relatées par les gens de ma race qui, comme chacun sait, portent la lumière en ce monde en étant pacifiques et civilisés, incapables de cruautés. Tenez donc !

Je n'ai rien où me raccrocher. Mon esprit tourneboule. Moi, ma harpe indissociable, ce tipi ambulant en guise de maison, ce guerrier fier qu'on ne relègue pas dans une réserve et qu'on n'achète pas avec des verroteries ou avec de l'alcool. Je le devine ébranlé par le massacre des siens et j'ai peur. Il y a en deçà de son désir une part d'inconnu, de noirceur, une soif inassouvie de vengeance que je ne mesure pas.

Springfield ne cille pas. Il attend de ma bouche une réponse qui ait la même clarté que sa demande, la même innocence. Pas le temps de me torturer les méninges, de minauder, de sortir la balance pour un pesage d'épicier. Je ne sais plus ou je sais trop. Je suis encombrée alors que la question de l'amour et de l'attirance ne se pose pas. Il m'aime et parle à mon cœur. Un point c'est tout ! Cette évidence habille nos visages, éclaircit nos traits sous ce soleil de novembre.

Hamilcar ne s'est pas retiré. Il a sorti un cigare et bataille avec de mauvaises allumettes quand je brise le silence pour répondre à Springfield :

— C'est oui ! Je me donne à toi.

Inoubliable et insolite cérémonie où les deux cultures se mêlent, où s'associent nos coutumes et nos couleurs respectives. Dans le clan de Springfield, quelques Indiens surgis d'on ne sait où et, du mien, mes amis du cirque qui sont pour la plupart communs à tous les deux. J'ai choisi Frida comme témoin. Elle a cousu ma robe nuptiale, l'a relevée de fils d'or. Le pasteur, que Gus s'est chargé de convaincre et qui reçoit au temple nos consentements, arbore une mine désapprobatrice qui refroidirait le plus audacieux des parieurs. En ce qui concerne mes filles, leur cœur est totalement ouvert. Du côté d'Omer, l'ombre fugitive d'un regret.

Le banquet se déroule sous notre chapiteau flambant neuf éclairé à l'électricité, dernière nouveauté. Arrosée, opulente, débridée, dansante avec ses chansons à boire, ses discours avinés, ses déclarations d'amour, la fête libère les entraves des corps, autorise les gourmandises, fait tomber le corset des convenances. Un moment, ma harpe s'encanaille avec le trio de Sam, Kim et Bouba. Les cuivres et les tambours de la fanfare se rallient à nous. Lucette et Jeanne mènent la danse. Le jour est près de se lever quand nos convives se retirent et que nous nous éclipsons à notre tour.

Si je reviens sur le sentiment qui m'anime le jour de mon mariage, il est un subtil mélange de vertige, de joie, de désillusion et d'espérances ténues. Je me sens reine au côté de Springfield et cet homme me traite comme telle. J'aime la délicatesse et la lenteur avec lesquelles il prend possession de moi, de vague en vague, de caresse en caresse, m'amène à l'abandon de toutes mes écorces, que je le reçoive en nudité de toute pensée, de toute opacité de mémoire, que nos jouissances se conjuguent et se répondent. Je me repais de sa beauté féline. Sa crinière lâchée est bleue pour mes yeux, un ciel de nuit sans lune, un torrent sous la montagne.

Je demeure avec toi, Lazare, dans l'épaisseur de ce corps, dans sa souplesse et sa sauvagerie. Tes mains, ta vitalité restent ancrées en moi. Je vous aime me faisant l'amour toute âme confondue, l'un appelant l'autre, l'autre recouvrant l'un. Tous trois dans la même sphère qui est notre planète d'éternité.

Avec Lazare, je fus enceinte d'une malédiction, avec Cyrille, je fus convaincue de mon infertilité, avec Springfield, je vois éclore en moi le ferment de l'enfant tant désiré, un prodige fragile sur lequel je veille d'heure en heure, de jour en jour, de semaine en semaine pour que cette fois il ne s'échappe pas de l'enclos de ma chair et de mon souffle. Springfield qui est discret comme un mocassin fait bel accueil à ce chant de vie dont il a vu nombre de notes s'éteindre à Wounded Knee.

— Tous ces mots que tu as écrits sur le papier appartiennent au monde des Esprits, me confie-t-il un jour, lors d'une de nos leçons d'alphabétisation alors que je me réfère à la page où étaient consignés les noms de ses proches.

— Il y en a bien un qui…

Il reste sur un silence recueilli. Je tends les bras vers lui, l'embrasse, lui dis que je voudrais avoir dix ventres, cent ventres pour ressusciter sa grande famille, briser son deuil et éteindre sa rage vengeresse qui l'a conduit à blesser mortellement le lieutenant James D. Mann du 7e de cavalerie, un des principaux acteurs du massacre de Wounded Knee.

En représentation avec les danseurs Lakota à la mission Drexel, il a attiré le génocidaire et ses hommes dans un guet-apens, et a rendu justice avant de disparaître.

« *Remember Custer !* » hurlaient les soldats en égorgeant les femmes et les enfants de la tribu de Springfield. À mon enfant futur, je jure de dire un jour : « Souviens-toi de Springfield qui a remisé les armes de vengeance pour renouer avec le pari de l'amour et de la vie. »

Après l'expérience désastreuse de la dernière saison, la caravane repart en mars pour une saison qui la promène cette fois de Virginie en Ohio. Je suis heureuse avec Springfield et m'adapte, en bonne épouse, à son mode de vie sans pour autant renoncer à mes activités ni à mes passions. Grâce à lui, je me familiarise avec un Dieu de lumière pure, débarrassé de toute imagerie, m'acquitte chaque matin, comme il le fait, d'une muette oraison face à l'Immense et au Grand Silence. J'apprends aussi à le connaître et à accepter qu'il soit moins souple au quotidien que sur la piste.

Quand je lui résiste, il prétend ne jamais avoir croisé animal plus rétif que moi. Comme si le couple était une affaire de dressage de la femme par l'homme et non d'apprivoisement réciproque. Nos heurts sont de courte durée, balayés par le souffle de notre amour.

En représentation à Cincinnati durant la deuxième moitié de juin, alors que j'en suis à mon quatrième mois de grossesse, je reçois à ma grande surprise la visite de deux hommes représentant la Pinkerton Agency.

— Nous sommes chargés d'enquêter sur la disparition de Percy Murdoch, me lance sèchement le plus jeune des détectives en me mettant sous le nez une photo du revenant.

— Vous connaissez cet homme ? demande le plus âgé en me gratifiant d'un regard courtois.

Difficile pour moi de nier.

— Nous nous sommes croisés en Belgique, dans le bassin de Charleroi, en août 1886. (J'ajoute en jouant l'étonnée :) Et de quand date cette disparition ?

— Vous le savez tout autant que nous ! réplique le blanc-bec.

— Je ne lis pas les journaux ! ai-je le tort de répondre.

Le plus vieux des Pinkerton sourit de ma repartie.

C'est un homme distingué dont la bonne tête grise inspire la confiance et appelle la sympathie. Je l'ai vu regarder l'anneau à mon doigt et promener un œil sur ma silhouette.

— Nous ne vous importunerons pas davantage pour l'instant, madame, tranche-t-il avant de prendre congé.

J'étais sûre de moi, un rien bégueule, et me voici terrorisée après leur départ. Hormis les derniers arrivants, il n'est pas une personne attachée à ce cirque qui ne soit au courant du sort qui fut réservé à Murdoch et à sa bande. Je gagne sans attendre la roulotte d'Hamilcar. Prévenu de la visite des détectives, il est dans tous ses états.

— Nous sommes faits ! fulmine-t-il avant d'ajouter maladroitement : Dans quel guêpier tu nous as fourrés, Lena.

Les larmes me montent aux yeux.

— Je vais leur avouer que c'est moi la coupable… Je vais me livrer.

— Mais tu n'es pas la seule impliquée. La complicité pour meurtre est un délit, que je sache ! C'est la mort de notre cirque ! conclut-il d'un ton pathétique.

Je suis anéantie et pars rejoindre Springfield pour lui confier ma peine et mes craintes, m'assurer qu'il ne va pas régler le problème à l'indienne comme il le fit à la mission Drexel en liquidant le lieutenant Mann. D'un forain à l'autre, le mot est vite passé de jouer la carte de l'ignorance alors même que les professionnels poursuivent méthodiquement leur enquête en allant de roulotte en roulotte.

L'écueil redouté affleure avec notre pauvre Jeanne qui, en voyant la photo de Murdoch, se détourne et éclate en sanglots. Les Pinkerton peuvent momentanément suspendre leurs interrogatoires. Ils tiennent le bon bout.

Ce séisme tient la communauté en effervescence jusque tard dans la soirée. Nous sommes quelques-uns cette nuit-là à ne pas fermer l'œil. D'écouter les réflexions des uns et des autres me renforce dans ma conviction de me mettre à disposition de la justice et d'expliquer la mort de Murdoch par la réaction de panique qu'ont générée chez moi l'enlèvement de Jeanne et l'inquiétude de la voir mourir. Quel jury normalement constitué me condamnerait pour m'en être pris à un ravisseur d'enfants ?

Impossible de rallier Springfield à ma décision. Pour avoir éprouvé la déloyauté des Blancs, il n'a aucune confiance dans ces langues fourchues.

— Ne prends pas les devants, Lena ! m'exhorte-t-il.

Un peu plus tard, il revient sur le sujet :

— Il faut connaître son ennemi pour bien l'affronter, Lena. Dans ton cas, son visage t'est inconnu.

La circonspection n'est pas mon fort mais j'ai la sagesse, cette fois, de me ranger à l'avis de mon guerrier et de ne rien précipiter.

Dans les jours qui suivent, les Pinkerton ne se manifestent plus et je ne sais plus quoi penser.

Le 30 juin ramène au campement le plus âgé des enquêteurs. C'est moi qu'il vient voir. Le détective fait montre de la même amabilité en se découvrant devant moi et en me servant du « madame » trempé de déférence. Je serais en confiance si je n'avais en mire les recommandations de Springfield. Il se présente cette fois : « Timothy Evans. »

Je lui propose de le recevoir dans ma roulotte.

— Nous y serons mieux pour parler.

Arrivant à proximité, j'entends les voix enjouées de Lucette et de Jeanne. Les deux amies s'adonnent à des tâches ménagères et déguerpissent à reculons quand elles me voient accompagnée de M. Evans. Même gêne du côté du détective qui s'excuse de l'embarras dont il est la cause. J'ai droit à l'ébahissement du vieil homme quand il se trouve face à ma harpe.

— Quelle splendeur ! s'exclame-t-il en tournant autour d'elle comme s'il s'agissait d'un reliquaire.

Et le voici en train de m'interroger sur la fonction des pédales, la tension des cordes, le poids, les difficultés attenantes au transport de cet instrument fragile.

Evans me raconte sa passion pour la musique ; lui-même taquine le piano depuis quatre ans. Il adore Brahms, Schubert, Chopin, Schumann. Il est ami avec Antonin Dvořák, un compositeur tchèque qui écrit en ce moment une symphonie à la gloire de ce continent prometteur, il parle même de me présenter un jour à ce musicien.

Si je m'en réfère aux mises en garde de Springfield, mon visiteur tisse son piège et je surveille chacune de mes réponses.

À mon étonnement de ne plus voir à son côté le jeune détective qui l'accompagnait lors de sa première visite, il m'explique succinctement :

— John a été appelé d'urgence à Pittsburgh. Du grabuge dans une aciérie ! La direction nous demande de rétablir l'ordre… De la sale besogne à laquelle je suis bien content de ne pas participer !

Voilà un élément que je peux facilement vérifier après notre rencontre.

J'attends qu'Evans revienne à Murdoch et ce n'est qu'en toute fin de notre entretien que le vieil enquêteur, avec la même aménité qui caractérise notre échange, donne sa version des faits, me parle de ma liaison avec Lazare entamée fin mars 1886 pendant les grèves sauvages qui embrasèrent le bassin de la Sambre, évoque l'altercation avec les souffleurs qui coûta la vie à deux émissaires de la Pinkerton :

— Un patron-verrier étranger, excusez-moi d'en taire le nom, approche en douce deux de nos agents, Murdoch et Campbell, pour qu'ils récupèrent des formules de couleurs dont un ambre opalescent aux reflets rosés, baptisé par son inventeur « le crépusculaire ». Le contrat est juteux et ne passe pas par la Pinkerton. Alors qu'il s'enfuit avec les feuilles qu'il a subtilisées dans le coffre de la verrerie des Hamendes, Campbell est poursuivi par deux verriers puis tué. Le document est découvert dans sa poche, puis repris. Murdoch ne lâche pas le morceau, il identifie les meurtriers, en retrouve un qu'il supprime pour venger son associé. Sur la piste du dénommé Lazare, il fait vite le lien entre lui et vous, se doute que vous détenez ce qu'il cherche. Alors qu'il est sur le point de coincer votre ami, il prend un coup de couteau et est laissé pour mort. Alité, il perd votre trace jusqu'au jour où vous resurgissez à Mons le 10 décembre 1889 en compagnie de votre avocat. De là, il a beau jeu de vous retrouver. Cette affaire ne dépendant pas de l'agence, il engage quelques hommes de main à son compte pour le cas où il n'arriverait pas à vous intimider. Je connais ses méthodes. Vous êtes femme de tête, ce qui vous honore, et vous prétendez que vous n'avez pas ou plus ces documents. Qu'à cela ne tienne, il enlève la petite Jeanne pour faire pression sur vous en croyant qu'il s'agit de votre pupille. Ce qui devait se régler entre vous devient l'affaire des forains ! Le cirque en émoi passe immédiatement à l'action. Il regorge d'artistes de grande adresse, acrobates, lanceurs de couteaux, tireurs d'élite et j'en passe. Murdoch est abattu, Jeanne libérée, les crimes maquillés. Et vogue la galère…

Un sourire monastique clôt ce réquisitoire. Je reste sans voix et mon silence m'incrimine.

— Je suis seule responsable du meurtre de Murdoch, finis-je par dire. C'est moi qui l'ai tué. Personne d'autre.

Evans se lève, prend son chapeau, me baise galamment la main.

— Au revoir, madame.

Il se retire et, sur un dernier coup d'œil pour ma harpe, me lance :

— Il me plairait de vous entendre jouer un jour.

Il me demande de rester à la disposition de la justice, puis quitte le campement, pensif, les mains derrière le dos.

Anéantie, je le suis des yeux jusqu'à ce qu'il disparaisse.

21

Timothy Evans repasse le lendemain. Il est à nouveau seul et je sens à son attitude qu'il est tracassé. Même affabilité, même salutation à ma harpe, même déférence au monde de la musique et des musiciens. Je suis une souris entre les pattes d'un chat. Je tire ma chaise paillée, l'invite à s'asseoir, et m'installe face à lui. Un soupir ouvre l'entretien.

— J'ai été engagé par Allan Pinkerton, il y a trente-cinq ans, et je suis aujourd'hui le plus ancien détective de l'agence. J'ai été amené, durant ma carrière, à élucider toutes sortes d'affaires. J'ai démonté des complots, démasqué des gens que tout innocentait. Plus rarement, j'ai sorti des griffes de la justice des prévenus que tout accusait et je compte là mes plus belles victoires. Contrairement à la majorité de mes confrères, une condamnation, fût-elle méritée, m'a toujours affecté et, plus je vieillis, plus mon cas s'aggrave. Tout cela pour vous dire que vous me posez un problème de conscience et que, depuis quelque temps, je dors mal.

— Je ne comprends pas où vous voulez en venir, fais-je d'une voix étranglée.

Le sourire avenant qui éclaire de façon permanente le visage d'Evans s'estompe et son expression devient plus austère.

— Ce que vous avez fait est gravissime aux yeux de la loi et se soldera, croyez mon expérience, par une peine disproportionnée. Sur le plan humain, je dois vous concéder que ce dossier me pèse et que je donnerais tout, en ce moment, pour être déchargé de cette affaire.

Après une pause, Evans reprend :

— Il y a sept ans, j'ai connu un cas similaire au vôtre. Une adolescente qui avait planté un stylet dans l'œil d'un notable qui abusait d'elle et provoqué sa mort. Elle le défenestra ensuite de sang-froid après avoir très méticuleusement et malicieusement maquillé son acte pour que les enquêteurs privilégient la thèse du suicide. Si ce crime avait des accents de préméditation, je me suis toujours reproché d'avoir confondu cette enfant et, par voie de conséquence, de m'être indirectement retrouvé responsable de son exécution.

» Le monde de la justice est cruel, madame ! Impitoyable ! Par vocation dissuasive, il souligne la violence de la vie et des hommes plutôt que d'en adoucir le trait.

Souriant à nouveau, il poursuit :

— Mais je vous ennuie avec mes considérations philosophiques. Si l'on parlait de vous, de vos rêves, de vos projets ? Vous êtes enceinte à ce que je vois ?

Complètement déstabilisée par le tour que prend cet entretien, je lui lance dans un souffle :

— J'attends un enfant et j'ai peur pour lui, pour nous ! Comment voudriez-vous qu'il en soit autrement ?

Les larmes me montent aux yeux et Evans se confond en excuses. Il s'éloigne du sujet pour émettre quelques poncifs sur les violences raciales et l'insécurité des grandes villes, me parler de sa femme qui est très anxieuse et qui ne supporte pas qu'il rentre à la nuit tombée.

Puis il se retire sans que je saisisse ce qu'il cache derrière ses cartes. Je suis à bout.

Le lendemain, je chante un aria de Scarlatti en m'accompagnant à la harpe quand Evans frappe à la porte de ma roulotte.

— Continuez, insiste-t-il alors que je l'invite à entrer.

La chaise est restée où elle était et il la place face à l'instrument.

— S'il vous plaît !

Il s'assied tandis que, après une hésitation, je regagne mon tabouret et reprends mon morceau. Les yeux clos, il écoute, la mine réjouie. Le temps ne compte plus pour lui et je développe la partition, pars sur un autre thème en implorant la musique de plaider en ma faveur, en la faveur du petit que je porte.

Quand je repose ma harpe sur ses pieds, Evans me dispense des compliments enflammés.

— Vous croyez au hasard ? me demande-t-il soudain.

— Je crois à la bienveillance des anges et des bonnes âmes !

Il sourit, marque un temps avant de poursuivre :

— Hier, nous étions deux sur cette enquête. Aujourd'hui, je suis seul.

— Vous voulez dire que votre coéquipier…

— John est mort noyé. Un affrontement a eu lieu hier à Pittsburgh entre grévistes des aciéries de Pennsylvanie et la Pinkerton. Trois cents gardes de nos services ont tenté d'intercepter les émeutiers en venant par bateaux. Les ouvriers les attendaient sur la rive et ce fut l'hécatombe.

— Je suis désolée pour votre ami.

— Mon collègue ! rectifie-t-il.

Voyant ma surprise, il tente d'expliquer indirectement sa froideur :

— Depuis le début, je désapprouve l'implication de l'agence dans des coups de force comme ceux-là. C'est indigne ! De son vivant, Allan Pinkerton n'aurait jamais accepté cela. Tout a changé depuis que ses fils ont repris l'agence. Il est plus que temps que je rende mon tablier, conclut-il.

Passant du coq à l'âne comme il a coutume de le faire, Timothy Evans finit par en venir aux faits :

— J'ai beau me torturer les méninges, je ne peux pas croire que vous ayez réussi à abattre Murdoch. C'était notre meilleur agent, un as sur tous les plans. Vous couvrez quelqu'un du cirque, Lena. Je pense à votre mari, à Omer ou, pourquoi pas, à Ravasio.

Passant outre les recommandations de Springfield, je me rends et raconte par le menu, en mettant mes compagnons à l'écart de mon récit, la cotte de mailles d'Hamilcar, le maquillage blanc flanqué de larmes noires, mon insouciance de Pierrot qui fâche Murdoch, les documents étranglés qui nécessitent deux mains pour être déroulés, le minuscule revolver à poignée de nacre pointé sur son front, mon doigt qui se crispe sur son rire, le coup qui part.

Evans m'écoute les yeux fermés comme quand je jouais de la harpe. Par contre, son visage est contracté, ce qui me fait penser que, si la musique passait par son cœur et illuminait ses traits, ma confession parle à son intelligence et le tourmente. Les questions succèdent aux questions. J'ai l'impression d'une meule de moulin qui tourne et me broie de plus en plus finement.

L'interrogatoire se termine sur ces mots :

— Là, j'entends la vérité !

Je regarde le détective se lever, remettre la chaise à sa place. Je suis ailleurs quand, me saluant, il me remercie pour ma franchise, ma collaboration, revient sur le plaisir qu'il a eu de m'entendre à la harpe.

— Vous avez une voix splendide, ajoute-t-il.

Ai-je eu raison de m'être livrée de la sorte ? J'ai le sentiment confus de m'être jetée dans la gueule du loup, que j'en ai trop dit. Je me décompose au contact d'Evans. Il me tire ma substance et finira bien par tout savoir de ce qui s'est passé, débusquer les implications de chacun. Je me sens comme ces saules rongés de vermine qui se creusent de l'intérieur. J'ai une telle envie de fuir, de me soustraire à ses investigations qui m'amèneront tôt ou tard à tout avouer, à confondre mes amis.

Evans parti, Springfield me découvre en proie à des tremblements qui se transforment en fièvre dans l'heure qui suit. Ma tête me fait horriblement mal et il me met au lit. Je vomis tout ce que j'ai dans le corps, je gémis, je panique à l'idée de faire une fausse couche. J'entends la voix de Victoire, la mère de Gus. On m'aide à ingurgiter une potion que je recrache pour moitié. Puis viennent Lucette et Jeanne mais aussi ma gentille maman dans ma robe de gala. Maggy porte la ceinture où j'ai écrit les formules et se farde le visage de rouge pour entrer en piste avec les filles. Lazare est prisonnier d'un canon de verre retourné sur lui. Il a mis un beau costume beige avec un gilet du même tissu, me parle sans que le son de sa voix me parvienne. Soudain, apparaît la tête de Murdoch. Elle est détachée de son corps et tourne autour de moi comme un énorme insecte avant de se transformer en cet agglomérat monstrueux qui sortit de mon ventre durant la traversée de l'Atlantique. Je crie, je me lamente, je sanglote, je délire trois jours et trois nuits, me dira plus tard Springfield.

Deux mois sans nouvelles de Timothy Evans. Nous poursuivons la tournée et présentons maintenant notre spectacle à Columbus. Bientôt septembre et j'en suis à mon sixième mois de grossesse.

Alors que je donne un cours de harpe à Julia, la fille de Susan, Frida surgit en claudicant dans ma roulotte avec le *New York Times* sous le bras. Elle déploie le journal sur ma table avant de s'installer sur un tabouret, la jambe de côté :

— Reste assise, Lena. Et écoute-moi !

J'ai droit à la lecture, dans un anglais mâtiné de provençal, d'un article qui relate la mort de Murdoch à l'hospice des insensés de la rue Volière à Liège. J'en suis bouche bée.

La Pinkerton Detective Agency a reçu par voie postale dans ses bureaux de Chicago un insigne appartenant à l'un de ses agents. La plaque était accompagnée d'un courrier en provenance de Belgique. Écrite par un frère cellite, responsable de l'asile des insensés de la ville de Liège, la lettre atteste la mort d'un pauvre aliéné confié aux soins de l'institution en mai 1890.

Responsable de l'enquête sur la disparition de Percy Murdoch, le Pinkerton Timothy Evans a été envoyé sur place et peut affirmer aujourd'hui, preuves à l'appui, qu'il s'agissait bien de son infortuné collègue rapatrié du Congo dans un état désespéré.

Ma main se pose sur mon ventre, que l'enfant se rassure. Je respire.

Soudain, ma joie éclate. Je me lève d'un bond, j'embrasse Julia et Frida, je me jette dans les bras d'Hamilcar qui survient chez moi hors d'haleine.

— Tu l'as embobiné, Lena ! s'exclame-t-il.

Tous ensemble, nous courons auprès de Springfield, Omer et les filles pour leur annoncer la grande nouvelle. Quel soulagement !

De retour dans ma roulotte, j'en viens à toi, Lazare, au poids libérant tes épaules à la lecture de cet article du *New York Times*. Je voudrais être une petite souris et t'observer à cet instant. Une page se tourne dans ta vie et si tu ne sais rien de mon rôle dans cette libération, je sens inexplicablement approcher le jour où tu souhaiteras me revoir, te réconcilier avec moi que tu as brisée de tes silences, de tes principes rigides, faire la paix entre nous, avec toi, afin que l'existence nous répare chacun de notre côté et ne verse pas dans l'oubli ce qui fut le grand amour de nos vies.

Je suis ramenée à la nature avec Springfield, reconquise à la beauté des arbres, des fleurs, des rochers, des rivières, des sentiers qui s'éloignent de toute construction des hommes. Pas un jour depuis que nous sommes unis où il ne selle le poney roux et blanc qui est son cadeau d'époux comme une invitation à l'accompagner dans ses escapades. Jamais il ne sacrifie à ce rituel, que je vienne ou pas avec lui. J'ai fierté à chevaucher au côté de ce splendide cavalier, et me laisse surprendre à tout moment par l'extraordinaire acuité de ses sens. Pas un bruit, une odeur, un mouvement insolite qu'il ne débusque. Nous nous ébattons dans les bras des rivières, préparons des abris où nous faisons l'amour en grande douceur. À l'image de ce que mes doigts sont à ma harpe, ma bouche à mon chant, Springfield se révèle à moi comme un être accordé sur tout ce qui procède à la vie et en découle. Respectueux du gibier, il chasse pour assurer notre subsistance, mais pas au-delà, cueille plus qu'il n'abat ce saumon, ce volatile, ce lièvre qui constituera la pitance du jour. Hors piste, Springfield évite l'homme blanc dont les sentiments à son égard sont imprévisibles. Je découvre par lui la douleur d'être méprisé et je partage cette souffrance sourde qui me révolte.

Début octobre, alors que nous revenons d'une promenade le long de la rivière Ohio à Parkersburg, Lucette vient à notre rencontre en courant et me chuchote, la mine embarrassée :

— Il est là !

Pas besoin de préciser de qui il s'agit.

— Lazare est là, dis-je à Springfield.

Le regard que je pose sur lui quémande de sa force et de sa bienveillance. Ma joie n'éclate pas. Qu'est-ce qui m'arrive ? Pourquoi cette retenue ? J'aurais hurlé mon contentement quelques mois plus tôt, éperonné mon poney pour rejoindre au galop mon amour. Là, je me laisse porter au pas de ma monture jusqu'au chapiteau, jusqu'à ma roulotte sur la plateforme de laquelle il s'est assis en m'attendant, apparaît devant lui sans débordement.

Vêtu d'un costume beige clair, il se lève tandis que nous descendons de cheval. Il est élégant, radieux, magnifique.

Lazare, souviens-toi ! Il faisait un temps splendide ce jour-là et vous étiez, Springfield et toi, à m'étayer, à maintenir chacun une de mes ailes, que je ne tombe pas. Mes hommes, mes amours, si beaux, si puissants l'un et l'autre, et pourtant si différents. J'eus si peur un instant de la manière dont vous alliez vous considérer, vous jauger, vous saluer. J'ai apprécié ce vent d'estime qui traversa vos regards, votre noblesse de cœur à tous les deux.

Springfield prend nos chevaux par la bride et se retire. Nous tombons dans les bras l'un de l'autre et je te retrouve, mon Lazare, tel que je te connus. Mon amour pour toi resurgit tout aussitôt. Je vois ton œil se poser sur mon ventre. Je suis abasourdie quand tu me dis :

— Quel dommage que tu ne sois pas venue me rejoindre, Lena. Je t'attendais !

Rappelle-toi, Lazare. Je ne comprends pas tout de suite cette inversion de situation et je dénie. Je voudrais rester avenante mais mes sourcils se froncent. Tu m'expliques et je m'emporte subitement contre Falleur et déblatère même contre lui pour s'être gardé de me signaler que tu étais en rupture de ban avec Gabrielle, que tu quittais ta famille, tes biens, ton travail, tes compagnons verriers de Pennsylvanie pour refaire ta vie avec moi. J'enrage qu'il ne m'ait pas informé que se trouvait dans l'enveloppe le billet de bateau qui devait me conduire à Saint-Pétersbourg en Russie où tu avais trouvé de l'embauche.

— Ce n'est pas sa faute ! Il n'en savait rien. Personne n'en savait rien, m'affirmes-tu pour m'apaiser. J'ai bouclé mon bagage sur un coup de tête. Je n'en pouvais plus !

J'invite Lazare à entrer dans ma roulotte et il s'installe à la place que Timothy Evans occupa trois mois plus tôt. Je suis sous le choc de cette visite que je n'espérais plus et qui ramène à mon cœur mille ans d'attente. Il me dit que je suis belle et qu'il m'a toujours aimée. De mon côté, je n'ose trop exprimer mes sentiments. Dehors, Bouba chante une ballade du Sud sur fond de banjo et de washboard, une torture pour moi qui suis déjà au bord des larmes.

Pour ne pas donner prise à la nostalgie, j'interroge Lazare sur l'endroit où il vit et ce qui l'occupe aujourd'hui. Je suis étonnée d'apprendre qu'il s'est établi à Corona à Long Island et qu'il travaille à la fabrication de verres colorés à textures destinés aux vitraux de l'artiste-verrier Louis Comfort Tiffany.

— Avec Arthur Nash, nous développons la palette la plus complète de verres de couleurs jamais constituée, me précise-t-il non sans fierté.

Il me parle avec feu du verre fabrile, du verre drapé, du verre confetti, du verre à motif de plumes, du chenillé et ce sont ses yeux qui me fascinent, sa belle tête de héros mythologique qui m'inspire.

— Toute la difficulté réside en ce que les couleurs se fondent entre elles sans que la matière se fragilise et parte en morceaux.

Ses grandes mains balaient par moments l'espace et illustrent ses propos. Elles clament sur un mode gesticulatoire l'indestructible passion qu'il a pour ce matériau qu'il travaille depuis l'enfance. Il ne me faut pas beaucoup d'imagination pour les voir à l'œuvre, aux prises avec des pinces, des creusets de verre incandescent que l'on verse sur les tables, des rouleaux à motifs.

— Tu devrais voir les splendeurs qui sortent de nos ateliers, la beauté sans égale de certaines tonalités.

— Le « crépusculaire », par exemple ? dis-je, avec malice.

Lazare me sourit mais ne se désarçonne pas.

— Je te dois ce ton et bien d'autres. Je ne te remercierai jamais assez d'en avoir été la gardienne.

Il pose ses mains sur les miennes, les assemble, qu'elles fassent botte. Mes yeux se ferment. Le temps s'arrête autant pour lui que pour moi. Ce menottage me ramène dans l'atelier glacé d'Armand Dejasse : mes doigts détachés des coupelles de cristal, le premier baiser.

À présent, c'est au tour de Sam de chanter de sa voix rauque une complainte déchirante.

— Tu es heureuse, Lena ? me demande Lazare.

J'opine de la tête avec une régularité de balancier. Je n'ai pas la force d'ouvrir les yeux mais je souris.

Quand le temps de nos retrouvailles touche à sa fin, je me veux légère de la même façon qu'il fut fidèle à l'image que j'ai gardée de lui. Je souhaite qu'il me ressente moi aussi telle que j'étais au plus fort de notre amour naissant.

Lazare est venu par le train et je l'accompagne jusqu'à la gare. Au moment du départ, il se retourne vers moi et m'interroge :

— Murdoch ne t'a pas inquiétée ?

— Je suis aussi bonne que toi au jeu de cache-cache, dis-je en plaisantant.

— C'est mieux ainsi, conclut-il en montant dans le wagon.

Nous nous faisons signe longuement, puis je rentre au campement avec le regret d'avoir installé entre nous ce premier mensonge.

22

À sept mois de grossesse, je presse Hamilcar d'engager Sam, Kim et Bouba pour reprendre la partie « musico-burlesque » que j'assure dans le spectacle. Notre directeur tient à rester en bons termes avec sa fanfare et n'est pas ravi d'intégrer des gens de couleur dans le programme. Pour ne rien arranger, il me confie que la musique qu'ils jouent ne l'inspire pas beaucoup.

— Il nous reste un mois à tourner cette année, tu gardes le numéro au sol avec Gus tel quel, je te dispense de la nacelle et tu te joins à la fanfare pour accompagner les trapézistes.

Ainsi en décide le potentat.

Il n'est pas dans mon caractère de me laisser dicter ma conduite ou de me ranger quand j'ai une idée derrière la tête. Je vais donc de ma propre initiative convoquer le trio et lui proposer de m'accompagner dans des compositions de mon cru qui allient nos deux univers. Sam, Kim et Bouba ne se font pas prier. La bonne humeur plane sur nos répétitions et compense les difficultés que génère notre improbable alchimie. C'est que mes joyeux comparses ne sont pas à même de lire une note tandis que moi, qui suis de formation classique, je dois me torturer les doigts pour adapter mon jeu à la rythmique endiablée de certains morceaux. En fait, ce défi me stimule et plus j'avance dans cette exploration, plus je prends goût à la gaieté communicative de cette musique qui mériterait sa place dans le répertoire.

Suite à une deuxième offensive auprès de notre cher directeur, et grâce à la complicité de Frida, Hamilcar finit par lâcher du lest. Accaparé par la gestion du cirque, il se résout même à me laisser libre d'adapter mon numéro pour lequel il offre une passerelle sans engagement d'aucune sorte. Déjà soulagée de ne plus me laisser emporter en haut des mâts dans mon état, je ne suis pas mécontente de redevenir simple musicienne et d'abandonner à mes complices la part excentrique et clownesque de ma prestation. Et, si j'en juge à la réaction du public, le spectacle n'y perd pas au change. Hamilcar peut être satisfait.

Durant les dernières semaines qui précèdent la naissance de notre enfant, je me sens étonnamment détendue. Voilà longtemps que je n'ai plus été aussi sereine et rieuse. Parfois même, je parviens à dérider mon imperturbable Springfield qui est sérieux comme son frère l'aigle dont il porte le nom et n'a recours à la parole que lorsque cela est indispensable. Nous sommes totalement opposés sur ce plan mais cela ne pèse pas sur l'harmonie de notre relation. Springfield m'aime en me protégeant, en m'enveloppant tandis que j'ai le don de l'égayer, de le surprendre, de le sortir de ses rituels qui font insidieusement remonter son mal et ses deuils à la surface de sa vie. J'espère un jour voir sa peine se déraciner, qu'il cesse de convier par la danse, la transe, fumées et substances, les esprits de ses ancêtres et de ses morts. L'enfant que je porte est attendu dans l'amour. Le futur père souhaite un fils alors que la maman qui s'éveille en moi se réjouit des deux possibles.

Springfield parle un peu de lui pendant cette période. Il me montre le fusil à répétition qui est à l'origine de son nom et qu'il a subtilisé à un Wasichou, alors qu'il avait douze ans, le jour qui suivit la défaite indienne de Wagon Box. Il me raconte les années d'abondance, puis celles de privation, les bisons de son enfance, les rivières, la tribu, tout ce qui a fait clarté dans sa vie. Il se garde d'aborder les ombres du tableau : la bataille de Little Big Horn, l'assassinat de Sitting Bull, l'extermination de sa tribu et de Big Foot dans la crique de Wounded Knee. Springfield estime en effet que, pour amener les esprits à être bienveillants pour l'enfant, il doit favoriser la douceur de vivre et la paix des cœurs, ranimer les moments d'émerveillement plutôt que de rester sur l'âpreté des violences passées.

C'est un fils que je mets au monde le premier jour de décembre 1892. Un bébé superbe. Mais suis-je seulement objective ? Il naît des mains de Sarah et reçoit le nom indien de Wanbli' Tanka pour honorer la lignée de Springfield dont l'animal emblématique est… l'aigle. Je ne dis pas que je n'aurais pas préféré le faon ou l'écureuil, mais le père, en bon cavalier, restera à cheval sur sa désignation.

La naissance de Wan, notre petit, est saluée en fin d'année par l'arrivage aux entrepôts de Baltimore d'une caisse en bois blanc de la taille d'une niche à chien, un cadeau d'envergure en provenance de New York frappé sur toutes ses faces des mots « fragile ». À l'intérieur, une merveille de glassharmonica. Sur le bâti de l'instrument, LENA est écrit en lettres d'or, comme s'il s'agissait de la marque de l'instrument.

Tu m'as touchée à cœur, Lazare, avec ce présent qui associe la limpidité du cristal à la musique, que nos mondes de pureté se rejoignent là où nos vies se sont séparées. Que je reste de lumière et part de ta lumière. Tu ne pouvais mieux faire pour accueillir en ce monde l'enfant que nous n'avons pas eu ensemble : un noble geste d'adoption.

Le soir de Noël, je disposai l'instrument sur son support et apportai de l'eau pour en jouer. Des braseros brûlaient et tous les forains étaient ressemblés autour de moi quand le verre s'est mis à chanter. De glisser mes doigts dans ton ouvrage me rapprocha de toi. Wanbli' Tanka qui dormait dans les bras de son père s'est réveillé et a souri. Tu étais des nôtres.

Alors que la longue pause d'hiver sous les hangars sinistres de Baltimore m'a toujours pesé, cette année-là, je ne vois pas passer les quatre longs mois d'intempéries et de froidures. En cause, les goulues et rituelles tétées de Wan, les tâches maternelles et ménagères, le ramassage du bois, le développement de notre répertoire avec mon trio exubérant, sans oublier, bien sûr, quand le temps le permet, les échappées en compagnie de Springfield du côté de la baie ou de la rivière par des sentiers où nous ne rencontrons pas âme qui vive. Durant ces éclipses, ce sont mes chéries qui veillent sur le petit. Est-ce grâce à l'arrivée souriante de Wan dans notre nébuleuse mais je retrouve enfin ma Lucette en paix avec moi et avec elle-même. Je bénis les anges d'être libérée de nos tensions.

Quand je regarde mes filles, je ne peux croire qu'elles sont grandes à présent et que des garçons leur font la cour. Rouées aux disciplines acrobatiques, ces demoiselles sont ravissantes, irrésistibles. Jason, le fils aîné de Leslie et de Gus, est amoureux de ma Lucette. J'aime beaucoup ce garçon humble et curieux qui, je l'ai déjà écrit, figure parmi mes meilleurs élèves et dessine à merveille. Passionné de sciences naturelles, je le verrais bien botaniste, zoologiste ou encore minéralogiste. Je reviens périodiquement à la charge pour décider ses parents à pousser leur grand fils dans la voie universitaire mais cette suggestion les indigne autant que s'il voulait devenir cheminot.

— Tu seras clown comme ton père ! assène Leslie à ce pauvre Jason qui ne ferait pas rire une mouette et sourit plus facilement à la complexité d'une belle équation mathématique qu'aux pitreries paternelles.

Je tâche de convaincre Victoire, sa grand-mère, de me soutenir dans ma demande alléguant que si j'ai pu ouvrir Jason à tout un éventail de matières, j'ai atteint aujourd'hui mes limites avec lui.

Wan a presque quatre mois quand nous repartons sur les routes pour une nouvelle boucle qui couvrira la Pennsylvanie puis le Wisconsin. Le spectacle a beaucoup gagné avec l'embauche du trio et un bouche à oreille favorable nous amène à prolonger nos représentations pour répondre à l'affluence du public. La réputation du Miraggio Circus n'est plus à faire et il arrive souvent que des bateleurs, dresseurs et autres saltimbanques demandent à faire un brin d'audition devant notre directeur. C'est ainsi que se joignent à nous un illusionniste exceptionnel et sa partenaire reptilienne qui, mise en boîte, se laisse transpercer ou découper à la scie et au coutelas avec le plus suave des sourires.

Un jour, débarque aussi un adolescent qui, au dire d'Hamilcar, jongle avec le feu de façon stupéfiante et sur les capacités duquel Gus et moi-même sommes appelés à donner notre avis.

Installée dans les gradins avec Wan dans les bras, je vois apparaître à mon grand étonnement Noé, le fils aîné de Lazare.

D'une beauté lumineuse, le garçon fait l'unanimité parmi nous. Seule Frida émet une réserve qui n'a pas trait au jongleur mais au programme global.

— Le spectacle est assez long, déclare-t-elle. Inutile d'en rajouter.

Je propose une alternative où Noé prendrait part à la parade, cette promenade festive en périphérie du chapiteau qui a pour but d'attirer le chaland : un pis-aller pour ce talent prometteur. Le fils de Lazare est partant ! Je descends des gradins avec mon petit homme dans les bras et m'avance tout sourires vers le garçon pour lui souhaiter la bienvenue et m'excuser du maigre succès de mon intervention.

— Si cela ne tenait qu'à moi..., dis-je.

Je le félicite pour ses progrès en même temps que je cherche à comprendre ce qui l'amène ou le ramène ici. Je subodore une fugue ou quelque chose du genre.

— Que dit ta maman ? Elle est au courant au moins ?

— Je ne veux plus rester à la maison ! assène-t-il aussi sec.

— Pourquoi ? On n'est pas gentil avec toi ?

— Je les déteste. Je ne veux plus vivre là-bas, madame.

Ses yeux appuient sa supplique et s'en remettent à ma compréhension. D'être ainsi sollicitée, alors que j'ai toujours eu le mauvais rôle, suscite en moi un sentiment d'étrangeté. Je prends aussitôt la défense de Lazare :

— Mais ton père t'aime !

— Il est mort, mon père !

Je sursaute. Je ne comprends pas, je l'agrippe par le bras avec force.

— Mais non ! C'est impossible ! Ton père vit toujours !

Sa réponse me fait l'effet d'une poignée de poivre jetée en plein visage.

— Il a été assassiné il y a six ans, mon père. Et ma mère l'a suivi l'an passé si vous voulez tout savoir.

Je suis confuse, je balbutie des excuses en l'embrassant sur le front. Au bout d'un moment, je demande :

— Tu as revu Lazare ?

Noé profite de ma question pour justifier sa fugue :

— Il est parti lui aussi et il a eu bien raison. Il aurait quitté ma tante plus tôt si Hugo n'était pas tombé malade.

— Hugo ?

— Oui ! Mon cousin. Il a attrapé la tuberculose…

Les pions bougent sur le damier. Ma tête se perd dans une partie qui s'affole avec des cases noires qui deviennent blanches et inversement. J'apprends coup sur coup le décès de l'aîné de Lazare et que Pierre, son cadet, habite New York avec son père. J'entends que l'enfant qu'attendait Gabrielle lors de notre rencontre est d'un autre homme avec qui elle vit à présent. Un violent. La haine douloureuse de Noé mêlée à la tristesse de son récit me pousse au bord des larmes et c'est Wan qui se met à pleurer comme s'il voulait interdire à ma peine d'affleurer.

Je salue, Lazare, le respect que tu as eu pour Springfield en taisant cette épreuve que tu venais de traverser et qui a eu raison de nos retrouvailles. Tu as jugé bon de ne pas jeter des regrets sur mon nouveau choix d'amour et je t'en remercie. Plutôt que de déployer les hautes et claires voiles de l'imagination pour rester du même voyage, de la même attente, j'ai douté de toi. J'ai manqué les occasions de t'entendre, de te comprendre, de te disculper. Je n'ai pas tiré le bon fil et je m'en mords les doigts. Comment réparer ce dommage ? Je suis ailleurs maintenant dans l'impossibilité de revenir sur mes pas, remonter le courant du fleuve avec ses cascades, ses tourbillons, ses bancs de glace à la dérive. J'ai le verbe « capituler » au bout de la langue, en bout de plume et je rejette ce mot qui ne me correspond pas. Par toi, n'ai-je pas appris que, lorsque le verre se casse, il n'est d'autre choix que de repartir du feu, de refondre la matière, de recommencer la pièce ? Connaîtrons-nous une nouvelle fusion en cette vie ? Je crains que non !

Au fond, si je reviens en arrière, je n'ai jamais fait que passer à côté de toi sans rien voir, comme à Roux où je te cherchais là où tu n'étais pas, à Montréal où j'ai cru t'avoir perdu alors que tu me revenais, à Jeannette où j'ai fait le deuil de notre amour alors que tu faisais le deuil de ton fils, à Pittsburgh, enfin, où j'ai fermé la dernière lucarne de mes espoirs alors que tu m'invitais à te rejoindre.

Une force maléfique nous a séparés et me laisse chavirée à l'idée que je quitterai cette terre sans que nos arbres entrecroisent leurs branchages, entremêlent leurs fleurs et leurs fruits, sans ces reliances de pluies, d'oiseaux et d'ensoleillements qui devaient unir nos destinées.

Lazare au nord et Lena au sud. Pourquoi ce radeau déchiré en deux, à la merci de deux courants contraires ? Je t'ai perdu, Lazare. Et je pleure car les années n'ont rien détruit de mon amour.

De la même manière que j'ai pris Lucette sous ma tutelle à la mort de Maggy, j'ouvre mes bras au petit jongleur tourmenté que les circonstances ont conduit jusqu'à ma roulotte. Hamilcar se moque de moi et me traite de bonne sœur.

— À te suivre, mon cirque va finir en orphelinat.

— … Et plus tard en hospice pour veiller sur tes vieux jours, dis-je pour ne pas être en reste.

Springfield réserve à l'enfant un accueil qui correspond à sa nature taiseuse. Farouches l'un et l'autre, ils me donnent le sentiment qu'ils sont taillés pour s'entendre, pour s'apprécier.

L'intégration de Noé n'est pas simple. D'une timidité native, il est toujours tenté de s'éclipser quand il y a du monde autour de lui, et attend comme une libération que je l'autorise à quitter la table après un repas pour disparaître retrouver ses balles et ses torches. En présence de mes filles, la confusion le ravage, l'empourpre, le liquéfie. Comment ne pas en sourire ?

Le plus éprouvant pour moi, comme pour lui, sont les cours que je lui dispense et qui sont émaillés de soupirs, de bâillements, et d'œillades rêveuses par la fenêtre. Difficile de ne pas recourir à l'autorité. Noé a le don de m'exaspérer. Il me fascine tout autant et use avec succès de son pouvoir de séduction quand, m'ayant poussée à bout, il cherche à se racheter. Je l'adore.

S'ouvrant à la vie dans un élan de gaieté communicative, Wan est une découverte de chaque jour, un émerveillement de chaque instant. Il trône en maître dans notre cœur. Je n'en reviens pas d'être à l'origine de l'éveil d'un si comique et délicieux petit bonhomme. Il déride mon ténébreux Springfield qui est aux petits soins pour nous. Les premiers pas de Wan sont un régal, inoubliables. Tout comme ses premiers mots.

Par voie postale, mon bonheur frappe à la porte d'Edgard et Rosalie à Montréal, traverse l'Atlantique pour rejoindre Emma, mes deux sœurs à Berlin, s'ébruite à New York du côté de Timothy Evans, prend des chemins de traverse pour atteindre Lazare via Tiffany et son atelier de la Corona Street dans le New Island. Je lui écris :

Noé, le fils de ton frère Théo, nous a rejoints. C'est un enfant brisé dont l'apprivoisement est lent mais nous l'aimons beaucoup. Springfield fait la paire avec lui. Dresseur de chevaux sauvages et de loups, il arrive à un meilleur résultat que moi. Je les regarde par la fenêtre de ma roulotte au moment où je t'adresse cette lettre. Assis devant le tipi, on les croirait en prière. Ton neveu promet d'être un jour un splendide jongleur. Fils d'une lignée de verriers, il a de qui tenir...

Et de terminer par ces mots :

J'ai appris par sa bouche ce que tu as traversé, mon Lazare. Si seulement j'avais su. Tu demeures mon premier amour et toute ma tendresse te reste acquise.

Lena

Post-scriptum : L'harmonica de verre a conquis notre directeur et accompagne à présent l'envol des trapézistes et autres numéros d'équilibristes en haut des mâts.

Merci pour cet instrument sublime qui met la musique au diapason de la transparence. Merci pour ce prodige de verre issu de tes belles mains que j'embrasse.

23

Cyrille est mort, stupidement égorgé par un compagnon de beuverie pendant une bagarre. Jugulaire tranchée d'un coup de tesson de bouteille, il n'a pas eu le temps de se voir partir et de questionner sa vie.

La nouvelle nous vient de Roberta que nous croisons à Wilmington.

Je murmure tout bas « Cyrille est mort » pour lui offrir l'obole d'une simple petite larme et m'effraie de mes yeux qui restent secs. Je suis tendre pourtant, aimante, pardonnante et, malgré cela, je n'échappe pas à un sentiment de rejet. Cela fait plus de trois ans que j'ai balayé Cyrille de ma vie, que je l'ai effacé trait après trait de ma mémoire.

Terrible sanction que d'écarter quelqu'un de sa sphère d'amour et de le rendre à l'anonymat du vivant. Cyrille est mort et c'est moi qui suis froide, qui reviens avec une grimace sur ce qu'a été notre relation : une misérable dérive. Je cherche pourtant à le dédouaner, à mettre dans la balance tout ce qu'il a fait de bien et de bon pour moi mais rien n'y change. Il faut en plus que j'écrive qu'il a été mauvais sculpteur de ce limon doux et doré de mon corps pour me laver une dernière fois de ses attouchements, ses empoignades lubriques, ses assauts compulsifs. Je ne suis pas objective, pas honnête non plus, et c'est vraisemblablement moi que je juge en condamnant ce malheureux.

Je te dis adieu, lanceur de couteaux, et, en l'absence de larmes, je t'envoie quelques notes de ma harpe en viatique en attendant qu'un jour je revienne vers toi en amitié, ma honte bue.

Le cirque qui, cette année 1893, a traversé tout le nord-ouest du pays réintègre ses entrepôts pour affronter la morte-saison et le froid. La centaine de chevaux du convoi regagnent les écuries, les fauves leurs enclos d'acier.

Un paquet de lettres m'y attend.

De bonnes nouvelles m'arrivent de Montréal et aussi de New York où Timothy Evans m'invite à la création de la *Symphonie du Nouveau Monde en mi mineur* de son ami Antonin Dvořák le 15 décembre au Carnegie Hall et se propose de nous héberger.

« Je rentre à l'instant d'une répétition et suis conquis par cette œuvre grandiose que vous apprécierez, j'en suis sûr ! », m'écrit-il.

À Berlin, Emma s'est trouvé un compagnon qui est horloger et miniaturiste à ses heures perdues. Elle coule des jours heureux avec lui. Je suis folle de joie. Elle rêve de me rendre visite et je souris à cette perspective : ma roulotte n'ayant rien de commun avec son coquet appartement si joliment décoré de la Fasanenstrasse.

Enfin, mes sœurs m'adressent un envoi qui pourrait s'intituler : « Comment survivre à la misère quand on croule sous l'argent et qu'on ne s'autorise pas à s'en servir ! » Les pauvrettes ! Si j'étais plus à l'aise, je leur enverrais de quoi subsister. Elles craignent pour moi que je ne me fasse égorger par le sauvage qui me tient lieu de mari et j'en passe. Nous comprendrons-nous jamais ?

Le lien entre Springfield et Noé se resserre. Pas un jour où ils ne partent chevaucher ensemble. Retenue par Wan, je leur concède ce moment de complicité sans en prendre ombrage. Mon homme envisage même de préparer un numéro de voltige sur poney pour intégrer le garçon dans le spectacle. Il finit par obtenir l'aval d'Hamicar qui, après un blocage de principe, en vient toujours à encourager les nouveaux projets.

De mon côté, l'invitation de Timothy Evans me titille. Je connais le compositeur de réputation et je m'offrirais bien le luxe d'un petit voyage musical en famille, histoire de renouer avec le temps où je fus musicienne classique.

Springfield est loin de partager mon envie. Au début, il freine même des quatre fers avant de céder à mes offensives charmeuses et d'accepter du bout des lèvres ma proposition. Si je reviens *a posteriori* sur cette demande extravagante, je dirais qu'elle s'enracine dans mon souhait profond à cette époque de nous affirmer en tant que couple aux yeux de tous, que notre alliance soit ressentie non comme une incongruité mais comme un état dont nous puissions être fiers.

Je me revois avec Springfield et Wan dans le train pour New York et me rappelle la diversité des regards posés sur nous. Beaucoup d'indifférence, voire du mépris. Comme ce voyageur qui change ostensiblement de place quand nous nous installons. Sur une remarque désobligeante, je sors mes griffes, le traite de demeuré et y vais de toute ma verve pour rabattre le caquet à ce ballot. Springfield intervient pour me calmer. Il est coutumier de ce genre de vexation et se montre admirable de majesté. J'en prendrai de la graine. Wan possède ce même pouvoir apaisant. Il est tout simplement exquis. Je ne me lasse pas de le regarder. J'engrange ses sourires de connivence, ses moments de fascination et de fixité face à la succession ondoyante et variée des paysages qui défilent.

Prévenu par télégraphe de notre venue, Timothy Evans nous réserve un accueil chaleureux en gare de New York et nous conduit en automobile jusqu'à la Bedford Street où se trouve sa villa, une première pour Springfield qui, sous son air impavide, me paraît moins rassuré que lorsqu'il se tient debout sur ses mustangs au galop.

Timothy nous commente avec feu sa métropole qui est en pleine édification d'immeubles et d'ouvrages d'art. Il croit au bienfait de la modernisation contrairement à nous que ce déchaînement d'acier et de béton laisse perplexes.

Si notre hôte est un homme pondéré et cultivé, Mme Evans est une véritable tornade vivante qui plaisante, s'exclame, apostrophe, donne à entendre tout ce qui lui passe par la tête sans aucune retenue.

— Si on m'avait dit que je recevrais un peau-rouge chez moi ! lâche-t-elle en toute candeur.

Ou alors, pendant le repas, ce jeu de mots accidentel qui serait passé inaperçu si elle n'avait marqué sa confusion.

— Reprenez-en, monsieur Springfield, ne restez pas sur vos réserves !

Wan confié aux bons soins de Fatima, la servante du couple, nous nous rendons au Carnegie Hall pour le concert en compagnie des Evans. Je porte une robe habillée dont les tons sont assortis au costume d'apparat de Springfield, qu'on ne nous dissocie pas. Châle, pectoral et bandeau soulignent mes affinités indiennes. Une fois dans le grand hall, mon guerrier sioux qui a magistralement tenu le choc du déjeuner est confronté au déferlement de la bourgeoisie new-yorkaise qui, dans sa tenue des grands soirs, vient découvrir la nouvelle œuvre de Dvořák. Malgré la prévenance de nos amis, je peux sentir que mon cher époux donnerait sa coiffe, ses mustangs et ses loups pour fuir ce lieu de mondanité et d'œillades obliques.

Une dame distinguée accompagnée de son mari a aperçu Margaret Evans et se faufile jusqu'à nous. Salutations, compliments, des « ma chérie » par-ci, des « tu es merveilleuse » par-là. Nous sommes présentés à cette personne qui dit à Springfield :

— La musique indienne a sa place dans la composition d'Antonin. Je serais curieuse d'avoir votre avis. J'espère que vous apprécierez.

La sonnerie nous appelle et nous gagnons nos places dans le parterre tandis que l'amie des Evans monte à l'avant-scène pour un mot d'accueil au public et une litanie de remerciements.

— Son nom est Jeannette Thurber, me souffle Timothy à l'oreille. C'est elle qui a passé commande de cette symphonie à Dvořák.

Des applaudissements saluent l'entrée des musiciens. Les instruments s'accordent. Me reviennent alors les quelques fois où je fus du côté des partitions et des pupitres. Je prends la main de Springfield et la serre, murmure ma gratitude à Timothy.

Un silence puis le concert commence pour mon plus grand bonheur car je découvre ce soir-là, au-delà d'un continent, un nouveau monde de sensations musicales, quelque chose que je n'avais jamais entendu jusqu'à présent. Dans cette œuvre défilent tous les paysages que j'ai parcourus ces six dernières années. Certains passages me font monter les larmes aux yeux. Sans doute est-ce mon déracinement qui pleure quelque part en moi ou cette douleur du peuple indien qui est devenue mienne depuis la tragédie de Wounded Knee et mon mariage avec Springfield. Je me dis qu'il fallait un exilé comme ce compositeur tchèque perdu à New York pour approcher d'aussi près les déchirements de cette partie de la Terre. J'admire aussi cette expression que donne Dvořák de la mécanisation à outrance de ce monde et m'émerveille du pouvoir fédérateur de la musique qui outrepasse les conflits et abat les murs des différences. Pour cela, je me réjouis d'être née musicienne et d'œuvrer à la reliance des hommes plutôt que de donner mes forces à toute forme de domination.

Springfield, il me le dira plus tard, vibre au galop des tambours et aux trilles des flûtes qui démultiplient le chant des oiseaux. Il a entendu la cascade, le piétinement des bisons qui secoue la terre, le silence caressant du soleil levant sur les montagnes noires.

La symphonie s'achève sur des applaudissements déchaînés et des vivats là où je voudrais rester sur les dernières mesures, fermer les yeux et poursuivre le rêve. Anton Seidl, le renommé chef d'orchestre, appelle le compositeur sur la scène pour le salut. Dvořák est à la fête et avec lui sa nombreuse famille qui occupe le premier rang. Je suis comblée par ce qui vient de m'être donné. Je n'éprouve pas le besoin de m'ajouter à la foule des notables et des admirateurs qui font la queue pour congratuler le maître mais Timothy tient à nous présenter au héros du jour et nous invite à le suivre.

Des journalistes nous demandent de nous écarter un moment car un photographe est là pour immortaliser l'événement. On se range derrière l'appareil. Dans le cadre, Dvořák, Jeannette Thurber, Seidl, le maire de New York et… mon beau Springfield que le journaliste est venu arracher à mon bras pour qu'il figure sur le cliché.

— On vous le rend dans cinq minutes, me dit-il.

Sous le coup d'éblouissement de ce concert, je suis nourrie de l'illusion que les chemins de la tolérance ne sont pas loin de s'ouvrir et que l'héritage de Wan ira en s'allégeant. Quelle naïve j'étais alors.

Le matin du notre départ pour Baltimore, je glisse un mot à Timothy pour le remercier de m'avoir sortie du pétrin avec Murdoch mais il balaie tout aussitôt le sujet d'un revers de la main pour revenir sur un thème moins sulfureux :

— Vous composez toujours, Lena ?

— C'est un bien grand mot. J'ai écrit et arrangé quelques mélodies, commis quelques musiques pour accompagner des numéros de voltige. Rien de comparable avec ce que nous avons entendu hier !

— J'ai beaucoup apprécié ce que j'ai surpris dans votre roulotte en juillet 1892. Vous faites parler votre harpe avec éclat et profondeur. Je n'ai jamais rien entendu de pareil. Quant à votre voix, elle est la quintessence de l'instrument que vous jouez. À croire qu'elle le prolonge. J'ai une image pour cela, poursuit-il comme pour lui-même, un métier de haute lice avec les cordes en chaîne et votre chant en trame. Beaucoup de bleus, beaucoup d'ors, des roux, des ambres…

Puis il me demande :

— Vous connaissez les vitraux de Louis Tiffany, le fils du joaillier ?

La question me rappelle l'échange que j'ai eu avec Lazare.

— J'en ai entendu parler mais n'ai jamais rien vu de son travail.

Le visage bienveillant du vieil homme s'éclaire.

— Il nous reste un peu de temps, nous pourrions nous rendre au mémorial érigé par sir Howard Littleton pour sa défunte épouse. Il se trouve à deux rues d'ici.

Nous voilà partis, Wan, Springfield et moi, sur les talons de notre ami. Le ciel est limpide et, bien qu'on soit en décembre, le soleil est ardent. Une grille que l'on pousse et nous nous retrouvons dans un petit mausolée face à un triptyque baigné de lumière, une vision du paradis avec, dans le panneau central, monts verdoyants, plans d'eau plantés d'iris et de nénuphars, rivières et cascades. De part et d'autre, une débauche d'arbres à fleurs peuplés d'oiseaux. Cette œuvre féerique nous appelle vers une Terre rêvée telle qu'elle était à l'origine de l'homme, ou telle qu'elle redeviendra après la disparition de ce dernier.

Je suis happée par la splendeur de cette verrière, Lazare, et je découvre, éblouie, le pouvoir irisant de ce fameux « crépusculaire » qui garde en suspension la lumière rosâtre du couchant, qu'elle ne s'évanouisse pas dans la nuit. Je suis troublée à l'idée qu'un tel ton, attaché à la douceur du soir, au recueillement et à la paix des âmes, ait soulevé tant de convoitises, de violences. Je m'approche du vitrail pour en goûter toutes les subtilités, chercher dans la variété des couleurs et des textures la marque de ton savoir-faire et la trace de tes doigts, toucher la divine matière, me fondre dans ton geste. À l'instar de Timothy Evans, je comprends que toi et tes compagnons êtes musiciens de lumière. J'irai même jusqu'à confier à notre ami, quitte à te faire sourire, que j'entends clairement couler la rivière et ramager les oiseaux dans le silence de ce mémorial.

Wan se met à gesticuler. Je le pose à terre et il part à la cueillette des couleurs qui se réfléchissent sur le pavement et s'esclaffe de voir sa main tour à tour verte, orange et bleue.

— Lorsque je contemple ces merveilles, j'entends une partition de harpe, me souffle à l'oreille Timothy.

Une fois encore ce vieux détective fait mouche et les larmes envahissent mes yeux tandis que je lui souris. Je le soupçonne de poursuivre insidieusement son enquête non plus pour me confondre mais pour nous mettre en présence. Je sais qu'il te connaît, Lazare. Je veux croire qu'il m'aime et me veut du bien.

Dans un élan de spontanéité, je le remercie et l'embrasse à son grand étonnement. Il est décontenancé et je dois rire tandis que les visages bariolés de Springfield et de Wan se tournent vers moi. La vie m'a pris une mère, un père, un enfant, un amour, elle cherche à présent à se faire pardonner en me rendant cette mère, ce père, cet enfant, cet amour. N'ai-je pas mille fois mille raisons de me réjouir ?

Mon guerrier d'un côté, mon verrier de l'autre, mes deux bras en étreinte sur les barreaux cristallins de ma harpe, l'un pour marteler l'accord et le rythme, l'autre pour colorer les notes d'une mélodie, vous êtes tout ce qui en moi se dédouble et se ramifie, mes yeux, mes bras, mes mains, mes seins, mes lèvres…

Vous chérir impunément. N'être ni à l'un ni à l'autre mais tenir des deux, que nos trois vies se fondent, s'amplifient, s'enfantent.

Lazare, Springfield, dites-moi si je perds la tête ? Je suis en telle abondance d'amour. Si les duos enrichissent une partition musicale, les duels amputent l'existence, la restreignent dans ce qu'elle a de haineux, d'envieux, de captatif. Dois-je mentir en disant que l'un compte plus que l'autre pour ne pas choquer le bien-pensant, le moraliste, l'homme d'Église ?

La vérité de mon cœur a l'indécence ou l'honnêteté d'affirmer que je ne donne la préférence à aucun de vous deux parce que mon cœur est plein de vous à parts égales et qu'il mourrait d'anémie d'être à demi vidé du flux amoureux de mon sang.

24

De retour à Baltimore, trois Sioux de la tribu des Lakotas Miniconjou attendent Springfield et s'éclipsent avec lui pour une période indéterminée. C'est la première fois que nous sommes séparés depuis notre mariage deux années plus tôt. Je ne suis pas mise dans le secret mais je subodore un de ces rituels de danse, de transe et d'absorption de substances où les esprits des morts sont conviés. J'ai entendu parler de ces sabbats réprouvés par les Blancs qui les jugent sataniques. On m'a dit qu'il n'est pas rare qu'un de ces voyages de l'autre côté de la vie soit fatal à l'un ou l'autre des participants et m'en inquiète. Cela étant, il serait malvenu de ma part, après l'épreuve new-yorkaise que je viens d'imposer à Springfield, de faire montre de réticences. Je l'ai poussé dans ses derniers retranchements et, sans qu'il se soit appesanti sur le sujet, je peux sentir qu'il ne se jettera plus de sitôt dans pareille aventure. Dommage pour moi, car cette escapade de quelques jours dans mon ancien monde et les splendeurs que Timothy Evans nous fit découvrir m'ont ressourcée.

Mue par l'enthousiasme et sans but avoué, je me lance dès mon retour dans une composition improbable où j'allie grande formation, chœur et harpes aux courants musicaux autochtones ou spécifiques à certaines communautés que j'ai croisées ces huit dernières années. Une synthèse, en quelque sorte, de tout ce que mon oreille a enregistré depuis mon passage fugitif dans les rangs de l'Orchestre philharmonique de Berlin.

Même si mes journées sont bien remplies avec Wan, le ramassage du bois, les repas, les lessives, mes élèves, ma composition, Springfield me manque. Ne plus avoir son tipi et ses loups devant ma roulotte me pèse sur le cœur. Je passe Noël, l'an neuf et janvier sans qu'il me revienne et j'en suis de plus en plus attristée.

Je dois attendre la lune des arbres qui craquent pour qu'il réapparaisse, amaigri et au bord de l'épuisement, par un froid terrible, alors que me quittait l'espoir de le revoir en cette vie. La joie et l'amour évacuent d'une bourrade mes veilles et mes peurs. Notre histoire commune reprend son cours sans qu'il me soit donné de savoir de quel monde il resurgit. Moi qui n'ai de secret pour lui ni pour personne, je souffre d'être tenue à l'écart de ce qu'il a vécu et enduré. Qui mérite mieux que moi sa confiance ?

Par bribes, j'entends que le monde réel n'est que l'ombre du monde des esprits et que Black Elk, qui est chef et sorcier de la tribu des Sioux Oglalas, dit de Wanbli' Tanka qu'il appartient aux deux univers et sera un grand chaman. De quoi flatter ma fierté maternelle.

Le retour de Springfield soulage tous nos amis et en particulier Noé qui, à la fin de l'automne, l'accompagnait chaque matin à la chasse et préparait avec lui un numéro de voltige et de jonglerie sur mustangs.

Quelques jours de flottement et cette escapade sort des mémoires pour nous ramener aux rigueurs de l'hiver, l'eau gelée dans les cuvelles, Lucette qui a pris froid, Hamilcar dont l'épaule gauche a été labourée par un de ses lions qui n'aimait pas la viande glacée.

Les premiers beaux jours nous relancent sur les routes de l'ouest. Un ourson s'ajoute à la ménagerie. Noé, qui l'a recueilli alors qu'il était en randonnée avec Springfield, s'est mis dans l'idée de le dresser. Peu discipliné, ce sympathique animal n'en fait qu'à sa tête et donne du fil à retordre à l'apprenti-dompteur.

Je suis ravie de voir ce garnement farouche et obstiné prendre sa place au sein de notre grande famille. Adopté comme un second fils, Noé évolue harmonieusement sous la férule de Springfield, là où Lucette grandit sous mon aile.

Début mai, il s'avère que je ne suis plus réglée. La sage-femme est formelle : me voilà à nouveau enceinte. La nouvelle me met en joie.

Puis, il y a ce matin comme les autres. Le cirque s'est installé la veille en lisière de Omaha dans le Nebraska. Nous y faisons étape pour une semaine. On est jeudi. Le 28 juin pour être précise. Springfield et Noé préparent les chevaux pour une promenade. Je les accompagnerais volontiers mais Wan a été indisposé pendant la nuit et je préfère rester près de lui au campement. Le temps est sec et la journée promet d'être ensoleillée. Faute de partir avec eux, je chevaucherai ma harpe.

Les mustangs se cabrent en mon honneur, virevoltent et partent au galop en soulevant de la poussière. J'envie mes cavaliers qui gagnent la rivière pour y nager. Je pêcherais bien le saumon ou l'omble avec eux. Il paraît que le Missouri en pleure.

Victoire, la mère de Gus, m'apporte une poudre grise à diluer dans de l'eau pour Wan.

— Avec ce breuvage, son mal de ventre va passer.

Je l'embrasse et reviens à mon fils qui me réclame.

— Papa ? demande-t-il.

— Il est à la pêche ! Il reviendra avec une pleine manne de saumons pour nous et pour l'ourson de Noé.

Les yeux de Wan sont fixes et me transpercent. Ce doit être la fièvre car jamais il ne m'a regardée de cette façon.

— Papa, répète-t-il faiblement comme pour lui-même avant de s'abandonner à un sanglot.

Je le prends sur mon épaule et lui parle en douceur :

— Nous irons nager tous ensemble quand tu iras mieux.

Je le remets au lit où il ne tarde pas à s'endormir.

Je gagne l'avancée de ma roulotte avec mes partitions mais peine à me concentrer. Pourquoi ne pas lire un peu ? J'attrape un roman de Balzac que m'a prêté Frida et m'installe sur mon fauteuil à bascule tandis qu'Omer et Susan me font signe.

— Salut, les amoureux ! leur dis-je.

Le colosse a enfin demandé la main de la discrète et tendre maman de Julia. Ce n'est pas trop tôt !

Le soleil tape fort. Il y a beaucoup de mouches. Au loin, on dirait de la fumée. Je me trompe. Ce sont eux qui reviennent à bride abattue le long de la rive. J'entends mon prénom.

Noé est seul, essoufflé. Il saute de son poney, court vers moi en bredouillant :

— Springfield… Ils sont cinq derrière lui… Cinq soldats… Ils l'ont pris en chasse…

Omer, Igor et Sam accourent tandis que j'enfourche la monture de Noé, rudoie la pauvre bête des talons et de la voix qu'elle sorte ses ailes pour m'emmener jusque là-bas.

Je n'ai pas d'arme. Seulement ma force d'aimer.

— Tu es de vent, Springfield. Personne n'a prise sur le vent…

Alors que je me rapproche de l'endroit où ils se tenaient, je ne peux chasser de ma tête le sentiment que mon aimé s'éloigne.

— Ne me distance pas. Je suis bonne cavalière mais pas aussi alerte que toi.

Mon cheval écume, il est fourbu, il perd de la vitesse. Je tourne sur moi-même une fois, deux fois. Noé surgit et saisit la bride de mon poney. J'entre dans la rivière à sa traîne, mais mes yeux se voilent, ils ne distinguent plus aucun contour, juste de l'argent pour l'eau, du bleu pour le ciel, du vert pour la plaine. Noé me parle de taches de sang et, en haut d'une colline, de douilles dorées. Je ne vois rien de tout cela. Trop de tristesse m'aveugle.

Ces éclaboussures rouges ne proviennent pas de toi, Springfield. Je le sentirais, car ta vie est en moi, dans notre bel enfant ! Ce qui macule la terre vient d'un animal blessé ou d'un soldat qui a eu l'imprudence de se mesurer à toi. Tu es mon invincible.

Noé m'indique le bois. C'est là que tu as trouvé refuge. Y siègent tes frères, les arbres. Parmi eux, quelques vieux enracinés débonnaires et silencieux. Ils ont croisé tes ancêtres et je sais combien tu les aimes. Tu es des leurs. J'en témoigne pour avoir été de tes ramures, pour avoir eu mon nid dans tes branches, pour avoir égayé mon chant, mon rire, mes cris d'amour, ma joie sous tes feuillages.

Soudain, je vois. J'en tombe par terre, je suis comme une souche frappée par la foudre. Ce n'est pas Springfield que les soldats ont pendu à ce chêne. Ce n'est pas son corps qu'ils ont lacéré, maculé, supplicié. Ce n'est pas sur son torse qu'une main diabolique a tailladé avec la pointe d'un couteau : « FROM CUSTER. »

J'affirme que Dieu n'a pas pu créer des monstres capables de commettre pareils méfaits ou alors il s'est fait abuser, tromper, pervertir par de mauvais serviteurs.

Des formes passent, des voix chuchotent, des mains, des yeux m'adressent une caresse, des lèvres m'embrassent. Je reconnais Omer, Igor, Sam, Kim, Bouba, Gus… Hamilcar nous rejoint avec un chef de la police, un croque-mort. Mes doigts musellent mon ventre, que ce dernier sang qui me vient de Springfield ne s'épanche pas dans l'herbe comme les entrailles de son mustang que les soldats ont éventré et que des soubresauts agitent encore. De grands oiseaux promènent leurs ombres sur le sol. J'entends qu'on appelle Noé sans succès. Le chagrin l'a isolé à l'abri des buissons. Je regarde quand Omer détache mon mari avec l'aide de Sam et de Babou. Je me veux présente.

Je prie mon aimé de me pardonner.

— Si je ne bouge pas, c'est pour l'enfant.

Le moment vient où l'on m'emporte pour me ramener chez nous au campement. Dernier voyage, dernier partage. Le chariot s'ébranle cahin-caha. Le chagrin me recouvre et je bascule sur le corps souple et tiède de mon homme. Et le bois, et les rives, et le Missouri reçoivent mon cri, mon pleur, mon déchirement, mon impuissance rageuse, ma désolation.

Qu'est-ce qui nous arrive, Wan ?

Après m'avoir enlevé Springfield, la vie rejette dans la nuit qui suit sa mort le germe d'enfant que je portais de lui. C'est avec notre fils que continue ma route. Il me tient la main quand, avec toute la famille du cirque, j'achemine son père vers l'aire de son repli. Tout petit qu'il soit, Wan m'adoube de sa protection. Mes cheveux sont lâchés en signe de deuil, selon la coutume des Sioux, un trait noir barre mon front.

Avec Noé, j'ai choisi pour le repos de mon guerrier la coiffe d'une colline qui offre au regard un horizon sans limites. Nous montons ma harpe au sommet. J'ouvre mes ailes de musique et d'amour à l'âme de Springfield, qu'elle parte apaisée retrouver les esprits de ses pères.

Les jours qui suivent cette tragédie me font osciller entre chagrin et révolte. Me rongent aussi un étrange sentiment d'insatisfaction, une curieuse impression de besogne inachevée. Je fais d'abord le tour des garnisons du coin avec Noé où il reconnaît formellement le meurtrier de mon mari, le lieutenant John G. Sheridan.

— Je le traînerai devant la cour martiale. Je ferai en sorte qu'il paie pour ses actes, dis-je à Hamilcar.

— Tu ne peux rien contre ces gens. Tu dois oublier. Si tu les cherches, ils te rendront la pareille.

— Comment oses-tu dire des choses pareilles ? m'écrié-je, hors de moi.

— Ne le prends pas mal mais un Indien compte pour rien, ici. *A fortiori*, un Lakota.

— Alors, j'irai en haut lieu !

— Ce sera peine perdue, Lena ! Les débordements de ce type sont légion dans ce pays.

Je suis sidérée.

— Mais, Hamilcar, il s'agit de mon mari, et de la vie future de mon fils !

L'œil du dompteur s'arrête sur moi.

— Et tu crois vraiment que poursuivre un gradé et obtenir sa condamnation vont changer quoi que ce soit ?

Je me recroqueville et murmure dans un sanglot :

— Je ne vois pas d'autre moyen de faire mon deuil.

Hamilcar me prend dans ses bras.

— La mort de Springfield est trop proche et tu es à cran. Ne prends pas une décision inconsidérée qui peut avoir des répercussions que tu ne mesures pas. Garde aussi en mémoire que ton amoureux n'était pas un enfant de chœur, que nous sommes une famille et que notre activité est vulnérable… Une allumette dans les fourrages, un peu de vent, le feu qui gagne les cages, les roulottes, le chapiteau, mes lions atrocement brûlés que je dois abattre, des années de patience qui partent en fumée. J'ai vécu cela et je n'en veux plus.

— Alors, je partirai.

Il marque une pause avant de reprendre :

— Arrête, Lena ! Il n'y a personne ici qui compte autant que toi. Tu es notre bonne fée ! Je ne vois plus ce cirque sans ta présence, sans tes filles, sans Noé. Je t'en prie ! Laisse au temps le soin d'ouvrir d'autres voies. Tu es jeune encore et ta vie n'est pas finie. Elle t'amènera sur un plateau la clé qui te manque aujourd'hui.

Étape suivante, nous traversons le Missouri pour planter le chapiteau à Council Bluffs qui fait face à la ville en expansion d'Omaha. Je ne sais plus où j'en suis et je n'arrive plus à dormir. J'ai écrit une lettre qui accuse le lieutenant John G. Sheridan, le neveu du général, du meurtre de Springfield mais je ne me résous pas à l'envoyer. Je me sens tellement mal. Le masque de mort de mon mari m'obsède. Il exprimait une contrariété qui échappe à mon entendement. Par moments, l'idée me traverse qu'il souhaite que je le venge et rende justice aux siens. À d'autres, je me remémore qu'il m'a toujours poussée à être pacifique, excepté ce jour où nous sommes partis en guerre pour libérer Jeanne. Pourquoi n'avons-nous pas parlé du temps où nous étions ensemble !

Je cherche autour de moi, un mot, un geste, une image qui m'éclaireraient sur les dernières volontés de Springfield, m'aideraient à percer le mystère. Wan a senti venir la mort de son père et je prie mes anges que, sur un signe, il m'éclaire. Les loups peuvent m'en raconter aussi sur leur maître mais, cependant que je les observe, je n'entends pas leur langage.

Tant que nous sommes encore dans la région, qu'il fasse beau ou gris, j'éprouve le besoin de retourner sur la colline où repose mon guerrier. Je prends mon fils avec moi, Noé et les loups. En haut, je me recueille, bourre sa pipe d'écorce de saule rouge, fume à m'en rendre malade dans l'espoir d'entendre la voix de son souhait.

À la veille de reprendre la route, nous nous rendons une dernière fois sur la sépulture de Springfield. L'étau se desserre pour les enfants et ils jouent avec les loups. J'entends les rires amusés de mon petit bonhomme et ne peux m'empêcher de penser aux parties de plaisir qu'il prenait avec son père. Tout à coup, un cri de Noé et Wan qui dégringole en bas du versant le plus pentu du massif, boulant sur la roche, prenant de plein fouet un arbrisseau, une touffe d'herbe avant de dévaler plus bas. Devant lui, quelques grosses pierres délogées de leurs assises le devancent au pied de la pente. Je hurle. Dès qu'il s'est immobilisé, nous descendons aussi vite que possible en bas du flanc pierreux. Wan est là qui nous attend, tout empoussiéré, plus surpris de sa cabriole que traumatisé.

— Tu n'as rien, mon chéri ? Tu n'es pas blessé ? dis-je en le prenant dans mes bras.

La mine penaude, le petit homme me répond alors « bobo genou ! » en me montrant sa rotule égratignée.

Je traduis : « Wounded Knee. »

Je sais à présent ce qui m'est demandé.

25

Je ne m'attarde pas sur l'expression d'ahurissement d'Hamilcar quand je lui parle d'emporter la dépouille de Springfield avec nous pour la ramener dans le sud du Dakota afin qu'il repose parmi les siens. Je serais venue avec une demi-douzaine de fauves dans sa roulotte qu'il ne m'aurait pas foudroyé autrement du regard.

— D'abord, il n'a jamais été dans mon projet de me rendre par là-bas avec le cirque, ensuite, ton idée d'aller inhumer ton mari à Wounded Knee tient de la démence.

— Je t'adresse une requête. Tu n'es pas obligé. De n'importe quelle manière, ma décision est prise.

Ce n'est pas avec un soupir mais avec un rugissement qu'il me répond :

— Lena, je t'en supplie !

Je me rends aussitôt à Omaha passer accord avec le croque-mort qui s'est chargé des funérailles pour lui faire part de mes intentions. Je le surprends dans son atelier aux prises avec son rabot et des copeaux clairs. L'homme se montre bien moins estomaqué que notre directeur. Moyennant une coquette somme, il charge avec son apprenti un cercueil doublé de zinc dans sa carriole, prend baguettes d'étain, suif, fers à souder, et part avec moi et son arpète sur la sépulture de Springfield.

Je prête main-forte aux deux hommes pour venir à bout au plus vite de ce travail macabre qui étrangement ne m'inspire ni dégoût ni épouvante. Je ne suis pas arrêtée non plus par l'odeur et demande que le sac soit entrouvert pour voir une dernière fois à la lumière le visage de mon guerrier. Ses traits se sont détendus et je suis réconfortée.

Sans que cela l'indispose le moins du monde, le croque-mort soude la bavette de zinc avec application. Le couvercle est cloué sur le sapin, le cercueil descendu de la colline et nous retrouvons la caravane qui est parée pour se remettre en route le lendemain au petit jour. Je croise Hamilcar qui se signe.

— J'ai fait au plus vite, lui dis-je.

Il se retourne et part en haussant les épaules. Je préfère ne pas savoir ce qu'il rumine sous ses moustaches.

Ainsi Springfield regagne avec nous le pays de ses pères en compagnie de son couple de loups.

Autour et sur le cercueil, des fleurs que je ramasse en chemin, des tresses d'épis. À chaque étape, je me mets à ma harpe et je travaille sur la composition que j'écris en son honneur, en l'honneur de ceux de sa race qui par lui traversèrent ma vie.

Je prends aussi le temps de coudre une poche au départ d'un bout de tissu qu'il porta pour y loger une mèche de ses cheveux et ce « paquet des esprits » rejoint sur ma table de nuit le galet de Lazare.

Nous atteignons la crique de Wounded Knee au plus fort de l'été. Perches éparpillées, peaux délabrées, ce village fantôme n'est plus habité que par les esprits et le vent. Alors que je m'attendais à trouver un lieu de souffrance, je ressens l'endroit nettoyé de toute violence et regagné par la paix.

Nous déchargeons sacs de chaux et pelles près de la fosse commune où furent jetés comme chiens les cent cinquante Sioux de la tribu de Springfield, un long rectangle verdoyant parsemé d'objets mortuaires, de fleurs séchées, d'offrandes. Omer, Sam et Bouba creusent cette aire fertile jusqu'à ce qu'ils arrivent au charnier. L'odeur est pestilentielle et le tissu humide qui nous enserre le visage n'est pas de trop pour atténuer la puanteur. Le sapin est ouvert au pied de biche, le zinc découpé à la cisaille, le sac tiré dans le trou. Le fusil à répétition qui valut son appellation à mon guerrier est enfoui avec lui.

Pendant que chaux et terre ensevelissent le corps de mon bien-aimé, me reviennent en mémoire les mots du cahier : Big Foot, Red Cloud, Yellow Bird. Il y avait aussi des noms de femmes : Flying Leaf, Humming Bee, Silver Moon, Shifting Sand. Amoureuses, familières, épouses ? Qui étaient-elles ? Je ne saurai jamais. Et puis, il y avait des noms d'enfants…

Quand l'air redevient respirable et que nous pouvons enlever les linges mouillés qui nous muselaient, je remonte avec les hommes jusqu'au lacis des roulottes pour y chercher ma harpe, mes partitions. Je resterai seule avec les cent cinquante esprits qui peuplent la vallée pour leur jouer le premier mouvement de mon requiem.

Appelés par une force obscure, les loups de Springfield disparaissent dans la nuit. Nous ne les reverrons plus.

Sur décision d'Hamilcar et de Frida, le cirque fait l'impasse cette année-là sur nos quatre mois de retranchement dans les entrepôts de Baltimore pour gagner le Mississippi et suivre le fleuve jusqu'à son embouchure en s'arrêtant dans chaque ville importante. La région est pauvre, encore meurtrie par la guerre, et la vie y est rude pour ces hommes et ces femmes à la solde des grands planteurs. Un monde de gens simples et disparates pour lesquels la venue d'un cirque est l'attraction suprême. Je vis douloureusement mon deuil mais Frida m'épaule un jour après l'autre ainsi que mes amis et mes enfants. Quand la tristesse a raison de moi, je m'en remets à la beauté des paysages et à la majesté du fleuve. Je prie le Grand Esprit, cherche Springfield dans le ciel, parmi les aigles, repousse ma solitude en lui parlant.

Mes filles ont dix-sept ans à présent. Elles sont sorties de ma tutelle pour se mettre en ménage avec Ghislain, le clarinettiste de la fanfare, pour ma Lucette, et Mario, un illusionniste italien, pour la jolie Jeanne. Je les vois heureuses et n'en demande pas plus. Sa liaison avec ma belle ayant tourné court, l'ami Jason a pris son destin en main et a rejoint, sur mon conseil, les bancs de l'université Johns Hopkins pour étudier les sciences naturelles.

Je me consacre à Wan dont la présence radieuse m'aide à reconquérir ma joie de vivre et à Noé qui, curieusement, occupe la place que Springfield s'était assignée après l'enlèvement de Jeanne, en veillant sur moi. Il prend soin des mustangs et de mes chevaux, habite le tipi qui fut refuge de mes nuits d'amour. Il n'a pas renoncé à dresser son grizzly qui devient avec le temps un effrayant mastodonte.

Entre le mois d'août 1894 et novembre 1895, le plus clair de mon temps libre est dévolu à la composition de mon opus que j'ai baptisé

« Requiem pour un Indien pendu ». Un devoir de mémoire et de deuil que je me suis imposé pour exorciser ma colère et canaliser mon chagrin.

J'écris cette pièce pour harpes, banjo, percussions, glassharmonica, accordéon, chœur et grand orchestre. Rien que cela ! J'ai noirci plus de mille pages de partitions à disséminer entre les chanteurs et la quarantaine de musiciens que requiert l'œuvre.

À l'heure de regagner Baltimore pour la saison creuse, j'envisage de faire les frais d'un piano droit que j'installerai dans ma roulotte pour passer au crible chaque portée de ma composition, vérifier chaque mesure, chaque accord. J'alimente ce requiem et lui donne mes forces sans autre idée derrière la tête que d'appeler la musique à l'aide pour exprimer ce que mes larmes endiguent.

De retour dans nos entrepôts, James, notre vieux gardien, me remet comme d'habitude une pile de lettres et un colis.

— Un monsieur est passé vous voir l'hiver dernier et a déposé ce paquet.

Wan est avec moi et m'aide à retirer la ficelle. Il se déchaîne sur le papier, tire fébrilement le coton de la boîte avant d'en sortir un cœur de verre, incarnat en son centre, mariage de rosé et d'ambre clair en périphérie.

Si je reconnais d'emblée dans ce présent qui me vient de Lazare ce fameux ton dérobé au crépuscule, mon petit bonhomme insiste :

— Donne-moi le soleil !

Tandis qu'il regarde par transparence dans ma direction, il s'exclame :

— Tu es rouge !

Je ris de bonheur, j'embrasse Wan ainsi que James qui n'en revient pas et repart en bombant le torse.

Tu demeures mon soleil, Lazare, et je te reviendrai quand j'aurai rétabli Springfield dans sa dignité de prince à parure d'aigle, quand mon travail de deuil aura ennobli sa mémoire aux yeux des Blancs sur un chant enraciné dans ce que fut notre amour et mon immense désolation d'Indienne et de femme. Nous sommes du même cri, Lazare, insurgés contre l'exploitation des petits, des sans-droits, des réprouvés qu'ils soient mineurs, verriers, peaux-noires ou peaux-rouges, qu'elles soient mères, épouses ou filles.

J'appelle à moi une musique qui rende à mon fils et à ses ancêtres Lakota la part de ciel qui coiffe l'espace spolié de leur empire. Que les nuages deviennent des bisons blancs que les vents éparpillent. Que les hommes de cœur se rallient à ma complainte depuis les quatre coins de la Terre.

Alors que je dépouille mon courrier, la voix de l'encre dans son défilement me rappelle que la vie reprend d'une main ce qu'elle donne de l'autre. Ainsi en est-il de Rosalie qui s'est éteinte à Montréal et du mari de ma sœur Christel qui a succombé au tétanos.

Du côté d'Emma et des Evans, en revanche, les nouvelles sont bonnes. Mon amie file le parfait amour avec Adam, son horloger berlinois, et me reparle de son envie de venir me rendre visite.

Timothy renouvelle son invitation de nous accueillir chez lui pour que j'y présente cette fois un petit concert de harpe à l'occasion de sa mise à la retraite.

> *« Nous serons quelques amis, une quarantaine tout au plus. Tu seras ma surprise. La date du 14 décembre a été arrêtée. Télégraphie-moi pour me dire si elle te convient. Je puis avoir une harpe de l'orchestre à disposition… »*

Par le même courrier, il m'envoie une coupure de presse où l'on voit mon royal Springfield tenant la pose aux côtés de Dvořák, Jeannette Thurber, le chef d'orchestre et le maire de New York. Je n'ai informé aucun de mes amis de mon malheur.

Noé a droit lui aussi à une lettre venant de sa tante. Expédiée de la ville de Charleroi en Pennsylvanie, elle somme le garçon de donner de ses nouvelles.

> *« Bobby et moi nous faisons un sang d'encre depuis ta fugue. Ta conduite est impardonnable…*

Tu as trahi notre hospitalité… On s'est privé pour toi… »

Et j'en passe.
En post-scriptum :

« *Que tu le saches, Oscar Falleur a été retrouvé mort chez lui. Il a laissé un mot comme quoi il te lègue son jeu de huit cannes. C'était bien la dernière chose qui lui restait.* »

Nous sommes l'un comme l'autre affectés par ce départ.

Peu avant la mi-décembre, je boucle mes bagages pour me rendre à New York avec mon petit bonhomme. Je me suis fait confectionner pour l'occasion une nouvelle robe dans les tons pervenche qui me va à ravir. J'emporte, en plus de nos effets, les partitions de mon requiem et cette lettre où je demande que justice me soit rendue pour l'assassinat de mon mari par Sheridan.

Nous prenons le train sous la neige et Wan est à la fête. Difficile pour moi de ne pas penser à son père qui, jour pour jour, nous accompagnait deux années plus tôt. Il fait froid dans le compartiment et je partage une couverture de laine avec mon fils. Il a eu trois ans le 1er décembre et moi j'aurais trente-cinq ans en mars prochain. Si je suis honnête avec moi-même, je ne sais plus trop où j'en suis, où me situer par rapport à ma vie de saltimbanque, à ma vie tout court qui s'est aventurée dans un projet musical qu'en tant que femme je n'ai aucune chance de voir aboutir. J'en suis à me demander si tout ce travail que je me suis imposé n'a pas été une manière de fuir ou de me punir, une sorte de chemin d'expiation pour ce que j'ai pu omettre ou négliger.

Mon petit bout d'homme s'est endormi contre moi et je songe aux dix ans, aux quinze ans à venir. J'ai rencontré tant de cruautés durant cette dernière décennie et ce monde est tellement inhospitalier pour les gens de couleur.

Sur le quai de la gare, Timothy nous accueille avec la même gentillesse que deux années auparavant, embrasse Wan qu'il reconnaît à peine, puis nous embarque pour Greenwitch Village. Étonné de ne pas voir Springfield avec nous, il accuse le coup à l'annonce de sa mort, hasarde une question puis la retire dès qu'il s'aperçoit de l'instabilité du terrain où il s'aventure.

— Je suis désolé, Lena. Je ne voulais pas…

— Nous en reparlerons en de meilleures circonstances, dis-je en me forçant à sourire.

Retraité de la Pinkerton depuis la fin octobre, notre ami se consacre dorénavant à sa passion : la musique.

— Plus de filatures, de rondes, d'interrogatoires. Tu ne peux imaginer, Lena, à quel point mon quotidien est transformé. De me lever le matin en me disant que je suis libre d'aller vers ce qui m'émerveille est un changement radical pour moi. Vous êtes chanceux, vous les artistes, d'arpenter de jour en jour les côtés ensoleillés de la vie… Ne dit-on pas « jouer » pour un musicien, un acteur et « bosser » pour un détective ou un ouvrier du bâtiment ?

Je me permets de lui répliquer qu'on « travaille » sa voix, son instrument, sa partition avant d'en venir au jeu et que l'ouvrage en amont est sans commune mesure avec le timide éclat de lumière final.

En route vers le logis de notre ami, une intervention des forces de l'ordre nous amène à emprunter un autre chemin. Taudis, feux épars rassemblant des gens de couleur, misère crasse, désœuvrements me mettent sous les yeux la part d'ombre de cette ville à la pointe de la modernité.

Mme Evans n'a rien perdu de sa vivacité et ses saillies sont toujours aussi innocemment déplacées.

— Je trouve ce petit bien éveillé pour un sauvage, s'exclame-t-elle à propos de mon fils.

Timothy se racle la gorge et me lance un regard ennuyé. La spontanéité à tout crin de son épouse est son lot quotidien.

Nous passons dans le salon où la harpe qu'il a louée pour mon concert trône à côté de son compère piano. De la marque Lyon & Healy et fabriquée à Chicago, l'instrument est plus sonore dans les basses que ma bonne vieille compagne française signée Erard qui prend de l'âge, a subi quelques avaries, et connu nombre de frayeurs en haut des mâts.

— Contrairement aux instruments à cordes frottées, la harpe s'étouffe avec le temps, perd de sa brillance, fais-je remarquer.

— Un peu comme nous, s'empresse d'ajouter mon hôtesse sans préciser toutefois si elle m'associe à sa remarque.

Puis nous parlons de la représentation, des invités, du programme, du déroulement de la soirée.

— Moins il y aura de tes anciens collègues, mieux on se portera ! lance l'impayable Mme Evans en oubliant quelque peu que c'est son mari qui prend sa retraite et pas elle.

Nous échangeons, Timothy et moi, des sourires complices à chaque petit dérapage de son épouse.

— Vous ne m'en voudrez pas si j'installe la harpe dans une chambre pour travailler mon programme, dis-je. Il n'y a rien de plus insupportable pour l'entourage qu'un musicien qui répète.

En vérité, la raison est autre. C'est moi qui n'aime pas que l'on m'écoute quand je fais mes gammes ou reprends inlassablement les mêmes phrases musicales. La préparation d'un concert est de l'ordre de l'intime et rien n'est plus frustrant que de se produire en sachant que l'on a brisé le mystère des morceaux que l'on va interpréter.

— Mais vous ne nous dérangez pas. Vous serez mieux ici et s'il y a des fausses notes, nous n'en dirons rien à la police, en décide la maîtresse de céans.

Me voilà faite !

Je m'inquiète pour Wan, et crains qu'il ne s'ennuie dans ce logis clos et propret où chaque objet a sa place immuable. Du napperon en dentelle sous la lampe de chevet au porte-savon à décor fleuri assorti au broc et à la cuvelle, l'espace semble millimétré. Même le chat blanc de la maison, un matou imposant à poils longs, ne s'écarte pas de son aire de mouvement et de repos pour ne pas perturber cet ordre établi. Loin de moi l'idée de me montrer critique. Je suis issue du même milieu, j'ai vécu dans les mêmes raffinements, et j'apprécie les belles choses. De vivre dans une maison mobile, soumise aux cahotements, où les objets sont nomades eux aussi, m'a amenée à plus de détachement. J'espère dans le cas présent que mon petit garçon a hérité de ma capacité d'adaptation.

Le jardinet est sous la neige et Wan observe mésanges et moineaux de la fenêtre. Là où n'importe quel enfant deviendrait intenable, il gravite dans son monde et ne pèse pas.

Le programme que je mitonne pour les Evans est constitué de compositions personnelles auxquelles j'ai l'idée d'ajouter trois chants tirés de ma nouvelle œuvre.

Surprise par Timothy alors que je feuillette le millier de pages que compte mon requiem pour en extraire les partitions dont j'ai besoin, j'évente mon projet, lui confie qu'il est dédié à Springfield, aux victimes de Wounded Knee et au peuple indien. Aussitôt, mon vieil ami s'enflamme :

— Mais il faut absolument le monter et le présenter au Carnegie Hall ! Je me charge de mettre Jeannette Thurber dans le coup.

26

Wan est la coqueluche de Margaret Evans et de Fatima, sa servante. J'admire la docilité avec laquelle il se soumet aux assauts maternants de nos très attentionnées hôtesses. De l'endroit où je répète, je peux voir quand elles l'emmènent en promenade couvert d'écharpe, de moufles, de bonnet. Et je compatis.

— On ne voudrait pas qu'il prenne froid, argumente Mme Evans alors que Wan suffoque dans son accoutrement d'ours des pôles.

Que ce soit moi ou mon fils, la vie foraine nous a endurcis et la villa surchauffée où nous sommes accueillis me donne l'impression de bouillir en permanence.

La fête est pour dimanche. Une quarantaine de convives est attendue dans le grand salon.

Personne en dehors de Jeannette Thurber n'est au courant pour le concert.

— Tu seras la cerise sur le gâteau ! s'exclame avec entrain le cher homme.

Comme cette fois où il m'avait surprise en train de répéter dans ma roulotte, Timothy me demande la permission de goûter au fruit mûrissant de mon programme. Bien qu'il m'en coûte, je n'ai pas le cœur d'aller contre le souhait de cet enthousiaste et fervent admirateur de ma musique.

Calé dans un fauteuil crapaud, les yeux clos, la main sur le poing à hauteur du menton, le sourire voltairien, l'ancien détective me ramène malgré moi à cette époque terrifiante où je devais répondre de la disparition suspecte de Murdoch.

Nous évoquons indirectement cette zone d'ombre quand je lui transmets copie de la plainte que je compte déposer contre le lieutenant John G. Sheridan pour le meurtre de mon mari.

— Garde-toi de demander justice, Lena, ou tu verras des fantômes ressortir des placards. Cette famille est intouchable. Son oncle est un proche du Président.

Après un instant de réflexion, il ajoute :

— Ta composition est la meilleure réponse que tu puisses apporter à ce déchirement de ton cœur, la meilleure médecine, parce qu'elle est généreuse et non revancharde. Qu'il soit dégradé ou passé par les armes, tu ne seras jamais quitte de tes ressentiments contre cet assassin. Crois-en mon expérience.

Ces paroles font écho à celles d'Hamilcar. Et, une fois n'est pas coutume, sur conseils de mes amis, je renonce à chercher réparation de ce côté.

Samedi, à quelques heures du concert, je me prépare. Je veux faire honneur à Timothy pour s'être montré si présent, si délicat envers moi et mon fils. Par péché assumé de coquetterie, je m'offre le plaisir de jouer la carte romantique, que je sois un rêve flottant entre le féminin et les anges, une passerelle entre la musique d'en bas et celle d'en haut. Fatima m'aide à sculpter mes cheveux. Margaret se prête au jeu et sort sa boîte à bijoux dont elle extrait un diadème illuminé de brillants et de saphirs. Je passe la robe pervenche en soie sauvage que je me fis coudre sur mesure à Baltimore. Elle souligne mes formes et met en valeur ma silhouette. Je peaufine mon maquillage tandis que Wan balance ses jambes dans le vide sur sa chaise trop haute tout à la surprise de revêtir un costume acheté pour l'occasion par notre hôtesse. Ses cheveux noirs domestiqués par les dents d'un peigne fin lui donnent un air de petit écolier sage, ce qui n'a pas l'air de lui déplaire. Regagnant le plancher sur des souliers vernis, il monopolise la partie inférieure du grand miroir et me donne l'impression qu'il me singe. Un regard amusé circule entre nous, nos reflets se font signe, nous rompons le cérémonial en riant et en nous embrassant.

— Les invités sont là ! On attend encore Francis et Jeannette Thurber ainsi que la tragédienne Cassandra Taylor et son ami, m'annonce Timothy que ce retard met tout en affaire.

Alors qu'il se retire, il revient sur ses pas pour me glisser :

— Avant que j'oublie. Tu es ravissante !

Avec son col à coins cassés et son nœud papillon bleu nuit, mon vieil ami a belle allure, lui aussi.

De la petite chambre qui me sert de loge, j'entends par bribes le discours que Timothy a mitonné pour ses amis. Nombreux éclats de rire, quelques interventions extérieures saluées par des explosions sonores, un moment de pagaille avec l'arrivage essoufflé des couples Thurber et Taylor me parviennent tandis que je piétine derrière la porte.

Arrive enfin, le moment attendu où Margaret replie le paravent qui cache la harpe pendant que mon adorable ami termine pompeusement son discours en déclamant avec un gargouillis d'émotions dans la gorge :

— *Que la dentellière des sons et des notes prête ses mains de soie et sa voix d'ange à la complétude de l'œuvre et vous transporte avec elle aux cimes de la Beauté.*

J'aurais préféré une péroraison moins lyrique.

Tu es parmi ces gens, Lazare. Cette perception m'envahit de la tête aux pieds quand je suis appelée à me rendre à mon instrument. Elle était déjà latente pendant que je me préparais, subliminale. Pour quels yeux, crois-tu, que j'ai mis tant de soin à être resplendissante, à me transformer en divine musicienne de la lumière et de la légèreté, en déesse parmi les femmes ? Entre Lille où je t'attendais et aujourd'hui où je suis inattendue, quelle incroyable dérive ! Combien de fois a-t-il fallu que nos plans soient déjoués pour en arriver à ce soir où le hasard nous piège suavement ! Tu es là. Dans l'obscurité du salon, je te devine, avec certitude cette fois. Je te sens comme on subodore la présence d'une femme à son parfum, d'un danger à la profondeur d'un silence, d'une eau souterraine à la fibrillation d'une baguette de sourcier.

Je ne te vois pas et je ne te verrai pas avant d'avoir donné mon concert, mis mes couleurs sur ce métier de haute lice que doivent tisser mes doigts et carder mon chant. J'ai trop à faire avec la pluie de cordes en tension sur mon épaule, mes sept pédales, mes partitions, trop à rendre à mon vieil ami. J'ai une telle dette envers cet homme par qui je me sens aimée comme sa fille et accueillie mieux qu'un père.

J'entre en tenant Wan par la main. Pardon ! Wan me soutient quand je salue l'audience en souriant. Je l'installe sur le siège qui lui est réservé tandis qu'il me boit de ses yeux noirs. Son regard est un levier terrible. Je suis forte alors pour enfourcher ma fringante cavale, lancer des gerbes d'eau dans un frappé de phalanges. Je me cabre, éperonne ma monture. Je suis captive de trains qui s'emballent : Berlin, Bruxelles, Lille, de débâcles sanglantes sur la Sambre et à Roux où refluent les manifestants sous les tirs de la troupe. J'ai le mors aux dents, je cours, je m'essouffle, je pleure et je repars. Un moment, je marche à l'amble sous des plafonds peints d'angelots musiciens, dans un décor de lustres étincelants et pansus, de drapés de velours rouges. À un autre, je trépigne des sabots dans des entreponts obscurs et puants, des bistrots enfumés et tapageurs. Plus tard, je rejoins Pégase au sommet des mâts. Mon ciel est un chapiteau. Au pas de ma roulotte, le Nouveau Monde s'ouvre par pétales, d'est en ouest, du nord au sud. L'ancienne scierie de Baltimore revient cycliquement et compte les années. Le temps tourne. Il est ronde d'enfants, manège et, soudain, piste qui s'emballe dans un tournis de mustangs montés par un cavalier rapide comme une balle de fusil. Springfield l'Indien. Son cœur qui devient le mien, son cœur en deuil d'une famille, d'une tribu, de tout un peuple. Son cœur éteint qui est devenu mon cri de musique à la face du vivant, berceuse tendre à l'oreille du petit aigle charmeur et chamane qui trône à trois pas de moi et dont les yeux obsidienne me transpercent d'amour.

— Maman, je vois des chevaux sauvages qui entrent au galop dans la bouche rouge du soleil.

Je ferme la boucle et mes mains se rejoignent en rondeur et en douceur pour étouffer les cordes, flatter la monture :

— Tu as bien couru, belle harpe, bien abordé les obstacles. Tu t'es bien donnée, lui dis-je.

Je sors de cette chevauchée sur un brouhaha d'applaudissements. Je redeviens Lena, salue et souris aussi longtemps que battent les mains.

C'est alors que je t'aperçois, Lazare, au côté de cette beauté nordique, cette blonde boréale, ta nouvelle conquête.

Timothy m'agrippe et m'embrasse. Il a les larmes aux yeux. Je reçois le bonheur qu'il exprime, m'attache à son émotion, me réjouis de son contentement. Margaret se joint à lui, débordant de superlatifs.

Au tour de Jeannette Thurber et de son richissime mari de me congratuler. Ils sont plus empruntés, plus prudents, et pour cause. Ils fréquentent les grands formats de la musique, mangent à la table des valeurs établies et, de côtoyer les maîtres, finissent par se prendre pour eux.

Alors avance ton amie tragédienne, ma nouvelle rivale. Elle est sûre d'elle. Elle a dix ans de moins que moi mais j'ai dix ans d'avance en amour de toi, en attente de toi. Elle me gratifie d'une vague marque d'encouragement. Il ne faut jamais s'attendre à une autre réaction de la part des artistes. Je ne me formalise pas. Il y a longtemps que je ne suis plus en soif de reconnaissance. Elle a de très beaux yeux et je peux comprendre qu'elle te plaise. Je ne suis pas jalouse, Lazare. Pourquoi le serais-je ? Je suis juste un peu fâchée avec le cours des choses qui ne veut pas de toi et de moi ensemble, d'entrelacement de l'un avec l'autre. Je me dis qu'il devient temps pour moi de casser le sortilège, d'affirmer le « Je te veux ! Je te prends ! Je te soustrais à l'autre ! » parce que tu es mien, que je suis tienne et que tout le reste est complot contre nous.

Je te laisse à ta passion, Lazare, mais sache que je te reviendrai quand mon requiem indien m'aura mise en paix avec la mémoire de Springfield et que mon cœur se rouvrira.

Vient le moment où tu t'avances. Tu es gauche. Tu hésites à m'embrasser et je prends les devants. Tu me complimentes et je sens que je t'ai ému.

— Merci d'être venu à ce concert, Lazare.

— Vous vous connaissez ? s'étonne ta splendide compagne.

— Nous nous aimons, dis-je sans détour.

Ma réponse est si franche qu'elle m'entraîne dans un éclat de rire impromptu. D'ahuri, le regard acier bleu de Cassandra Taylor vire au gris plombé.

Tout aussi sincère, ta voix confirme posément :

— Elle dit vrai ! Notre amour s'est perdu en chemin depuis bientôt dix ans.

Il est tard et la soirée se poursuit sans Lazare et la belle Cassandra. J'aurais vexé la demoiselle que cela ne m'étonnerait pas.

Les Thurber se préparent à rentrer chez eux.

— Timothy m'a touché un mot de votre requiem. Je lui ai proposé de nous rencontrer au Conservatoire ce mardi en fin de matinée, me glisse Jeannette tandis que son mari l'aide à enfiler un superbe manteau en lynx.

Merveilleux ami qui met toute son énergie à défendre mon projet. Sans crier victoire, je suis aux anges que la partie soit si bien engagée.

Je me resserre sur Wan que j'ai délaissé ces derniers jours. Il s'est montré tellement conciliant. À se demander si, du haut de ses trois ans, il n'a pas compris l'enjeu de ce concert.

Un homme d'une quarantaine d'années, à l'allure sportive et au physique agréable, m'aborde en me précisant avec une amabilité appuyée qu'il travaille comme journaliste pour le *New York Times*. Il a apprécié ma prestation et il se fait fort d'apporter son soutien à mon requiem, dont Timothy lui a parlé. Il me tend sa carte et m'invite à le retrouver mercredi sur le temps de midi à la rédaction.

— Nous irons déjeuner en tête à tête à proximité. J'ai quelques idées ! me précise-t-il avant de repartir vers une autre femme esseulée avec la dégaine chaloupante typique des aventuriers du cœur.

Même si la piste n'est pas à négliger, je ne miserais pas ma harpe sur ce bellâtre.

Je reviens à Wan qui tombe de sommeil et je m'éclipse pour le mettre au lit. Il est chagrin. Notre « maison » sur ses grandes roues lui manque ainsi que Martin, le cadet de Leslie et de Gus, un petit bout de cinq ans avec lequel il s'entend à merveille. Moi aussi j'ai un poids sur le cœur et je pleurerais bien avec lui. Est-ce la tension du concert qui se relâche ou mes règles qui s'annoncent mais je suis vidée. Je broie du noir alors que tout s'est très bien passé et que j'ai toutes les raisons de me réjouir. Wan ne tarde pas à s'endormir et je reste un instant auprès de lui. Cette soirée m'invite à l'espoir. La chance me sourirait-elle enfin ? Ce ne serait que justice !

Depuis mon départ de Berlin, j'ai toujours été seule avec mes projets, toujours à puiser dans mes forces pour assurer ma subsistance et veiller à ce que mes filles puis mes fils ne manquent de rien. On ne gagne pas gras comme musicienne de cirque, bien moins que tout ce beau monde qui se trouvait là ce soir.

Voilà un moment que je me suis retirée. Je me dois de faire bonne figure à cette réception qu'organisent mes hôtes. J'embrasse mon petit dormeur, lui murmure que je l'aime, puis me plante devant le miroir pour vérifier l'état de mon maquillage, réajuster mon diadème. La nouvelle amie de Lazare est si jeune et si belle. Avait-elle seulement quinze ans quand on s'est rencontrés lui et moi ? Suis-je encore assez jolie pour lui plaire ? Mon visage s'est creusé et de légers cernes sont apparus sous mes yeux. Quelques cheveux gris me font l'affront du temps qui passe et je dois ruser pour que ma toison les camoufle.

Les hommes ont beau jeu dans ce domaine. Les mêmes empreintes ajoutent à leur charme, à leur maturité.

Je soupire, puis je regagne le salon. Les derniers invités se sont installés en rond et m'invitent à m'asseoir. Parmi eux, ces fameux Pinkerton que voulait refouler Margaret Evans.

Les détectives parlent de leurs faits d'armes, évoquent tel ou tel de leurs collègues, des situations rocambolesques qu'ils ont traversées, leurs grands moments de bravoure, de frayeur ou d'horreur. J'ai peur tout à coup que le spectre de Murdoch ne débarque au milieu de la pièce avec sa tache noire entre les deux yeux et me désigne :

« C'est elle ! » Mais il n'est pas de la partie. Heureusement !

Nous sommes dix femmes dans ce cercle qui subissons la démonstration tour à tour cynique ou amusée de ces grands enfants. Demi-mots, allusions douteuses, petits clins d'œil complices rappellent à chacune d'entre nous que le monde est une affaire de mâles dominants. Pour paraphraser les propos édifiants du général major Philip Henry Sheridan, « Un bon Indien est un Indien mort », je dirais ce soir : « Il n'est de bonne épouse qu'une épouse muette. » Je suis vite lasse de subir ces propos hâbleurs, d'entendre que les aventures sont bonnes à prendre, les femmes faciles, agréables à consommer. En temps normal, je rentrerais dans le tas, moucherais ces matamores d'une réflexion bien trempée qui les ferait déguerpir la queue basse.

À les entendre, je me sens idiote avec ma vision idéalisée de l'amour, ma confiance aveugle en Lazare qui me reviendra parce que j'ai vu nos étoiles dans la même constellation, nos âmes dans la même conjugaison de vie.

Et si Lazare était comme tous ces gens, volage, jouette, comptable de conquêtes et de bons coups. Le journaliste que j'ai croisé ce soir fait partie du lot. Comme si je ne m'étais pas aperçue qu'il avait l'annulaire atrophié et rougi à la base de s'être escrimé avec son alliance pour mettre la rencontre de mercredi sous le sceau du célibat.

Plus proche de moi que de ses collègues de la Pinkerton, Timothy se tait et me considère avec affection. Fin décrypteur des tergiversations humaines, il pénètre mes pensées et connaît l'épaisseur de la fine couche de glace qui recouvre l'étang de mon cœur. Il figure en bonne place dans la chaîne des âmes sœurs qui veillent sur ma vie, sur l'épanouissement de mes rêves. Ces yeux me disent : « Tu as été parfaite, Lena. N'écoute plus ces histoires médiocres et gagne ta chambre mêler ton souffle à la respiration de ton cher petit. Que rien n'altère l'éclat de beauté que tu nous as prodigué ce soir. »

Je me réveille dans la nuit, Lazare. Et je pleure de te savoir auprès d'une autre que moi.

27

Avec Timothy, nous décidons de battre le fer tant qu'il est chaud et rendons visite mardi en matinée à Jeannette Thurber dans son spacieux et luxueux bureau du Conservatoire national de musique d'Amérique dont elle est fondatrice. J'ai pris mes partitions avec moi et je lui expose l'argument de mon requiem. Si elle est impressionnée par le volume de mes préparatifs, elle bloque immédiatement sur le titre de l'œuvre. Hors de question de parler d'extermination et de la pendaison d'un peau-rouge dans ce continent appelé au plus prometteur des développements. Un échange de regard avec Timothy me fait comprendre que ce mot « pendu » hypothèque notre démarche. L'œuvre s'intitulera donc, à mon grand regret : « Requiem pour un Indien. »

Cette concession nous rapporte le prêt d'un local chauffé pour nos répétitions et la promesse d'un support promotionnel à l'événement. Pas d'aide, en revanche, pour tout le volet artistique du projet. À nous donc de trouver de l'argent pour payer décemment musiciens et choristes.

— Nous fonctionnons sur fonds propres et vivons de la générosité de quelques mécènes, s'excuse la directrice.

À la suggestion de Timothy de louer pour un soir la salle de six cents places du Carnegie Hall, elle lève les bras au ciel en pouffant.

— Tu n'y penses pas ! Les programmes sont bouclés jusqu'en 1897 et, pour compliquer le problème, le bâtiment sera en chantier à partir de mars.

Comme mon vieil ami ne lâche pas prise, elle concède :

— Je veux bien en toucher mot à Andrew Carnegie. Il sera à New York à la fin du mois.

De retour dans la 17e Rue, Timothy, à qui n'échappe pas mon désappointement, me remonte le moral :

— Ne fais pas cette mine. Tout cela est excellent. Tu prends en main la constitution de ton équipe de musiciens et je m'occupe du reste.

— Mais nous n'avons aucun lieu où présenter le spectacle !

— New York abrite assez de salles pour accueillir ton requiem. En plus, la piste de Carnegie n'est pas fermée. Je connais le personnage de réputation. C'est un homme au grand cœur que le sujet de ta composition peut émouvoir. Je l'approcherai le cas échéant.

Forte de son enthousiasme et de ce pari de complicité, j'embrasse mon vieux détective et lui demande pardon de le pousser à reprendre du service alors qu'il vient d'en finir avec la Pinkerton.

— C'est pour la bonne cause, me déclare-t-il alors que nous repartons pour la Bedford Street.

Si la rencontre avec Jeannette Thurber marque un premier pas dans l'avancée du projet, le rendez-vous du lendemain avec le journaliste du *New York Times* est un coup d'épée dans l'eau. Ce déjeuner à Manhattan n'a pas trait au requiem mais à sa petite personne. Pas la moindre curiosité sur mes origines, mon parcours artistique, ma situation personnelle. En revanche, j'apprends presque tout de lui hormis la présence d'une femme à ses côtés et vraisemblablement d'enfants. Je m'en étais doutée dès le début et aurais pu faire l'économie de cette pantalonnade. Ce type est faux à vomir, infatué, m'as-tu-vu, en un mot, infréquentable. Interrompant son monologue, je lui demande par quelle encablure il connaît les Evans et il me parle de leur fille qui est morte de leucémie à l'âge de vingt ans. Cela m'attriste. Quand je l'interroge sur Lazare, il le présente comme un animal de compagnie à la solde de Nash et de Tiffany. Je l'étriperais.

Au moment du café, il en vient à ses fameuses idées qui sont des pistes de mécénats aussi fumeuses que problématiques, amène notre tête-à-tête sur un terrain concret en me proposant de partager une chambre d'hôtel avec lui pour l'après-midi. Nous y sommes. Il se ramasse alors le contenu de ma tasse de café à la figure ainsi qu'une volée de gros mots, et Dieu sait si je peux être vulgaire quand on me pousse à bout. Il n'a pas le temps de dire ouf que j'ai quitté le restaurant.

Je repars avec Wan pour Baltimore dès le surlendemain. Les fêtes approchent et le conservatoire ne rouvrira ses portes qu'en janvier. Mis à part cette fausse note avec ce pâle monsieur du *New York Times*, mon projet de requiem a le vent en poupe. Je n'en reviens pas ! Je suis toute reconnaissante envers Timothy et me sens tellement proche de lui. Entre nous, la joie du bonheur de l'autre, de son épanouissement. Notre amitié n'a rien de comparable avec les liens que j'ai noués jusqu'à présent avec d'autres hommes. Exempte de calcul et dépourvue d'arrière-pensées, elle est pour moi tissée de générosité pure et de confiance réciproque. Je la recueille comme une grande et belle histoire qu'il m'est donné de vivre, un bien précieux et je remercie le ciel de ce royal cadeau. Pour moi, l'amitié pétrit la transparence là où l'amour se cogne au corps.

— Je veillerai à ne jamais vous décevoir, lui dis-je sur le quai, à l'heure de prendre le train.

Il me répond avec cette réflexion charmante et subtile :

— Les sources ne déçoivent pas.

De nouveau la transparence !

Une accablante nouvelle m'attend à notre retour aux entrepôts. Dimitri, un des trapézistes, a fait une chute alors qu'il répétait son numéro avec les filles et s'est brisé le dos.

— On n'était même pas haut ! m'explique Lucette en pleurs tandis que Jeanne, dans le même état de choc, revient sur le craquement qu'elle a entendu.

J'en ai des frissons.

— C'est arrivé quand ?

— Il y a deux heures. Igor et Omer l'ont transporté sur des planches dans sa roulotte. Le médecin est là !

Je dépose mon bagage. Grelottante, j'allume mon feu en vitesse et reviens avec Wan me glisser parmi les forains qui piétinent dans le froid toute affaire cessante. Après une longue attente, l'homme de l'art sort, suivi par Hamilcar. L'inquiétude se lit dans les traits de notre directeur. Venant vers nous après le départ du docteur, il fait le point de la situation sans chercher à dramatiser l'accident.

— Il s'est brisé des vertèbres et doit rester immobile jusqu'à tant qu'elles se ressoudent.

En aparté, il me rapporte l'avis du médecin selon lequel Dimitri ne retrouvera plus l'usage de ses jambes. Je suis bouleversée.

Noël, cette année 1895, porte les stigmates de ce coup du sort. Kathleen, la compagne de Dimitri, et mes filles se relaient auprès de l'infortuné trapéziste. Au quotidien déjà chargé d'Hamilcar et Frida s'ajoute le souci d'engager un remplaçant pour sauver le numéro de voltige.

J'ai pris froid à mon retour de New York et traverse une période de toux grasses et d'affaiblissement qui m'accablent jusqu'à la fête des Rois. Pendant ma maladie, Noé veille à ce qu'il fasse chaud dans la roulotte et pourvoit à nos besoins. En tandem, Victoire et Sarah assurent mes soins avec des potions, des tisanes, des compresses camphrées. De quoi me plaindrais-je ?

Mi-janvier, un télégramme m'arrive :

> « *Chantier reporté par Andrew Carnegie, lui-même. Avons la salle. Représentation prévue le 7 mars. En avant les répétitions. Nous t'attendons. Affectueusement. Timothy* »

Je saute de joie et annonce la nouvelle à tout ce qui croise mes préparatifs. J'ai manqué de prévoyance ou de foi, peut-être des deux, et dois régler à la va-vite toute une série de problèmes dont j'aurais pu m'occuper bien à l'aise : la venue de Bouba et compagnie, de Ghislain, l'amoureux de Lucette, qui joue de la clarinette et aussi du saxophone, de Fred, le chef de la fanfare. Mon cœur de mère est écartelé à cause de Wan dont je ne veux pas me séparer et qui rechigne à quitter Baltimore et son ami Martin pour Margaret et Fatima aussi attentionnées soient-elles. Il y a aussi le transport de mon instrument. Tout cela en vingt-quatre heures. De la folie pure !

Le lendemain, nous partons, Wan, ma harpe et moi pour New York. Je n'ai pu me résoudre à confier mon fils à Gus et Leslie. Pauvre bonhomme ! À moi de faire en sorte qu'il ne trouve pas le temps trop long.

Pagaille sur le quai où l'extraction de mes bagages et de mon instrument se mêle à nos effusions de cœur et mes cris de joie. Pour entrer la harpe dans la voiture, nous laissons une portière entrouverte que j'assure avec un bout de fil de fer ramassé par terre. Foraine, je connais toutes les astuces. Le temps est court pour mener à bien le projet et nous faisons le tour des problèmes. Sans que j'aborde le sujet, Timothy me propose une solution pour mon petit : un couple de voisins irlandais avec un garçon et une fillette du même âge. Nous les rencontrons le soir même. Sans façon, la maman adopte aussitôt Wan.

— Quand il y en a pour onze, il y en a pour douze ! déclare-t-elle.

Je retrouve un je ne sais quoi de Maggy dans cette femme. Je suis soulagée.

Mes recherches de musiciens commencent du côté du Conservatoire national et voilà l'ami Floriand qui débouche d'un couloir alors que je sors d'un entretien avec l'appariteur en charge du bâtiment. La belle surprise ! Plus gris de poils et plus dégarni qu'à Montréal, il n'a pas changé dans sa façon d'être, d'échanger, de regarder. Engagé à l'année au sein de l'Orchestre philharmonique de New York, il a épousé une violoncelliste et est père de deux chérubins. Cumulant rentrées de cours et cachets de concertiste, il n'a plus de souci d'argent. Grand bien lui fasse.

Nous allons boire un café et j'en viens à ce qui m'occupe, lui parle avec feu de ma composition.

— Toujours aussi vive, pétillante, constate-t-il avec cet air distancé que je lui connais depuis notre première rencontre.

Bien établi dans le milieu, Floriand peut m'aider dans le choix des musiciens, m'éclairer sur leur capacité, leur ouverture d'esprit, et auditionner avec moi. Alors que je me démène pour l'embarquer dans le projet, il m'interrompt tout à coup :

— Je te trouve plus belle encore qu'il y a neuf ans.

Même quand ils émanent de jolis cœurs, ces compliments sont toujours bons à prendre.

Floriand parcourt mes partitions et je vois poindre par moments ce sourire condescendant qui m'a toujours horripilée.

— C'est du Lena, me dit-il sans que je puisse déterminer s'il s'agit d'un compliment ou d'une critique. Je verrais bien Seymour Findlay à la baguette. C'est un poulain de Seidl et il pratique un nombre incalculable d'instruments.

Le chef d'orchestre que me présente Floriand est un homme dans la cinquantaine, lourdaud d'apparence et négligé, que je n'imagine pas d'emblée derrière un pupitre à battre la mesure avec entrain. Le lieu de vie où il nous reçoit est un véritable capharnaüm. Partout des instruments de musique : sur les murs, les chaises, les meubles.

J'ai à peine le temps de dire un mot de mon requiem qu'il demande à voir les partitions, chausse ses lunettes, prend un crayon et ne se gêne pas pour pointer une faute ou l'autre. À la question de savoir si le projet l'intéresse, il répond laconiquement :

— Ça peut se faire.

La fin du mois de janvier se passe en démarches, rencontres, auditions. J'arpente les locaux du Philharmonique, du Metropolitan Opera, du Conservatoire national avec, par intervalles, de longues périodes de travail sur la partition, à la table de Seymour. Gare à moi quand un bémol n'a pas été indiqué, je le paie d'un regard globuleux escaladant les verres de ses lunettes accompagné d'un « C'est quoi, cette bizarrerie ? » Ou, pis, d'une démonstration appuyée au piano faisant éclater ma faute qu'il assortit d'un « C'est bien ça que vous voulez entendre ? »

Que je sois femme dans ce domaine masculin qu'est la composition ne m'aide pas en la matière et je laisse aboyer le molosse qui est, au demeurant, un musicien sensible, investi et très compétent.

Autre versant de ma vie : les beaux moments où je retrouve Wan, me baigne dans l'hospitalité et la confiance sans bornes des Evans. Ce sont eux qui me régénèrent, leurs tendresses qui déploient mes ailes, c'est grâce à eux que je demeure de légèreté autant que de joie communicative même si le thème de mon requiem reste empreint de gravité.

Les premières répétitions avec orchestre débutent en février et réclament des prouesses d'aménagements d'horaires pour convenir à tous les musiciens réunis par Floriand. Le chœur travaille parallèlement dans une ambiance sympathique. Je rencontre beaucoup de gentillesse, de bonne humeur et de spontanéité parmi ces gens. Plusieurs choristes m'approchent pour me dire qu'ils apprécient ma musique. Ce sont des fleurs sur l'arbre.

Sam, Kim et Bouba débarquent à trois semaines des générales avec Fred de la fanfare, Ghislain, l'amoureux de Lucette, et l'harmonica de verre. Ne manque plus à l'appel que ma chère amie Emma, qui arrive de Berlin par bateau avec son mari. Elle ne s'attend pas à monter sur la scène du Carnegie Hall pour jouer dans mon requiem. En effet, j'ai écrit à son intention trois moments de harpe où elle fera merveille. J'attends sa venue avec impatience pour lui annoncer la nouvelle.

L'intégration au projet de mes trois inséparables compères de La Nouvelle Orléans suscite quelques réactions épidermiques dans les rangs des instrumentistes. Cette attitude blessante m'oblige à prendre la parole devant musiciens et choristes pour expliquer les tenants et le sens de mon requiem. Mon intervention, accueillie d'abord dans un silence respectueux, est applaudie. La jovialité et l'excellence du trio sur le plan rythmique et instrumental m'aident à régler le problème.

Mi-février, Timothy exulte et je suis au comble de la joie. Ses démarches ont porté leurs fruits et tous les frais engagés jusqu'à la première sont couverts par une donatrice qui souhaite rester anonyme. Je soupçonne un mouvement de repentir de Jeannette Thurber à qui l'on a vanté le projet et qui, en cas de succès, clamera haut et fort son soutien. J'abandonne cette piste quand débarquant un jour à l'improviste en pleine répétition avec un couple d'amis français, la directrice du Conservatoire ne se prive pas de dire qu'elle trouve ma musique trop extravagante pour ses oreilles.

— Cette œuvre est un brouet, signifie-t-elle à Seymour, un fourre-tout, un métissage impossible, disgracieux.

En termes d'encouragement, on a déjà fait mieux.

Emma débarque à New York avec son mari dix jours avant les générales. Nous sommes sur le quai avec Wan et Timothy pour l'accueillir. Sa venue me comble de joie et nous nous jetons dans les bras l'une de l'autre en pleurant, en riant, en dansant. Six longues années nous ont séparées depuis mon dernier passage à Berlin. Mon amie s'est un peu tassée avec le temps mais je retrouve la même chaleur chez elle, la même bienveillance. Je perçois une gentillesse jumelle chez ce petit homme qu'elle a épousé et j'en suis ravie. Je voulais attendre d'être autour de la table des Evans pour lui parler de ces fragments du requiem que j'ai composés pour elle et de mon vœu de la voir jouer sur la scène du Carnegie Hall mais j'ai trop d'impatience et vends la mèche dès que nous sommes dans la voiture.

— Ma pauvre chérie, me dit-elle en enlevant ses gants pour me montrer ses mains déformées par l'arthrose, elles n'en veulent plus.

Je fonds en larmes et, sur tout le trajet qui nous amène chez Timothy, c'est elle qui, une nouvelle fois, me console.

Pour gagner du temps, Seymour me demande de reprendre les parties de harpe que je destinais à Emma.

— Nous sommes trop près de l'échéance et j'ai besoin d'entendre l'œuvre dans son ensemble, commande-t-il.

Je suis mise au pied du mur et, par la force des choses, abandonne ma position de compositrice pour redevenir musicienne. J'en suis marrie.

C'est avec notre fils dans les bras et non ma harpe que je voulais être de ce requiem, Springfield. Ma place n'est pas sur cette scène mais avec toi et Wan, du côté de ceux qui écoutent et regardent. Comment verrais-je, de l'endroit où je serai confinée, tes chevaux au galop, ton tipi qui me suit de son œil unique ? Comment pourrais-je contempler une fois encore ton visage ?

Un peintre ne rentre pas dans sa toile ou alors il ne voit plus rien du sujet qu'il traite. On me demande de jouer quelques malheureux feuillets de ma partition, là où je t'appelle avec quarante voix, et mes cuivres, et mes cordes, et mes rythmes, toute ma grande armée d'instruments. Me trouveras-tu dans ce tapage ? Traverseras-tu la rivière qui nous sépare depuis ta mort pour dire à mon âme « Tu as bien fait, Lena. Tu peux rentrer en paix chez toi » ?

28

Le soir de la première, le samedi 7 mars à Carnegie Hall, le monde afflue malgré la température qui tourne autour de zéro degré. Emma me rejoint dans ma loge avec Wan alors que je me prépare. J'ai banni le noir pour ce *Requiem pour un Indien* et me suis parée d'une robe à longues manches dans les ocres que j'ai perlée, relevée de plumes soyeuses, de franges. Je l'ai aperçue dans une boutique de Manhattan en début d'année et j'ai eu le coup de foudre pour l'étoffe dont la couleur et la texture me rappelaient ce que Springfield portait sur la piste.

— *Du siehst wunderschön aus*, Lena !

Ce compliment me fait l'effet d'une percée de soleil. L'heure tourne et je suis glacée de trac.

J'attire à moi mon amie et la remercie pour tout. À peine débarquée du bateau, elle s'est inscrite sans s'imposer dans ce projet qui me dépasse, elle a prêté une oreille musicienne aux dernières répétitions et aux générales pour apaiser mes questionnements sur certains passages qui me paraissaient plus faibles ou m'assister quand il s'agissait de convaincre mon rigide chef d'orchestre de procéder à d'ultimes modifications.

Contrairement à Timothy qui porte sans réserve le requiem aux nues, Emma s'est placée en avis éclairé sur ce travail aussi longtemps qu'il était encore perfectible, elle a porté ce regard que je ne pouvais avoir en raison de ma double implication comme compositrice et interprète. Elle m'a souvent dit combien cette œuvre la touchait.

Wan mange un sucre d'orge. Il est collant. Je le prends sur mes genoux, nettoie sa bouche, ses mains, le serre dans mes bras.

— J'ai écrit cette musique pour ton papa.

Je m'en veux aussitôt de pontifier, là où je ferais mieux d'être légère.

Timothy frappe à la porte et entre, la mine épanouie. Il obéit à la consigne que j'ai donnée de ne pas me préciser qui est ou n'est pas là mais ne résiste pas au plaisir de m'annoncer que le pari de remplir la salle est gagné.

Lorsque retentit la sonnerie, ma loge se vide sur des signes de confiance, des embrassades, des sourires. Une fois la porte close, je ferme les yeux, je respire profondément. J'ai besoin d'être seule un moment car Springfield m'attend. Je ressens son regard posé sur moi. Me parvient aussi une odeur douceâtre d'écorce de saule rouge qui ne trompe pas. Je me remplis de son amour, de sa force. Quand je gagne la scène pour célébrer sa passion, je suis plus morte que vive, plus présente à son monde qu'au mien.

Seymour se met en place, salue le public, se retourne vers moi pour un petit coup de tête complice, lève sa baguette pour qu'orchestre et chœur s'en aillent quérir mon aimé au lointain des plaines et des cours d'eau. Leur répond la nuée tourmentée des esprits qui tournoient dans le néant des limbes comme les abeilles d'une reine éteinte.

Une tempête de cuivres pour corner aux oreilles la révolte des vents se lève. S'ensuivent, sur des cordes pincées, des gifles de pluies glacées pour clamer aux mémoires l'indignation des nuages. La terre grogne avec mes timbales et mes archets au plus sourd des violoncelles et des contrebasses. Des territoires inférieurs remonte un grabuge de bisons. Entrent le piano pour le chant indigné d'une rivière orpheline, la désolation des flûtes pour les oiseaux, la retenue des hautbois pour les daims, la désapprobation des bassons pour les loups.

Une main se resserre sur du sable, forme un poing. Un cri se dégorge et se forge comme à

Jumet, comme à Roux ces mineurs et ces verriers volés, comme à Wounded Knee ton peuple dépouillé, arraché à sa terre.

Le chœur entonne une litanie pour tes pères, Springfield, qu'ils ne fassent plus charnier informe dans la fosse commune. Femmes et hommes blancs modulent les noms qui figuraient sur ton cahier ligné : « *Respect for Red Cloud, respect for Yellow Bird, respect for Big Foot, Respect for Sitting Bull…* »

Puis je te célèbre, mon amoureux, mon guerrier, mon cavalier de vent sur tes chevaux couplés, insaisissables. Je chante sur une harpe et deux tambourins ta parade d'amour, de près en près ton tipi de plus en plus proche, ta demande en mariage, ma réponse qui tombe sur une portée de flèche. J'appelle les violons de la fête, le saxophone, le banjo de la danse. Le feutré des cordes pour notre première nuit, de hautes notes pour notre premier enfant.

Je m'en remets à l'orchestre, qu'il nous raconte dans nos cheminements.

Soleil sur le Missouri, journée de cuivre que perturbe un clairon. Chasse à l'homme, chasse au chasseur par du soldat à cinq contre un seul.

Sombre fureur du vieil arbre au silence duquel on t'attache comme un gibier à dépiauter. Aigle aux ailes ballantes à la merci des corbeaux.

Requiem pour toi, Springfield, sur fond d'harmonica de verre et de regards stupéfaits.

Douleur, effondrement, colère ! Tous les musiciens portent mon cri et ma haine. « *Out of my mind, Custer !* » « *Go to hell, Sheridan !* » Et avec vous les spoliateurs de tous poils.

Requiem pour un Indien que j'enterre deux fois. Au pas des attelages et de tes loups, la caravane qui t'emmène rejoindre les tiens. Trois musiciens noirs, qui en savent long de la misère et de l'exploitation, jouent pour toi leurs complaintes chagrines tandis que je te pleure et que je te fleuris.

Wounded Knee au crépuscule. Je rends hommage à tes pères sur ma harpe, puis je me retire avec l'enfant quand, avec ton peuple, tu reposes.

Dans l'apaisement, et sur fond de tambours qui s'éloignent avec tes loups, la litanie des chœurs reprend : « *Resquiescat in pace !* »

Pour le final, ce dernier baiser de flûte, de hautbois et de clarinette. Prends-le en viatique ! Je te l'adresse, Springfield, comme on ouvre sur un ciel sans nuage une pleine volière d'oiseaux.

J'ai officié !

Qu'est-ce que les gens présents ce soir ont perçu ou retiendront de ce déchirement, de ce cri désemparé qui n'a de requiem que le nom ? Comment se fait-il que j'ai traversé ce torrent sans être chavirée, moi-même ? J'ai tant rêvé de la grâce de ce moment, de sa force, et je me suis distancée des saccades de mon cœur pour me mettre à l'écoute de chaque modulation, de chaque enchaînement, de chaque faiblesse d'interprétation. Mon œil s'est attaché à la baguette de Seymour, aux taches noires et blanches des portées. J'ai été musicienne au lieu d'être Lena. Intruse dans un domaine qui est l'apanage des hommes, ai-je eu peur de moi, de ma fragilité de cristal, de mon émotion à fleur de peau, si peur d'échouer en tant que femme dans cet acte de mémoire, de deuil et d'amour indispensable à la poursuite de ma vie ?

Interminable, le silence qui suit la dernière mesure de mon requiem me questionne. La turbulence des applaudissements qui m'arrivent de la salle après cette suspension du temps me libère et me réveille au monde qui est venu ce soir pour être de mon cri. Je m'ouvre à eux sur un sourire et des larmes alors qu'avant le concert je ne voulais voir personne en dehors de Wan, d'Emma et de Timothy.

Comme ce 20 mars 1886 à Bruxelles, le chef d'orchestre quitte son pupitre et vient me chercher derrière ma harpe pour m'amener saluer à l'avant-scène. J'avance en tenant la main de Seymour et m'acquitte d'une révérence tandis que la salle se lève et redouble d'applaudissements.

Je reconnais soudain des têtes amies : Hamilcar, Frida, Omer, Susan, Igor, Irena, Victoire, Gus et Leslie, toute ma bande de vieux fous. Lucette et Jeanne agitent la main. Avec elles, le beau Noé. Mon visage s'épanouit et je ris. Cette nuit fut si longue avant qu'un jour ne se décide enfin à se lever. Je ris du petit garçon dans son beau costume qui est porté sur la scène pour me remettre le traditionnel bouquet des premières aussi grand que lui, mon petit Wanbli' Tanka qui n'a rien encore d'un grand aigle mais dont l'envergure des ailes réunit le monde de Springfield au mien. Je m'en saisis et tournoie en le serrant contre moi et en l'embrassant. Il fait fête en mon cœur.

J'ai vingt-cinq ans. Ma vie est toute tracée, enrubannée de rose. J'ai un fiancé riche et je joue Mozart à La Monnaie.

Non ! Rien ne s'est passé comme je croyais !

J'ai presque trente-cinq ans et, sur la scène du Carnegie Hall, je vais d'un musicien à l'autre, remercie Seymour, Floriand, Sam, Kim et Bouba, Ghislain et Fred. J'égrène des baisers à droite à gauche, devant derrière. Je me jette dans les bras des Evans et mon élan de tendresse supplante tous les mots que je pourrais leur adresser. Nous avons les larmes aux yeux.

— Vous avez été si bons pour moi, si accueillants, leur dis-je. Sans vous…

Emma me rejoint avec son gentil horloger. Je les présente à ma grande famille de vendeurs de petits bonheurs, de voltigeurs et de colporteurs de rêve. Je me tourne vers Jason, Julia, Paul, Cindy, Audrey… Ils sont tous venus, ces garçons et filles qui ont étudié à ma table.

Je ne suis pas peu fière de présenter Lucette, Jeanne et leurs amoureux à mon amie berlinoise. Serrant Noé contre moi, je dis à Emma :

— À présent, tu connais tous mes enfants.

On me tire par la manche pour que je me rende dans le grand salon où une réception est donnée en mon honneur. J'emporte le cirque dans la foulée. Entourée d'Omer et Hamilcar, mon entrée fait impression. Un photographe m'immortalise aux côtés de Seymour et de l'incontournable Jeannette Thurber. Cette fois, Wan remplace Springfield.

Éclair de magnésium ! J'ai bougé et on recommence.

Après trois essais infructueux, la bonne prise ! Puis commence la ronde des mondanités. Révérence à l'un, salutation à l'autre. J'engrange des « J'ai passé une soirée émouvante ! » « Vous avez du talent, mademoiselle ! » J'aurai même droit à un : « Pour une femme, vous ne manquez pas d'imagination ! »

Côté Jeannette Thurber, le compliment est assorti d'une croche :

— J'ai bien aimé même si je trouve votre façon de composer quelque peu excentrique… Heureusement que tout le monde n'est pas de mon avis, ajoute-t-elle.

Timothy me parle des grands absents de la soirée : Andrew Carnegie qui a été retenu à Pittsburgh et ce journaliste du *New York Times* qui était à sa fête de mise à la retraite et qui lui avait promis de venir. Floriand éprouve le besoin de me dire que des spectateurs ont quitté la salle pendant l'intervention de Sam, Kim et Bouba. Il a relevé quelques réactions hostiles au moment des applaudissements. Je hausse les épaules. Ce requiem est ma prière, pas un acte de complaisance.

Je suis abordée par les uns et les autres et je réalise soudainement que Lazare ne s'est pas manifesté. Je l'ai laissé en décembre aux prises avec le courroux de sa belle divinité nordique après ma prestation chez les Evans. J'ai joué notre amour aux dés ce jour-là et j'ai perdu.

La soirée se poursuit et l'échange s'ouvre aussi du côté des musiciens. L'épouse de Floriand a aimé ce projet, Seymour qui a un peu bu se lâche :

— Dommage que ce soit fini, je commençais à trouver de l'intérêt à ta « bizarrerie ».

Il n'est plus un moment où je ne m'évade d'une conversation pour voir si Lazare n'est pas niché dans un coin du salon à me suivre des yeux. Plus le temps passe, plus son absence m'affecte.

Wan tombe de fatigue et Margaret se propose de le reprendre avec elle en même temps qu'Emma et Adam qui ont leur hôtel sur le chemin.

Je souhaite la bonne nuit aux amis et embrasse maternellement mon petit bonhomme qui a déjà un pied dans ses rêves. Suivent mes amis du cirque qui se replient en grand tapage.

Tellement débordants de chaleur et d'amitié, ils sont un spectacle à eux seuls.

Il commence à se faire tard et les derniers invités se retirent tandis que les musiciens reprennent leurs effets. Pour ma part, je remonte dans la salle de concert avec deux régisseurs pour mettre ma harpe et mon harmonica de verre en lieu sûr. Nous sommes convenus avec la direction du bâtiment de repasser demain pour tout récupérer. Sur le plateau, je n'aperçois plus mes instruments. Avec les hommes, nous allons voir du côté des loges. Aucune trace ! Même chose du côté de la réserve. Je suis de plus en plus étonnée et je regagne le grand salon où j'aperçois Timothy en grande discussion. Sans doute a-t-il pris la décision de tout rapatrier le soir même pour ne pas devoir revenir. Je ne vois pas d'autre possibilité. Comme je l'interromps pour lui parler du souci qui m'occupe, il prend un air embarrassé.

— Je ne te l'ai pas dit, Lena, mais le mécénat qui a couvert les frais du concert était assorti d'une clause te dépossédant de ta harpe et de ton harmonica de verre à l'issue du spectacle.

Me gratifiant d'un clin d'œil moqueur, il ajoute :

— On n'a rien sans rien !

J'éclate de rire et rudoie familièrement mon vieil ami.

— Si tu veux les voir une dernière fois, une voiture t'attend devant l'entrée, me précise-t-il.

Il est passé minuit et l'auto roule dans Manhattan sous une fine neige. Çà et là des luminaires qui semblent agités d'insectes blancs. Je suis l'un d'entre eux et la lampe m'appelle, m'éblouit. Lazare, enfin ! Je n'en crois pas ma chance. Je suis à toi maintenant. Pleinement. Je viens libre de cœur te rejoindre et traverse le pont de Brooklyn. J'aborde sur ta rive après dix années d'errance. La voiture dérape par moments, patine, part sur une ruade de côté. C'est toute mon histoire ! Je me rapproche de toi. Nous tournons à gauche à droite, à droite encore. Tous ces chemins sont faits pour me perdre mais quelqu'un me guide cette fois, me mène à bon port. Le bout de route qui m'arrête devant ce bras de mer me voit ahurie d'amour, incrédule, heureuse.

Tu possèdes une belle demeure dans un jardin fermé de murets. Le sol est glissant et j'inscris prudemment mes pas dans ceux du chauffeur. Il pousse une grille étroite et contourne ta maison pour que je pénètre par l'arrière. De l'autre côté de la baie, New York scintille encore de quelques feux. En réponse, deux admirables vitraux floraux éclairés de l'intérieur inondent de lumière et de couleurs le fin tapis de neige qui recouvre la terrasse. Dans tes verrières fleurissent des immortelles, Lazare, et j'y perçois l'éternité d'un printemps pour notre amour. Le chauffeur ouvre la porte, me laisse passer, la referme et repart. Je m'enfonce dans un vestibule qui débouche sur une pièce illuminée par les cristaux taillés d'un lustre et de nombreuses chandelles. S'y trouvent ma harpe, l'harmonica de verre, une table dressée pour nous deux et puis… marchant à ma rencontre, toi qui me souris.

Saint-Gilles, automne 2010.

Pour l'éditeur, le principe est d'utiliser des papiers composés de fibres naturelles renouvelables, recyclables et fabriquées à partir de bois issus de forêts qui adoptent un système d'aménagement durable.

En outre, l'éditeur attend de ses fournisseurs de papier qu'ils s'inscrivent dans une démarche de certification environnementale reconnue.

CET OUVRAGE A ÉTÉ COMPOSÉ
PAR NORD COMPO
ET ACHEVÉ D'IMPRIMER SUR ROTO-PAGE
PAR L'IMPRIMERIE FLOCH À MAYENNE
POUR LE COMPTE DES
ÉDITIONS J.-C. LATTÈS
17 RUE JACOB – 75006 PARIS
EN JANVIER 2011

N° d'édition : 01 – N° d'impression : 78835
Dépôt légal : février 2011
Imprimé en France